離家之路

Brother's Keeper

逃離北韓的那年

Julie Lee
李珠麗 著
傅雅楨 譯

三民書局

「脫北」二代的家族記憶與歷史重構

國立政治大學台灣文學研究所助理教授
陳佩甄

在臺灣大眾媒體的呈現中，「北韓」似乎等同於極富個人特色的金正恩、共產主義國家、核武與間諜等大敘事，但在出版領域，則更重視個人經歷與觀察。這十幾年來臺灣也引介了許多英美法等國籍作者寫成的報導見聞、東亞研究學者的國際政治與文化觀察，或南韓作家對於「北邊」同時是同胞與政敵的複雜心境。

其中，有一類出版品更引發國際關注，在臺灣也出版了數本暢銷書，那就是「脫北者」的自傳性作品。有趣的是，這些作品雖然是脫北者自身經歷，但都是先以英語寫成（且多以英語人士作為影子寫手），雖在國際取得了人權議題代表性，但在南韓卻少被談論，「脫北者」在南韓社會也一直是隱身的存在。

從這樣的出版趨勢來看，可以觀察到國際社會（包含臺灣）對於「脫北者」的接收態度，多在於凸顯人權議題與戲劇張力極強的逃難經歷，因此這類回憶錄經常強調北韓政權的殘暴、南韓政府的冷漠與脫北者的痛苦記憶，形成特有的三角敘事結構。《離家之路》這本作品的敘事角度與以往作品相異之處在於，是由在美「脫北二代」寫成的家族記憶，觸及的歷史也與前述更聚焦現代的脫北回憶錄不同，因此對「記憶」的重構有更細緻的描寫，對人物的經歷也有著更宏觀的形塑，對於當代的脫北者經驗也是很重要的歷史補充。

此作從南北分裂的歷史時刻——一九五〇年六月二十五日韓戰爆發——開始描繪主角一家人逃往釜山的所見所聞，同為從北韓逃往釜山的電影《國際市場》中，亦對逃難的驚險過程與韓戰時期的美軍有不少著墨。而相對於國家代表性人物的男性中心化（北韓等於金日成與金正恩；討論戰爭時敘事角度就切換到父親或兒子），脫北者的敘事經常聚焦女性經驗，或許是透過當時代女性相對弱勢的形象以凸顯苦難的強度，卻也因此讓既有的歷史敘事複雜化。

如作品透過主角「朴素拉」凸顯了固有的重男輕女、僵化的性別分工，也描繪了女性經常是突破框架、解決困境的行動者，也是維護並延續逃難路途的照顧者。這些女性經驗更朝向記憶的物質性，如美國不可思議的「車庫」（車子也有房子?!）概念，藉由飲食菜色凸顯生活匱乏的情景，也觸及在地文化特色，以各種日常物件促成家族與記憶的連結。透過素拉的青少女視角，更呈現了對世界的好奇、尚未被澆熄的未來期待，以及勇於挑戰未知的生命力。

作者以母親的親身經歷為本，映照出宏觀的歷史，與個人在大時代中的韌性，讓我想到臺裔美籍作家李小娜描寫母親經歷二二八與白色恐怖的《綠島》，或臺灣的「新二代」書寫，甚至是當代國際社會的「難民」議題。這些作品不將苦難封存在「個人經驗」之下，而是寫就了跨時代、跨區域的「歷史共感」，更讓弱勢者——女性與兒童——得以發聲，寫下重要的時代記錄。

國家的自由、個人的自由

臺南市立土城高中歷史科教師
汪雪憬

一〇八歷史新課綱將過去的單一中國史變成「中國與東亞」，將中國和東亞以幾個主題來貫穿。其中一個主題為「現代化的歷程」，當中包含東亞地區人民在二十世紀重大戰爭中的經歷，也包含共產主義對東亞局勢的影響。

我們的學生並沒有經過戰爭，單憑歷史課本上硬生生的描述，無法體會戰爭的殘酷與平民百姓在戰爭之下的真實處境。而一本考證嚴謹的文學作品或者自傳，可以在歷史戰爭敘述下，增添芸芸眾生真實的面孔。

《離家之路：逃離北韓的那年》以一九五〇年六月二十五日韓戰爆發為背景，描述北韓十二歲少女素拉如何存著渴望自由與尋找家人的信念，在戰火中帶著弟弟英洙逃難到釜山的過程。這本書的描繪極為細膩，素拉和英洙逃難過程中的所經所歷，正是韓國每個經歷六二五韓戰的人的共同經驗。書中的許多情節，如：橋被炸斷，把命賭在那一層薄冰，小心翼翼牽著家人渡河；在分不清楚敵友的狀況下，美軍開槍射殺逃難的難民；在廢棄的房子，最容易找到的食物是甕缸裡面醃好的泡菜，好些難民都是靠著酸掉的泡菜生存下來的；還有跳蚤爬滿整身，抓到破皮還是止不住的癢……這些都是我外婆在我小時候經常講給我聽的，她的六二五戰爭經驗。所以當我讀著這本書，外婆背著媽媽，牽著兩個孩子逃難的身影就鑲在每個故事情節之中。

就像在歷史課堂上跟學生講述第一次世界大戰時，我經常使用雷馬克的《西線無戰事》小說內容，學生才能了解什麼是壕溝戰，如：壕溝的積水、爆炸、老鼠、思念、同袍之誼，乃至思考戰爭的意義等等……。《離家之路》就跟《西線無戰事》一樣，將人拉近戰爭的真實情境。

讀完小說，我思考自由的國家和自由的個人，兩者之間是否可以畫上等號？當日本發動太平洋戰爭，提出大東亞共榮圈，構想著「從歐美列強的統治中解放亞洲」，並建立「相互尊重、彼此獨立」、「共存共榮的新秩序」，然而日本統治下的亞洲各國，不論中國、臺灣、朝鮮，卻無不等待著被解放的那一天。

韓戰爆發後，共產黨到處抓人入伍，素拉一家人一直害怕爸爸被抓去。有天素拉的媽媽從朋友那裡聽到麥克阿瑟將軍已經從仁川揮軍北上，她興高采烈地告訴素拉他們就要得到自由，而且也不需要離開家，接著，媽媽隨著收音機的輕快音樂翩翩起舞。這一刻的情景讓素拉回想起日本投降當日，鄰居告訴他爸爸：「蘇聯解放我們了，現在日本人要收拾離開了，再也不必受日本人統治了！」一家人歡天喜地，含著淚水，在〈阿里郎〉歌聲與杖鼓聲中跳舞的情景。

讀著素拉一家人歡喜的景象，我的眼前也出現了豐子愷紀念抗戰勝利的漫畫「一覺醒來，歡迎千古未有的光明白日」，那個充滿希望的畫面。還有臺灣全島歡欣鼓舞，簞食壺漿迎接國民軍隊的情景。然而，是真的解放了嗎？這些國家隨著日本的投降，真的解放了嗎？

日本人離開朝鮮半島後，那個解放人民脫離日本統治的蘇聯，在北韓扶植共產黨執政。自此，人民言論、集會、結社、信仰、行動、財產都受到比日治時期更嚴苛的限制。

對比中國歷史，二戰結束不久，國共內戰即爆發。自己人打自己人一點都不手軟，一場戰役下來，死傷動輒十萬人，才剛歷經八年對日戰爭的人民，又是四處逃難，尋找安身立命之地。書中有一段描述素拉帶著英洙好不容易到了首爾，奮力要擠進開往釜山的火車，然而車廂內已經沒有任何空位。素拉帶著英洙跟著人群爬上車頂，後因擔心火車一旦開動，他倆可能會被甩出去而作罷。果不其然，當火車一開動，車頂便傳來喊叫與掉落聲。看到這裡，我想起父親過世前幾年，我曾送他一本《大江大海一九四九》。媽媽說：「妳爸晚上關在書房不出來，讀妳送的那一本。」我問爸爸：「這本書有這麼好看嗎？晚上都捨不得睡唷？」這時他才緩緩道出他之前絕口不提的往事。他跟著國民政府來到臺灣時，火車上也都是逃難的人，就連車頂也是，而火車一開動或轉個彎，很多人就掉下去了，上面的人淒厲哭呀、喊呀……開往臺灣的船也滿滿都是人，船都已經駛離了，還有很多人在海上游著想辦法爬上船，很多人就這麼在海裡淹死了……他拭著眼角的淚水和我講著自己到臺灣的路途，這是他第一次也是最後一次跟我談他所經歷的戰爭。二十世紀中期，亞洲人民的經歷，不分國籍，竟都如此相像！

與素拉和英洙的故事差不多同一個時間的臺灣，又是什麼樣子呢？當人們滿懷希望，期盼終能自己作主的自由，變成二二八和白色恐怖之下的恐懼與蒼白，他們必定也想著何時能得到真正的解放吧，但自由卻變成不能談的禁語、遙遙無期的夢想。

到了自由的國家，就能獲得真正的自由嗎？

素拉是個十二歲、喜歡讀書的女孩子，對她而言，國家民族的自由也許太過遙遠，但她卻違背母親留在北韓、守住家庭的期盼，轉為支持爸爸逃往南方民主自由國家的決定。素拉的母親觀念十分傳統，性格也很強勢。在廚房，一旦素拉做不好，她會劈頭就罵「這樣我要怎麼把妳嫁出去？」十二歲的那年，素拉的人生似乎只剩下一個選擇，就是嫁出去。所以當素拉的爸爸決定離開那個沒有信仰、言論與行動自由的北韓，素拉想的則是：到了自由的國度能不能為她帶來多一點的自由？

逃離北韓的過程很艱辛，所有的教養和尊嚴，在生存面前都失去了力道。姊弟歷經多次與死神的交會，好不容易才到釜山與家人相會。與父母相會的那一刻，應該像童話故事一樣，到了民主國家，與家人團聚，自此，過著自由快樂的生活。但，素拉發現即使是到了自由的南韓，重男輕女的觀念還是無所不在，媽媽依然強勢地固守著傳統。那個自由的國度並沒有為素拉帶來多一點的自由，在戰爭烽火中勉強生存下來後，下半場就得要繼續跟母親和她背後的那個文化體系的壓迫中，為自己掙得一塊立足之地。素拉對母親哭喊說：「我們來釜山後什麼都沒有改變，妳還是在逼著我成為那個一點也不像我的人。」

素拉問的問題是，自由真的帶來更多的自由了嗎？

這本小說真的很好看，讀完，再看看身旁的兩個孩子，我住在民主自由的臺灣，但我有讓我女兒感受到自由國家的自由嗎？

編輯導讀　離散之路，自由之夢

一九五〇年的北韓，是一個什麼樣的年代？臺灣書市所引進的北韓書寫，多為針對北韓政權與社會變遷的非虛構紀實，或是描繪脫北者自冷戰過後借道中國或其他國家逃難的歷程自述。但假如我們將歷史之窗再往上個世代探去，回到南北韓最初分裂那時代交會的關鍵時刻，當時的人民又會有什麼樣的生活光景，亦或逃難記憶？

作為首部描述脫北經歷的青少年小說，《離家之路：逃離北韓的那年》是一部改編自作者母親年少時在北韓真實經歷的作品，也是作者李珠麗極為出色且一鳴驚人的處女作。是一個關於十二歲的少女被迫逃離祖國，以堅韌的心智熬過戰火摧殘及與家人分離的煎熬，最後得以擁有夢想中的自由的故事。

小說始於一九五〇年夏天，終於一九五二年春天，時代設定帶領讀者回到二次世界大戰結束五年後爆發的韓戰。在作者細膩且極具渲染力的描繪下，以有如紀錄片紀實的順序手法展開一對姊弟驚險的逃難旅程；同時將現實與回憶交錯，以與家人相處的回憶對比今日因戰亂而分離的家庭，也帶出傳統家庭中對性別角色的重省。

女主角素拉不只需面對自身家庭對於女性角色與價值的傳統框架，她探求世界的青春靈魂更被封閉、毫無自由的集權社會禁錮。在社會主義與性別角色的壓迫下，一介女子的命運卻在韓戰爆發時有了轉變的機會——只要離家，逃到南邊，也許就能過上自由的生活。素拉光是一人肩負自己與八歲弟弟的兩條生命，獨自面對逃難沿途的艱辛與險阻，就讓生活於安逸時代的我們不禁對她奮力求生與對自由之夢的渴望肅然起敬。

「在烽火連綿的時代裡，做出正確的抉擇，是活下去唯一的奧義。」這句話是初次讀完書稿後迴響在我腦海中的一句感懷。素拉在一次次的困頓與命運之神的考驗下，假如做錯了一步決定，或沒有察覺到潛在的危險，就有可能失去生還的機會。素拉一路上的成長與蛻變，她對人性冷暖的逐步理解、她對女性角色的自我意識、與手足間緊密的情感羈絆，以及最終將面臨至親離去的生死課題，都成為這部青少年小說扣人心弦且值得深思的核心議題。

《離家之路》堪比日本吉卜力公司知名動畫《螢火蟲之墓》。兩者同樣為描述無常戰亂下令人動容的手足之情，且隱含著對於戰爭殘酷面貌與意義的深刻反思。對大韓民族來說，韓戰是現代史中最大的傷痛，不僅造成民族長達七十餘年的分裂，也造成許多家族因此離散，就此不再相見。而我們生活在相對安穩的臺灣，有時很難去想像那些生活異於我們的人們——那些仍在專制暴政下苦不堪言的人們，那些在香港努力爭取民主的人們，和在世界其他地方為理想、為自由、為更好的生活而奮鬥，卻因此受了傷，甚至失去生命的靈魂。儘管是在此時，戰爭的幽魂魅影也從未走遠。

在《離家之路》這部小說裡，我們從素拉的視角見識到戰爭的殘酷暴力、百姓的生存困境、大時代的集體創傷，但在重重壓迫與烽火之下，她對於人性價值的堅持，對夢想的堅定信念，誰都奪不走。

獻給我的母親與女兒

素拉和英洙的逃難路程

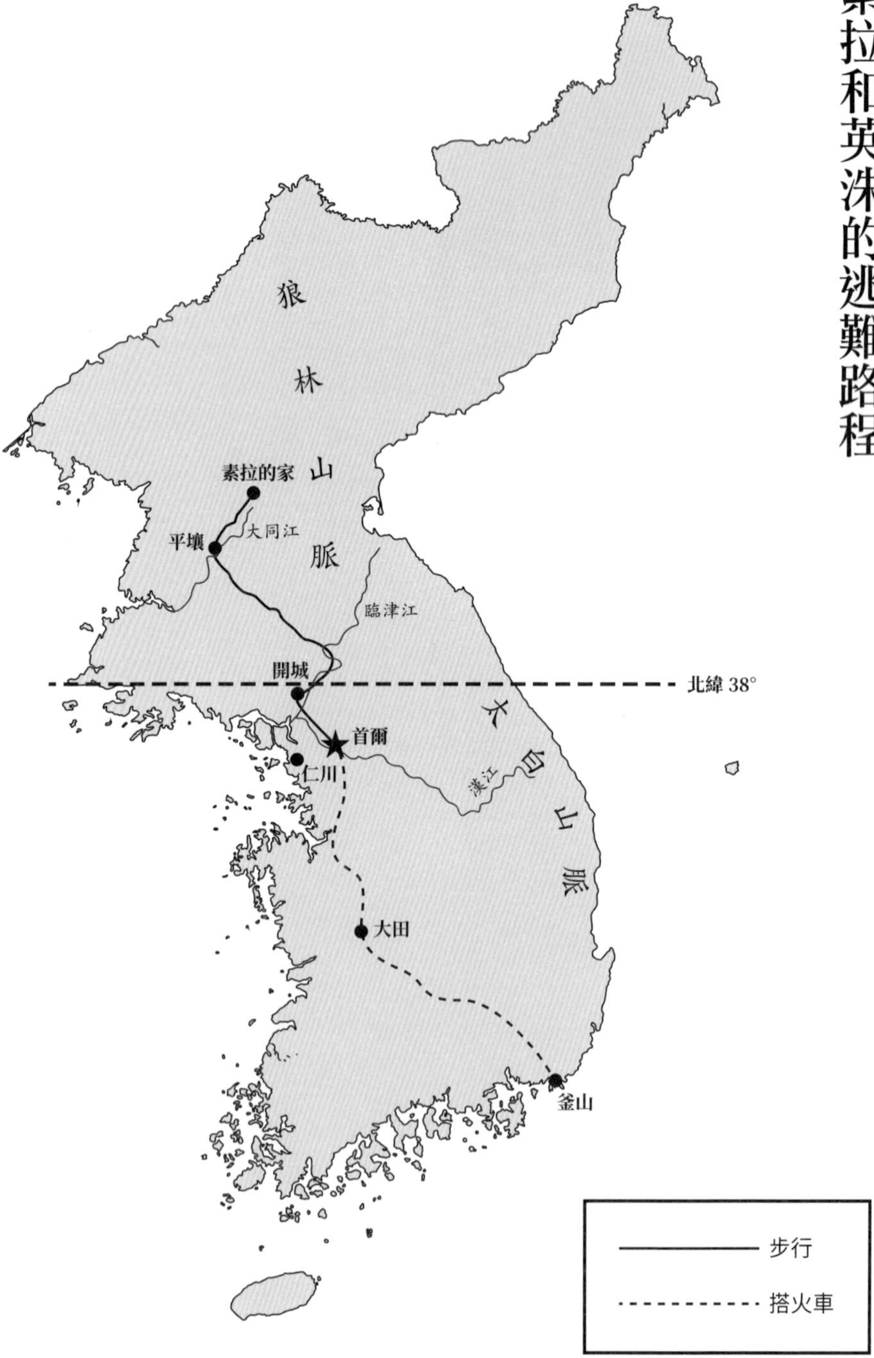

狼
林
山
脈
素拉的家
平壤
大同江
臨津江
開城
北緯 38°
首爾
仁川
漢江
太
白
山
脈
大田
釜山
步行
搭火車

第一部

家

第一章……

北朝鮮，一九五〇年六月二十五日

我一點都不想踏進河裡，但我別無選擇，因為他快漂走了。

「英洙！」我踏入水深及腰的湍流，腳趾頭緊攀住崎嶇河床上尖銳的貝殼。湍急的河水席捲了我。我一把抓住弟弟的手，拖他上岸。

「姊姊，對不起！」英洙說。「我不小心把網子伸得太遠了。」這不是他頭一次在捕魚時失去平衡跌入水中，肚子「啪」地一聲直接打在水面上。他在溼答答的制服下打著哆嗦。

「就跟你說過別走到那麼深的地方了。站好別亂動。」我擰了擰他的衣角，調整他脖子上的紅領巾，然後退後一步，皺眉檢視，母親會怎麼說？我彷彿能感覺到她的棍子打在我小腿肚上。「你怎麼能在少年團聚會之前摔到水裡呢？領巾都溼了，看起來都變成黑色的了！」

「別擔心，只不過是條領巾嘛。」他說，低頭注視著雙腳。

我瞪著他。大家都知道紅領巾是朝鮮少年團制服上最重要的部分。那至高無上的紅，飄揚在我們朝鮮國旗[1]的鮮紅五角星中。母親們都會小心翼翼且不厭其煩地替孩子們繫上領巾，而紅色臂章在村民的白色衣服上如血漬般顯眼。

英洙垂喪著頭。「姊姊，我差點就抓到魚了，但牠又從網子裡溜走了。」

「我知道、我知道，」我不耐煩地回答。「你每天都說差點就抓到大魚了。」但接著一陣懊悔襲來。雖然總是空手而歸，但我明白他有多努力想捕到一條魚。

「我明天會補償妳的！妳想要什麼魚？鱒魚？鮭魚？還是鯰魚？」他像個小大人般，挺起瘦巴巴的胸膛，朝河流張開雙臂。「只要妳說，我都會幫妳抓來！」

我還來不及給他嚴厲一瞪——就像母親常斜眼瞪我一般——他便露出一個真摯的燦爛笑容，齒縫間還卡著一小片李子皮。我嘆了口氣，猜想這會不會就是他總能讓媽媽馬上氣消的方法。

山坡上的學校傳來一陣鐘響。老師——曹同志——站在大門前準備將門關起，鮮紅色臂章緊緊繫在他胳膊上。在我們走上坡的路上，幾個原先落在後頭，跟英洙一樣大的三年級學生從我們身邊快速跑過。

[1] 朝鮮民主主義人民共和國最早沿用太極旗作為國旗，色彩、圖案與樣式皆與現今不同，也無紅色五角星。一九四七年，金日成下達了「重新設計具有共產主義元素的新國旗新國徽」的指令，並親自參與了現今國旗的設計。

「要抓魚的話，你可不能比魚還笨啊！」一名男孩朝我們大喊，他的紅領巾穩穩地繫在頸上，打得完美極了。

英洙捲起袖子。「至少沒你笨！而且我姊姊比大家都聰明！對吧，姊姊？」

我咕噥了一聲。幹嘛非得把我扯進來？

「你姊姊不可能有多聰明啦！她根本沒來上學了！」男孩回嘴，在山頂上哈哈大笑。

我的肩膀一僵。他說得沒錯。兩個月前，在我剛滿十二歲時，媽媽便叫我輟學，以便待在家照顧年幼的弟弟們。

我看著英洙渾身溼透且狼狽不堪的模樣。他知道自己有多幸運嗎？

「你要遲到了，」我沒辦法再看著他了。「趕快去吧。」

我推著他走上坡。母親說過，只要英洙缺席一次聚會，就代表他的名字——不，是我們全家人的名字——會被列在政府的觀察名單上。

然後，恐怖的事情就會發生。

「真是個適合在社會主義天堂裡勞動的好天氣啊！」學生們靠近時，曹同志大聲說。「別忘了繼續收集廢鐵來打造武器和子彈，不然你們的爸媽就會吃上罰款。各位的努力對我們強大的祖國至關重要！」

英洙走進湧上山頂的紅色人群中，接著便消失在斜頂的木製校舍裡。看著那一幕，我感到一絲悵然。

不是因為我再也不能參加女青年團，而改成和父母一起去成人黨團會議。不是因為學生只要舉報家長在家裡說了反共言論，新老師曹同志就會發糖果。也不是因為一起上學的同學們。他們每個都對黨忠誠，把黨放第一順位，第二才是家，他們不再是能被信賴的朋友。

我之所以感到悵然，是因為那些我錯過的學習機會：數學、地理、科學……每當我能從瑣碎的家務中抽身時，我便會躲在教室窗外的柳樹下偷聽上課內容。

不過今天卻不是能逃避家事的日子。我抬起洗衣籃，放在頭頂。陣陣木槌敲擊聲喚著我走回河邊，我就像個參加送葬隊伍的人，朝聲音走了過去。

下游處，成堆的衣物散落在河岸邊。一群女人蹲在沙洲突出的平坦大石上。她們用大塊肥皂刷洗褲子的同時，肩膀就像活塞般上下起伏；接著她們就像打小孩一樣，用扁長的木槌捶打衣物。附近沒有男人，那些女人閒聊著丈夫和婆婆的八卦，一邊掀起衣服來擦拭臉面。我把眼神移開。

「哎呦，素拉！妳害臊個什麼勁啊？」李太太問。她的臉頰因陽光曝曬而泛紅。

我抿嘴微笑，找了個空曠的地方把籃子放下來。為了救英洙，我的素色長裙都溼透了。

「為什麼妳媽媽叫一個小女孩來做女人家的工作啊？嗯？」一名農婦大喊著。

「不然她還能派誰來？她兒子啊？反正素拉也不是小女孩了，對吧？」李太太說。「妳們看，她開始長胸部了呢。」她戳了戳我的肋骨，我則像戲偶般猛然彈開。

她們開懷大笑。我的臉頰灼熱，我弓起背來掩飾胸部。草編洗衣籃緊貼著我的小腿肚，我抬頭凝視著學校，彷彿它會來拯救我一樣。但學校不會從遙遠的那方來救我，髒衣服也不會自己洗淨。

我拿出弟弟們的髒衣服——智秀的布尿布、英洙沾滿泥土的制服褲——然後蹲在淺灘處，加入女人們如擊鼓般的敲打聲。我把破了皮的指關節浸入滿是肥皂泡沫的水中，將它們隱藏在一片混濁的白浪之下。

一個老婆婆跑下山坡，朝河岸邊的我們奔來，一時之間水花四濺，我看著水波在手上盪漾。一開始，我根本沒注意到那些竊竊私語和其他女人圍上去的樣子，但她們越說越大聲，我抬頭看著她們，她們各個張著大嘴、皺起眉頭。忽然間，一切都變得很不對勁。

那些女人急忙把沒洗完的衣服放進籃子裡，我則匆匆洗清英洙的制服褲。事情不太對勁，我得快點離開。上次有這麼緊急的消息傳來，是地主的兒子被發現面朝下浮在河面上，身體腫脹得像條血腸。我舉起籃子放到頭頂，匆忙跑上村子的大路，接著跌跌撞撞地穿過一排茅草房舍，呼吸變得沉重而急促。

「姊姊！」

我四處張望，看見英洙沿著河岸跑來。他急忙停了下來，差點撞上我。

「你在這裡做什麼?他們叫你回家嗎？是因為領巾溼了嗎？我們家要被放在黑名單上了嗎？」我問，我的音調因恐懼而攀升。

「不是啦，有件神奇的事發生了！」英洙的眼睛像溪水般閃爍著光芒，他的聲音聽起來幾乎像是在唱歌：「我們再也不用去上學了！」

我的心一緊。「英洙，那是什麼意思？不可能啊。」

「曹同志告訴全班同學：『因應當前局勢，即刻起無限期解散學校。』」他小心翼翼地重複老師的話。「他甚至還說『今天會是歷史上重要的一天。』」英洙跳了起來，因為突如其來的好運而高興地吶喊：「不必上學了！不必上學了！」

我的掌心變得冰冷又溼黏。

「我們得回家了，」我勉強擠出這句話。「來吧。」

我們走過幾條匯流成大河的小溪，經過了重重平原和草場，才看到我們家的稻草屋頂。我們的房子座落在首都平壤以北五十英里處，四方形的構造是為了抵禦冬季山上吹來的刺骨寒風。雖然它看起來就和山谷中其他農舍沒兩樣，但毫無疑問地，它就是我們的家。稻草屋頂的邊緣因磨損而成了圓角狀，像蕈菇的菌傘一樣環抱著房子。圍繞在房子四周的玉米及小麥田，在熱風中搖擺舞動著。

我們衝進屋裡，迎面而來的是電臺廣播員的說話聲和無線電的滋滋聲。我放下洗衣籃，換上拖鞋。

父親像石頭般紋風不動地坐著，彎著身子面向收音機。他額頭上的皺紋被刻得更深了，我從沒見過父親如此嚴肅的模樣。

他身邊的小智秀從乾淨的衣物堆裡探出頭來，打了個哈欠，接著繼續做著最愛的消遣：把腳上的襪子扯下來。

英洙跟我一起坐在父親身旁。我把呼吸放緩仔細聆聽，但因為雜訊很重，廣播員的話我半句都聽不懂。我看著英洙，聳聳肩，無法解讀父親臉上流露出的沉思神情。

霎時間，訊號變得清晰。英洙的雙眼亮了起來，彷彿剛解開了謎語一般。

「這就是我們老師說的，這就是不用去上學的原因！」他指著收音機大喊。

「戰爭！戰爭！今天開始打仗了！」

第二章 ••••••

「兒子，戰爭可不是什麼值得慶祝的事情啊，」父親說。他在編織椅墊上動了一下，搓揉著膝蓋。

英洙的笑容消失，他用手背抹了抹臉，臉色通紅地垂下眼神。

「戰爭？」我睜大眼睛地問。我完全沒意料到會發生這種事。「跟誰打呢？」

父親盯著矮飯桌的崎嶇邊緣。

「南朝鮮。」他說。

屋裡很悶熱，但我卻打了個哆嗦，把赤古里[2]短衣的領口拉得緊緊的。以前在學校，全老師曾在課堂上放過二戰的新聞影片。影片中士兵帶著槍跑過山丘，飛機從上空噠噠掃射，炸彈爆炸冒出巨大的蕈狀雲。但最讓我心驚的是流離失所、衣衫不整的女人和孩子們用空洞的表情穿透畫面盯著我看的樣子。

「爸爸，現在戰場在哪裡？」我說，眼皮就像蝴蝶的翅膀般不安地跳動著，我

[2] 赤古里（저고리；jeogori）：韓國的傳統上衣。女性的赤古里像是短版外套，V字領為其特色。

用手壓住這份躁動。

他嘆了口氣搖搖頭。「在首爾❸附近。」

首爾。南朝鮮的首都。

英洙狐疑地看著我的臉，但我不知道該做何感想。

北朝鮮和南朝鮮在打仗，如果南朝鮮輸了，整個朝鮮半島都會像北朝鮮一樣變成共產黨嗎？要是有別的國家趁虛而入，在我們互打的時候，把我們都打倒了呢？

我們之前就被打敗過了。日本在共產黨之前統治過朝鮮半島。我記得的事情不多，但我記得日本天皇禁止人民說朝鮮語、沒收了大部分的土地，還命令我們都取日本名字。我父親「尚敏」成了「洋介」，母親「俞利」成了「智惠子」。我們被當成次等民族，日本兵還從高中擄走好幾個少女。全村的人，包括住在河對岸的一戶日本家庭都非常悲痛，父親說這證明不是所有的日本人都是壞蛋。

二戰後，蘇聯人解放了一半的朝鮮半島，美國人解放了另一半，日本人也回家了。但我們的國家卻從此被一分為二：一邊共產，一邊民主。

收音機又是一陣震天價響。

「六月二十五日，南朝鮮傀儡政府的軍隊在三十八度線對北朝鮮展開一連串攻擊，北朝鮮才會宣戰。」

「但朝鮮子民毋須驚慌，因為英勇的北朝鮮軍隊已經拿下開城，不久就會進入首爾，從美帝主義者手中解救南方。在咱們偉大的領導人金日成精明的軍事策略下，用共產主義統一朝鮮的未來指日可待！」

父親看著我們茫然的表情，他挺直身子，清了清喉嚨。「別擔心，我的小不點們，戰爭不會打到我們這裡來的。首爾離我們有兩百英里遠呢。」他順了順我後腦勺的頭髮，捏捏英洙的臉頰，不過我們還是像兩尊木頭娃娃般僵硬。

父親呵呵一笑，關掉收音機。「好啦，我來講一個爺爺在美國的故事好了。」

看見父親微笑，眼睛像月牙般瞇起，我這才鬆了一口氣。他說得沒錯，戰爭才不會打到我們這個北方的小村子。英洙靠了過來，臉上的恐懼一掃而空。

「噢！我想到了，」父親說，他停了半晌，像是在等待好戲登場。「你們的爺爺在夏威夷的甘蔗園裡工作時，聽到美國總統答應所有公民，要送每戶人家一隻雞，而且保證每間車庫都有一輛車。你們能想像那種生活嗎？」

「什麼是車庫？」英洙問。

❸ 一九四五年脫離日本殖民後，朝鮮首都由「京城」正式改為「首爾」（서울；Seoul），但當時中文仍以「漢城」譯之。一直到二〇〇五年，市長李明博才宣布漢城的中文名稱正式更改為「首爾」。由於故事背景設於朝鮮半島，大韓民國首都譯名皆譯為當時已正名之首爾。

「就是車子的房子。」父親說。

「車子的房子！」英洙笑到在地上打滾。

車庫。我無法想像那是什麼東西，也很難想像爺爺曾住在國境之外的地方，尤其現在的情況是，我們連到其他村子一天都要申請許可證——我們必須先到村里辦公處填寫文件，交代這趟行程會涉及的人事物、時間地點、交通方式。而且回來後若沒馬上回報，祕密警察就會把你送去勞改營，讓你在那工作到死。

「為什麼爺爺不留在美國就好？」我問。

「素拉，妳早就知道答案啦，」父親說。「他是長子。他有責任把賺到的錢帶回朝鮮照顧家人。」

就像我身為長女的義務就是要放棄學業。當母親和父親在田裡工作時，我得照顧智秀跟英洙。

但在智秀出生前才不是這樣的，當時我還能夠去學校上課、能跟朋友玩。但現在，待在家裡照顧寶寶卻成了我的責任。至少爺爺當時還被允許出國。

我轉身看著智秀。「別再玩你的蠢襪子了，快要吃午餐了。」

「不要！」他撿起襪子跑掉了。

我在木櫃前面抓到他，抱著他往餐桌走去。他扭來扭去，猛蹬的雙腿踢到了我的下巴。我不由得鬆開手，他一屁股跌在地上。

智秀嚎啕大哭起來，這時母親正好端著一盤米和醃菜，從廚房走出來。她斜眼瞥了我一眼。「喂，素拉，對待小孩要小心一點。」

「我不是故意的。」我說，雙眼仍盯著智秀。

母親抱起他，像對待小寶寶般地將他摟在懷裡。智秀朝著我吐舌頭。「媽媽，他已經不是小寶寶了好嗎？」我抗議道。「他已經兩歲了，馬上可以去上學了，我也不用待在家裡顧著他了。」

母親笑了起來，彷彿聽到了最可笑的事情。「妳在說什麼啊，兩歲還是個寶寶啊！」

智秀停止哭泣，爬上父親的大腿。母親撕了一塊泡菜餵他。智秀肥嫩的大腿放肆地掛在父親的膝蓋上，那副慵懶富貴的姿態，看起來就像個小皇帝坐在他的皇位上一樣，我有股衝動想用力捏那軟綿綿的肉。

吃完飯後，母親坐直身子對我說：「素拉，來廚房幫我煎綠豆煎餅，還要洗米。金先生一家人要來吃晚餐。」

一天裡我最畏懼的差事，就是被叫進廚房。我的表情想必變得很難看，因為父親對我皺起眉頭。

我心不甘情不願地跟著母親，從客廳走下到那個狹小又悶熱的地方。一個個水桶依照大小排成一列放在泥土地上，裡頭裝著從庭院水井打上來的水。母親早就站在石造流理臺旁邊，背對著門口。她的右肩在使勁揉著大碗裡的醃肉時上下起伏。她的一頭秀髮盤成髮髻，就像黑曜石般柔順有光澤。我伸出手想叫她，但猶豫了一晌便垂下手臂。

我想問戰爭的事情，卻又不敢說出口。

「拿去，把米洗一洗。」她一面說，一面彎腰靠近燒著柴火的爐子，從掛勾上拿下葫蘆水瓢。

我從她手裡接過水瓢，倒進兩杯米後沖洗著如珍珠般的米粒。我的長髮在面前擺盪。

母親露出一個像是聞到什麼臭味般的嫌惡表情。「嘖，把妳的頭髮紮起來，免得掉到飯裡。」

「是的，媽媽。」我馬上紮了個辮子。

她的眼神停留在我身上。像是無法擺脫自身不幸似的，她無奈地對我說：「怎麼我女兒皮膚這麼黑，兩個兒子倒是都遺傳到我的白皮膚呢？」

我看著自己橄欖色的黝黑雙手。白富貴，黑貧賤，別人總是這麼跟我說。

母親把綠豆粉遞給我。爐灶上放著一煎鍋的熱油。「來吧，把麵糊弄完就來煎餅吧，都到這個年紀了應該知道怎麼做。」

我擦掉人中的汗水。綠豆粉、水跟蔬菜得和在一起，說不定還得再加點醬油。鹽巴和胡椒也要吧？我攪著麵糊，往煎鍋上倒入幾個小餅，接著從松木櫃裡的陶罐抓了一把鹽巴。

「哎呀！妳抓了多少鹽啊？一小撮就夠了。一小撮就夠了！」母親喝斥。

但太遲了，我空空如也的手在煎鍋上方僵住。我不敢呼吸。鹽巴融化在滋滋作響的滾燙麵糊裡。

「我的老天！妳到底什麼時候才能學會做飯？這樣我要怎麼把妳嫁出去？」母親又是嘆氣又是皺眉。

「幸好我讓妳輟學了。妳腦子裝書裝太久啦，都不知道怎麼做事情了。」她把我推到一邊，接手煎起煎餅。

我的頭倏地抬起。「嫁出去？」

「那麼驚訝做什麼？妳在釜山的舅媽結婚時才十六歲！別擔心，妳還要好幾年才會結婚呢。現在來幫忙切水果，看我是怎麼做的。」她流暢俐落地削好皮，蘋果成了平滑的球狀，接著她將之去核，均勻地切成小塊。

我拿了顆蘋果和削皮刀，煩惱如烏雲罩頂。再過四年我就十六歲了，結婚比我想的還快。

先是不能去上學，再來又是這個。

這個空間似乎忽然縮小了一半。我的雙手發麻，快要握不住刀子了。突然間，我感到一陣刺痛。

「哎呀！妳在做什麼？」母親說。

我低下頭，看見鮮血從手指流了下來。流理臺上盡是一塊塊又粗又短的蘋果皮，和母親那條沒間斷的果皮相比簡直是天差地遠，她削下的果皮優美地像貝殼內側的螺旋花紋。母親將她切好的蘋果擺在盤子上，蘋果片完美地排列成圓，我則把自己大小不均的蘋果放在旁邊——碩大的蘋果被我削得像小杏桃般，果肉都給浪費了。

第三章‧‧‧‧‧‧

那天傍晚，金先生一家人提早到了。

「啊，請進！」父親鞠躬歡迎他們。

「你都這樣跟最好的朋友打招呼啊？」金先生問。他伸出雙臂緊緊地抱了父親，父親哈哈笑了，重重拍了一下他的背。母親急忙從廚房出來，給金太太一個擁抱。她們互相道好的聲音很輕，彷彿不想讓人聽到似的。

明基和柔美跟在父母後面進門。柔美跟眾人鞠躬打招呼，但假裝沒看到我。她從我面前經過時，我盯著她看。她看起來有點不一樣。啊！是瀏海！剪太短了！我憋著沒笑出來。

她對我怒目而視，接著輕蔑一笑。「妳那天是不是躲在柳樹下偷聽我們班上課啊？」

我喉嚨一緊。

沒想到有人會注意到我躲在樹下。難道全班都在看我嗎？我想說話，卻什麼也說不出來。

「嗯，」柔美笑著說。「我就知道是妳。妳那鋼絲頭無論到哪我都認得。」

我緊握著拳頭，狠狠瞪視著她，眼神兇惡到足以燒掉她那一頭絲綢般的秀髮。上天原諒我——但我真希望她死掉，那個臭柔美。她怎麼能跟她哥哥差這麼多呢？

明基優雅地穿過房間，把提袋放在地上。他到哪裡都帶著書。母親說明基長成相貌堂堂的少年了，我完全同意。不過我不確定讓我總是搜尋他身影的，到底是他那光滑的古銅色肌膚，還是他那一袋書本。

小時候我們時常一起抓蜻蜓，但現在他已經十四歲了，也上了中學，便很少跟我說話。我們之間的距離已擴大成一道鴻溝。

「明基哥哥，你今天在讀什麼書呢？」我問，語帶尊敬地稱呼他。

他把袋子倒過來，好幾本書落到地面。

我的下巴掉了下來。好多本書呀，大的小的，厚的薄的，這些書足夠我忙上好幾天了。我止不住大大的笑容蔓延，但仍保持禮節不露出牙齒，就像我一直以來被教導的一樣。我撿起一本紅色小書，隨意翻著書頁，聞著紙張帶有墨水和些許霉味的氣息，那味道讓人感到安心。

明基從我的手裡搶回那本書。我剛剛未經同意就把書拿起來，是不是很沒禮貌？我像聞花香一樣地嗅聞著書本，這個舉動看起來肯定很奇怪吧。「對不起，我不是故意……」

明基用書本指著我。「這本書在講共產主義，這些全部都是。妳不記得了嗎？新來的校長改了課綱，幾乎把其他種書都沒收了。」他嘆了口氣，隨手將書本丟進袋子裡，像是把臭掉的蛤蜊丟回河裡一樣。「抱歉，」他說：「我只是厭倦閱讀那些讓人心靈麻痺的廢話了。馬克思教條、革命宣言，還有為大眾謀福祉之類的，都是一樣的垃圾不斷在重複。」

我都忘了。有一瞬間，那本紅色教科書就只是一本帶有美妙紙漿氣息的書本罷了。我的臉頰慚愧得發燙。明基一家是我們唯一能信賴的人，也是村裡唯一和我們一樣反對政黨的人。我是再清楚不過的啊。

桌上擺滿了一碗碗白飯、豆芽菜湯、泡菜和煎餅。父親席地而坐，右手邊坐著金氏夫妻，左手邊坐著母親，我們小孩子則擠在一起。我坐在英洙旁邊，做好心理準備等柔美在我另一邊坐下後要盡量不動聲色，結果反倒是明基在我身旁坐下。他的膝蓋碰到我的腳，我從來沒這麼靠近過他。我端詳著他光滑的手——他將手放在大腿上，彷彿正沉思著——直到他也看向我，我才發現自己八成是看得太入迷了，一股燥熱爬上臉頰。

母親忽然起身關上窗戶的遮板，父親則行了個禮，念了一段禱詞。接著大家各自捲起袖子，但沒有人說話。金先生大聲地喝下碗裡的滾燙肉湯，張大嘴呼出蒸騰的熱氣。父親每啜一小口就發出心滿意足的讚嘆。聽著餐桌上此起彼落的暢飲聲、抽鼻聲和飽嗝聲，我吃光碗裡最後一點肉和熱湯，留個碗底朝天。

「哇，看看我兒子吃了多少。這頓飯可真是好吃。」金先生說。他拍拍明基的肩膀，彷彿兒子吃個晚餐像是打了場了不起的仗一樣。

母親的臉皺了起來，不好意思聽到這般的讚美。

「噢，你跟金太太有這樣的兒子真是好福氣。他今生來世一定會好好伺候你們的。」

金太太微微笑，雙手在嘴前揮舞，急忙吞下嘴裡的食物。「你們有兩個兒子才是好福氣呢。這是雙倍的福氣，妳夫家的子嗣能綿延萬世。」

她們呵呵笑著，沉浸在彼此的祝福帶來的安心感之中。不過她們的笑聲像小冰錐般刺痛著我，我只好迴避眼神才能止住痛楚。

金先生將豆芽的根鬚簌地一聲吸進嘴中，咂了咂嘴讚嘆。「素拉呀，這頓飯是妳幫忙煮的嗎？」

我點點頭。

對面的金太太對我眨眨眼。「她就跟她媽媽一樣廚藝很好呢，還是個很有責任感的女兒，比我們家柔美好多了。」

「哪裡的話，我家女兒在廚房裡可糟糕啦，」母親說，面色泛起紅潤微光。「笨手笨腳又討厭做家事。我敢說長大後絕對嫁不出去。」

我，一個笨手笨腳的女孩。

金太太開玩笑地責備母親。「胡說八道，我敢保證素拉有天會嫁給一個好人家的英俊少年的。」

母親摀著嘴輕輕笑著。那聲音刮著我的耳朵。

我環視餐桌旁的人。柔美神采奕奕的模樣讓我幾乎無法直視她。我試圖把心思放在最愛的白日夢上：我拿到了全班第一名。

那天是畢業典禮，校長叫我到講臺上領獎狀。母親和父親欣慰地擦拭淚水。全班同學都羨慕地看著我，尤其是柔美。

「才不呢，我家女兒廚藝可差了，」聽見父親這麼說，我的頭倏地抬起來。「她在綠豆煎餅裡灑太多鹽巴了，吃起來就跟海水一樣。」

眾人哄堂大笑。

我看著父親，通常他都會稱讚我煮的飯。我知道對謙虛的父母而言，在別人面前批評自己的子女是種禮貌，不過我還是覺得被出賣了。

柔美因為聽見我的缺點被評論而高興不已，她烏黑的瞳孔像寶石般閃閃發光。她斜眼看著我，咬了一口煎餅後露出誇張的表情，接著狂灌一大杯水，用手搧著領口處。我的下巴開始顫抖。接著母親伸手摸摸柔美的頭髮，一面讚嘆著：「噢，真漂亮。」我咬住嘴巴內壁，直到流出血來。

明基看著我，我們四目相接。「不現在說嗎？」他問著他父母，打斷他們的笑聲。

「急什麼？」金太太責怪道。「我的湯都還沒喝完呢。」

「我只是覺得別太晚告訴他們。」

我對明基投以感激的微笑，但他沒有回應。

「是、是，兒子說的沒錯，」金先生說，他看了手錶一眼，面色嚴肅起來。他上衣的腋下處被汗水弄溼了。他輕咳一聲，轉身面向我的父母親。「我們打算逃跑，希望你們全家也一起來。」

第四章

母親和父親坐著不發一語，面色凝重。父親別過臉，視線避開金先生。母親則擺弄起已經排得整整齊齊的碗筷。

逃跑。這個詞彷彿對我低聲嘶吼著，我嚇得退縮。大家都知道軍警會射殺試圖越過邊境的人。

我扭著雙手。如果我們逃到南方，就不必再參加城裡的黨大會，不用再聽那些永無止盡的演講，說著生活在共產主義的工人天堂是多麼快樂。就不用害怕鄰居會指控我們是賣國賊。上教堂也不會被逮捕。我們想讀什麼書就讀什麼書，不再只能讀關於蘇聯母親和萬惡美國的書籍。也不用擔心在放學回家的路上被祕密警察強行帶走，審問關於父母的言行。

如果到南方，我們就會失去原有的田地。但是父親說不定能夠在哪間店鋪工作，或是做點生意，不必跟母親一起照顧作物。母親能照顧弟弟，我說不定就能夠回去上學了——即使這違背她的期待。我知道學校跟共產主義、戰爭或祕密警察一點關係也沒有，但我無法停止思緒千迴百轉。如果這份自由能帶來另一份自由呢？

我的心怦怦跳著，我感覺自己被一股力量拉扯向前，彷彿站在懸崖邊往下看。

終於，父親打破沉默。「太危險了。邊境四周都是士兵。被抓到的下場就是當場被射殺，一個也不留。」

金先生正襟危坐，表情看起來很激動。「是啊，但是戰爭開打了，現在他們忙著打仗，可沒空管我們和其他逃亡者。這可能是我們最後一次機會了，誰知道未來會發生什麼事情。」

我的胃一陣翻攪。

「你們打算去哪裡？」父親問。

母親伸手摸著後頸，彷彿那裡有什麼東西似的。

「釜山，」金先生說。「大家都往南邊沿海去。」

父親緩緩點頭。「我小舅子姜弘喆在那裡有棟房子，我可以給你地址。他家在八八一八號……」

「金先生，我們當然不會跟你們一起走。這真的太危險了，」母親插嘴，憤怒地看著父親，斗大的汗珠在她的額頭上泛著光。「恕我冒犯，但你們根本不應該說這些事情，這會置我們家於險境啊。一旦你們逃跑了，你覺得警察會質問誰？是我跟我丈夫啊。就因為是你們的好朋友，他們會指控我們是叛國賊的。要是他們發現我們早就知道你們的計畫卻什麼也沒有做……我們會被送進牢裡的！說不定還更慘！」她倏地起身，跑去檢查窗戶外頭。

金先生皺著眉，低下頭。

屋裡瀰漫著怪異的緊張氣氛。我很小的時候就認識金先生跟金太太了，他們就像家人一樣。我從沒見過母親或父親跟他們吵架。

不知為什麼我突然覺得想哭。

母親、金太太、柔美和我收拾起餐桌，男人則壓低音量，一邊喝麥茶，一邊嚴肅地交談。明基坐在離他們稍遠一點的地方，面色鐵青。我偷聽到父親把去弘喆舅舅家的路告訴金先生：距離釜山車站不遠處有個國際市場，舅舅在市場南邊有個賣魚的攤子，他家也在那附近。有人打開收音機，屋裡霎時充滿廣播員激亢高昂的聲音，如連珠炮似地報導戰況。

躁動的英洙在一旁打起他的木陀螺，喊著我去看。柔美和智秀圍過去看，但我不必看也知道，陀螺最後會失去控制，然後就會停下來，像死去般一動也不動。

「表舅！表舅！我還要轉圈圈！」我邊說邊舉起雙手。他抱起我，像個木陀螺般旋轉著，我抓著他堅實如木的臂膀。

「他才不是妳表舅！他不過是個根本沒什麼血緣關係的遠房親戚！」母親厲聲說。「拜託，看在老天的份上，」她央求站在屋子中央的男子：「離開我家吧。如果你會擔心我們一家子的安危，拜託你走吧！」

母親的話令他沮喪不已。「俞利，我真的很抱歉。我沒有別的地方可待了。明天我就離開，我發誓。拿去吧，我給妳帶了禮物。」他伸手從袋子裡拿出一袋新鮮小黃瓜。

「哎呀！」母親驚呼一聲，從他手裡搶走那袋子。她搖搖頭，扯了扯頭髮。「那就明天一大早吧。清晨就走。唉，你八成是瘋了才會去幫人越過邊境逃跑。要是被人發現你做了些什麼，你會被殺死的！你知道吧？」隨後她忿忿然地提著洗衣籃走出家門。

只剩下我們了。

「素拉呀，妳長好快啊。現在幾歲啦？六歲？七歲？」

「八歲！」我神采奕奕地說。

表舅呵呵笑著。「哇，妳是大女孩了。我帶了些花生給妳。妳剝開花生後，可以把殼當成耳環噢，妳看。」他把一只花生殼掛在自己的耳垂上。

我咯咯地笑著，從他手裡拿走那袋花生。

正當我吃著花生，他看著水盆上方的小鏡子，開始用刀片刮起鬍子。在午後的陽光下，我注意到他眼睛下方的黑眼圈以及下巴沒被修剪到的鬍渣。即使如此，他還是很好看。他的頭髮還抹了厚厚的髮油，柔順地往後梳起。「看我刮鬍子有這麼有趣嗎？」他笑著問。「快去做花生耳環。」

我坐在地上敲開花生殼，正把一只耳環掛在耳朵上，就聽到外頭傳來窸窸窣窣的聲音。有人用拳頭大力搥著家門。我嚇得跳了起來。

兩名警察破門而入，手中的步槍對準表舅。

「你知道我們為什麼來這裡嗎？」一名警察大吼，他墊肩上的軍徽直直對著我。

我看著表舅，抓緊手中那袋花生。

「我知道，」表舅說，眼睛眨也不眨，完全沒有退縮。他繼續刮著鬍子，咬緊牙根，以俐落的刀法刮除白色泡沫。

「動作快！」警察把水盆撞翻。泡沫水濺到牆上。

但表舅咬緊牙關，謹慎地刮下最後一刀。他仔細地用毛巾擦拭臉龐，接著走到門外，步槍上的刺刀刺進他的後背。

我坐在一灘尿裡，手裡裝著花生的袋子變得皺巴巴。

那是我最後一次見到他——那個不是我表舅的男人。

碗盤的噹啷聲讓我嚇了一跳。

父親還在和金先生說著母親在釜山的弟弟的事情，母親一面怒瞪著他，一面把空碗盤丟在托盤上。我知道母親在想什麼——那個不是我表舅的人被相關單位帶走後，他們也處決了她的阿姨、姨丈和他們的小孩，只因為他們跟被指控為叛國者的人有血緣關係。我們則因為血緣關係稍遠得以倖免。

也因為母親說是他強行闖入我們家——雖然這是個謊言。

我從門口溜出去。雲層漸黑，我倚著木頭圍欄坐了下來，望向遠方的小麥田。一股寒意朝我襲來。

「跟我們一起走吧。」黑暗中傳來一個低沉的聲音。

我嚇了一跳。明基出現在我身旁，他金屬框的眼鏡穩穩地架在他高挺的鼻梁上。他怎麼會在這裡？在這麼近的距離下，我注意到他的側臉有個小小的胎記，像是一滴香甜巧克力那樣的褐色斑點，我有股想觸碰它的衝動。

「我不懂，」他說。「以前妳總是說著妳爺爺住在美國的事情。難道妳不希望有一天妳也能去嗎？或是去這世界上其他地方？要是待在這，妳怎麼可能辦得到？

我們連去隔壁村都要有通行證了。在南朝鮮，人們可以隨心所欲地自由來去。」

隨心所欲地自由來去。

我默念著那幾個字。我能被允許隨心所欲地自由來去嗎？

接著母親被嚇壞的表情跳進我腦海，她的臉繃得緊緊的，就像張鼓皮。我想像我們在夜裡的林間悄然行進，但配著刺刀步槍的邊境守衛卻始終近在咫尺的景象。「太危險了，」我不假思索地說。「如果被抓到，他們會殺掉你的，就像殺掉我表舅一樣。」

明基用食指推了推眼鏡，彷彿要將我看得更清楚。「妳以為我不知道嗎？但有些人就是成功穿越邊界去到南方了。妳不能被恐懼控制啊。」

「說得倒簡單。」我想都沒想便回他。

他垂下眼，大大嘆了口氣，好像我讓他失望了一樣。

「妳的父母就像我的親生父母一樣，而妳……就像我的小妹一樣，」他站了起來。「希望妳和妳家人能夠重新考慮。」

接著他就進門了，替我留了扇未關的門。

第五章・・・・・・

一九五〇年六月二十八日

日子一天天過去了，我們表現得像什麼事都沒發生過一樣。沒人提起金先生的提議，但這件事卻始終盤旋在空中。

母親禁止我們去找金家人，甚至不准我們提到他們的名字，但我知道他們還沒離開。明基會在校舍旁的柳樹下留書給我，一次放一本。當我在樹下找不到舊教科書和小說的那天，我就會知道他已經走了。

某個夏日早晨，空中雷電交加。大家都待在屋內。母親一面縫補英洙褲子的破洞，一面吆喝智秀離裝滿尖銳繡針的盒子遠一點。

英洙和我面對面坐在桌子旁邊，他打開一盒玩具。「姊姊，想玩柶戲[4]嗎？」

「等會吧。」現在金氏一家隨時都有可能會逃跑，他怎麼會想到要玩遊戲呢？

英洙嘆了口氣說：「妳可以拿一本我的課本。這本是妳的最愛，有很多地圖的歷史書。」他把書本從矮桌的那頭推過來，就像長輩把一盤食物推到怕生的孩子面前那樣，朝我點了點頭表示同意。

我在想他是不是早就發現我老是趁他晚上睡覺時翻閱這本書。

「不了，你拿回去吧。我不想要。」我把書本推回去，但書本滑過桌面時，我的眼神卻牢牢盯著那美麗的藍色書皮不放。

英洙聳聳肩，把書本放回袋子。他不是想讓我難堪，對一個小男孩來說，他的心胸寬大無比，這點我再明白不過了。但我被迫弄飯給他吃，還要帶他去我不許去的學校上學。難道這些還不夠丟臉嗎？我怎麼還能接受他的施捨？

「姊姊，有一天我們要一起去美國。我們可以一起開船去，我當妳的水手。」他對我微微笑，沒有要放棄的樣子。

我給他意味深長的一眼。他怎麼能這麼輕易地說出這些話？美國是我連想都不敢想的美夢，更何況是大聲說出來……那夢境太過耀眼了，我根本不敢奢求。「英洙，說不定有一天你會去，但我不會。你知道的。」我將一片蘋果塞給他，我已經學會怎麼削皮和切出完美的半月形。

父親抱著一大堆木柴走進來，將柴薪堆在廚房臺階旁。我又切了幾顆蘋果，將蘋果片放在盤子上，大家圍坐在餐桌旁休息。父親將一整片蘋果塞進嘴裡，智秀則

❹柶戲（윷；yoot）：音譯為尤茨，又稱擲柶，為一款深受韓國人喜愛的傳統遊戲，總共有四根棍子（一面圓、一面扁）、八個棋子和柶戲盤，是利用投擲棍棒以決定棋子移動格數的棋盤形遊戲。

抓了兩片，兩隻小手各握著一片蘋果。

「好多了，妳這次切的好看多了。」母親說，嘴裡塞滿蘋果。這算不上多好的讚美，但就像飢餓的小狗連一點剩飯都會囫圇吞下一樣，我還是接受了。後來我也咬了一口蘋果，果肉多汁且酸甜。我的嘴唇噘了起來。我沒什麼胃口。

收音機傳來男子刺耳的聲音：「不到三天，我們英勇的軍隊已經拿下南朝鮮首都首爾！再過不久，我們南朝鮮的同胞就會回到祖國的懷抱了！」

父親啪地一聲切斷廣播。他停止咀嚼。

靜默在我耳裡震盪。「爸爸，那是什麼意思？北朝鮮會打贏戰爭嗎？」

他的手摩娑著後頸。「我不知道。」

「臉色這麼難看做什麼呢？」母親問。「什麼也不會改變的。我們只要像先前一樣低調度日、遵守法律就好，一切就都挨得過去的！」

父親迅速轉身，漲紅了臉。「妳在說什麼傻話？一切都會變的！」

我從沒見過他這麼生氣。「共產黨會控制整座朝鮮半島！我們一心期盼的自由選舉、跟外頭的世界接觸的機會，還有暢所欲言的權利，這些希望全都會消失！妳想要過這樣的生活嗎？開永無止盡的黨大會？害怕自己的鄰居？只能偷偷在暗地裡敬拜耶穌？去平壤為父母掃墓還得申請許可？」

母親沉默了。

我扭緊衣服下襬，越絞越緊。「那金家人呢？」我問。我一提到他們的名字，母親嚇得整個人跳起來。「他們會怎麼樣？如果戰爭結束了，他們就不會想辦法越過邊境了，對吧？」我想像著明基和柔美直直地走進一團漆黑煙霧中的畫面，心臟便怦怦狂跳起來。

父親啜了一口茶。「我猜他們隨時都會出發，他們會抵達釜山的。」接著他轉向母親。「釜山地處國土之南，也防守得很好，北朝鮮軍隊動不到那裡的。北朝鮮軍還沒到，美國人就會把他們擋下來了。就算美國人沒能擋下他們，要離開朝鮮半島，沿海城市還是比較有機會。或許我們該考慮跟金家一起去釜山落腳。我們可以投靠妳弟弟弘喆跟他太太。」

我望著父親。他改變心意了嗎？我體內某處開始翻騰。

母親瘋狂地搖頭。「不行，太危險了！我們怎麼可能帶著三個小孩，一路走到南朝鮮最南端？我們沒有錢踏上這趟路途。而且要是北朝鮮打贏了，那一切心血就白費了。我們等於是冒著生命危險和失去家園的風險，全為了一場空！」她抽噎起來，用裙襬輕按眼角和鼻子。

「如果無望獲得自由，那這一切又有什麼意義呢？妳的思想為什麼這麼僵化？簡直就是冥頑不靈！」父親說。

「你呢？我的丈夫啊，你是隨波逐流！我以為我們說好了要留下來的！」

我不知道我們該怎麼辦。想到要離開，我的心跳便開始加速，但不知道是因為恐懼還是興奮。我拉拉父親的衣袖。「爸爸，在南朝鮮是不是人人都有自由？大家都可以隨心所欲自由來去，這是真的嗎？」

另一頭的母親對我怒目相向。

「是啊，素拉呀，」父親說，但他的面色凝重，我知道就連他也很難回答這個問題。「妳媽太固執了。」他咕噥道。接著他重重在矮桌上捶了一下，茶杯碰撞木頭桌面發出喀啦喀啦的聲響。他起身走了出去，用力甩上門。

他一走出門，母親便如一陣風般朝我衝來，長裙都飄揚了起來。「妳以為南朝鮮是什麼神奇的地方，能把所有討厭的問題都治好嗎？」她低聲嘶吼，眼裡盡是恐懼。「那裡就跟這裡一樣，都是相同的泥土和石頭做的。什麼都不會變。妳還是一個女兒，妳還是長女，還是得遵循傳統。妳是沒辦法擺脫掉那些責任的，如果妳心裡就是在盼望這些事情的話。」她的嘴緊緊抿著。

我一動也不動地坐著，太陽穴因為壓力而傳來一陣陣抽痛。全老師放的二戰影像在我腦中一閃而過——老弱婦孺，每個都衣衫襤褸，在已無生命的身軀旁哀號哭喊。忽然之間，離開家園的想法讓我非常畏懼。

母親再度打開收音機，廣播員的聲音像是不速之客般又出現了。她按著我的頭，將我推向收音機說：「妳給我仔細聽好！妳聽見他說什麼了嗎？就快要打贏了！戰爭馬上就要結束了，我們沒道理冒著生命危險。別鼓動妳爸爸！他就愛做白日夢。素拉，快醒醒吧！女孩子的腦袋要機靈點，要跟狐狸一樣精明，不然妳要怎麼在這個世界上生存？」

第六章・・・・・・

一九五〇年六月二十九日

隔天早上，我一路跑到校舍旁的柳樹下，後背因汗水而溼漉漉的。母親說得沒錯。冒著生命危險逃跑有什麼意義呢？如果整個半島最後都成了共產黨，那也無處可逃了。我得阻止金家人離開，他們就跟父親一樣在做白日夢。

沒有學生跑上山坡，也沒有鐘聲從校舍傳來，大門前的植物已經開始枯萎。闔上雙眼，我彷彿還能看見我被迫輟學以前學校的樣子：女孩們在校園裡做花圈，英洙跟同學玩鬼抓人，還有幼兒園的小孩在草地上奔跑。

我睜開眼睛，原本鮮明的畫面就像煙霧一樣，逐漸在空蕩蕩的校園內消散。柳樹豎立在山丘頂端，下垂的柳條將地面以及地上的東西——落葉、石頭、明基的書——全遮住了。我在樹下找了許久，卻什麼也沒找到，就連明基氣得扔進袋子裡的那本小紅書也沒有。難道他們已經逃走了？我翻遍落葉和樹叢，什麼都沒有。

金家人走了。

我停下所有動作，細細咀嚼著這份靜默，忽然間感到更寂寞了。我就像棵空心的樹，任憑疾風在衣服間流竄，好像要刮走我身上的衣服。

我站起身，走了起來。天空和河流彷彿模糊了界線，我跌跌撞撞地走回家，分不清天南地北。

❄ ❄ ❄

「像小狗追著尾巴似的，謠言傳得很快。」我溜進屋裡時聽見母親對父親這麼說。她拉開收納櫃，把摺好的被子放進去，臉色像是暴風雨前夕的湍流般陰沉。「有人說金家被抓去勞改監獄了，但也有人說他們聽到槍聲。」我倒抽了一口氣。彷彿一道冰涼的液態金屬流進我的胃裡，我不自覺發起抖來。

「妳確定？」父親問。「我是說……他們不見了？」他坐在矮桌旁，那杯麥茶還沒動過。

「我很肯定！」母親大聲說。「而且最糟的是大家都跟我們家保持距離，好像我們是瘟神一樣！」

從那天起，母親要我們待在家裡。

我們成了眾矢之的。只要鄰居一時興起到當地黨辦去撒個謊，我們一家人可能就會被送到西伯利亞惡劣又嚴苛的勞改監獄裡。「朴氏一家全是祖國叛徒，就跟他們的好友金家一樣！我聽到他們說……」

黨會獎勵他們的忠誠，而我們會跟鬼魂一樣消失得無影無蹤。

在警察盤問了母親和父親後，我們不論吃飯睡覺，全家人都待在一起，離開屋子也不會超過十分鐘。我提議玩上學遊戲來打發時間，英洙和智秀都同意，但不到下午，他們就都像香腸般躺在地上滾來滾去。最後我們都待在各自的角落，智秀吸著大拇指，放鬆地待在一堆乾淨的襪子旁。

不久後，永無止盡的上學遊戲演變成我們互相吼叫的局面。即使有人用手指打拍子也會引發另一個人的怒火。就連父親也開始吼著我們，叫我們安靜下來。所以閉關七天之後，當英洙說他想去抓魚時，母親並沒有反對。她只叮嚀我們動作要快。

我帶英洙去河邊。

我們走在泥土路上，兩人都不發一語。隨風搖曳的樹林和悅耳的鳥鳴撫慰了我們的心靈。雖然感覺得到鄰居在監視我們（半掩的窗戶後有人在偷窺，還有無風卻沙沙作響的窗簾），我仍享受著新鮮空氣，不願把頭低下來。我盡可能無視那些人，想像著逃亡的明基——不只如此，他是遠走高飛、奔向自由了。他越過了樹林，遠離可悲的閒言閒語和僵化的規定。

「姊姊，這個地點不錯。」英洙說。他蹲在河岸的泥巴地，我看著他捏著泥巴餅、挖地找蟲子。幾條粉紅色的長長玩意兒在他手掌心蠕動。

一群男孩光著腳從河的對岸走來，在河面上的石頭和樹枝間跳躍。他們的白襯衫沒紮好，看起來亂七八糟，但紅色的臂章就像雪地上的鮮血般刺眼。

「看看是誰在這！」有著一張月餅臉的男孩說。我認出他是徐家的兒子。「叛國賊！如果你們不愛我們的國家，就應該跟姓金的一起被槍斃！」他拿著一根長棍朝我們衝過來，我們嚇得往後退縮，他放聲大笑。

我抓起英洙的手，往上游走去，但那群男孩跟了過來。

「我們應該去跟警察說，這些叛國賊沒有戴臂章！」一名手裡拿著糖果的男孩說，那種糖果是曹同志獎勵舉報父母的學生用的。

我認得他。他是光秀，鄭家的小兒子。他父母曾因為家裡的金日成肖像掛歪，被罰做一天勞動服務。

男孩們將我們團團圍住。他們人數太多了……五個、六個，有七個人。我的呼吸顫抖起來。我瞄了英洙一眼，他的臉色蒼白。

「叛、國、賊！叛、國、賊！」光秀和男孩們吆喝起來，朝我們圍得更近。

「看看這傢伙，看看他衣服上的泥巴。那可不是辛苦工作的無產階級會有的泥巴。那是整天在泥地裡玩耍，崇尚美國資本主義的豬仔才會有的！」月餅臉說，那聽起來就像地方黨領袖在鄉鎮會議上會說的話。他的口氣有腐敗泡菜的味道。他一把搶走英洙手裡的蚯蚓，把牠拉得長長的。

「還給他。」我說，胸口燃起熊熊火焰。

那條蚯蚓的身軀被拉成一條又細又長的淺紅線條。這條線仍不斷被拉長、拉長，直到牠啪地斷成兩截。

「不要！」英洙大叫。

月餅臉把蚯蚓的殘骸丟在草地上。英洙跪在地上，撿起無辜遭殃的蚯蚓。

這時月餅臉抓住英洙的手臂。我想都沒想，便把弟弟的衣袖從他手裡抽走。

「你叫誰髒小豬？聞過你自己沒？」我說。

那一瞬間，月餅臉看著我，就像野狼死盯著困在樹上的獵物。他假裝要走開，接著卻猛然轉身把棍子往我腹部刺過來。

我的身體蜷縮成一團，跌在地上。眼淚盈滿我的眼眶，我將眼睛閉上。

我摸了摸腹部，鮮血沾上衣服。我得提醒自己呼氣。

一陣笑聲傳來。那醜惡的笑聲來自四面八方。接著是一聲咆哮——狂亂而憤怒的咆哮，就像被囚禁的野獸會發出的吼叫。我張開眼睛，看見那些男孩們四處逃竄，空中還有乳白色的石子像小小箭矢般飛舞。英洙站在我身後，抓起河裡的石頭大把大把地丟著，嘴裡仍舊發狂嘶吼，淚水布滿了他的臉龐。

「英洙，我沒事！」我說，試圖讓他冷靜下來。

但他還是繼續投擲石頭、吼叫著。

我伸手捧起他的臉。「英洙，看著我。沒事了。」

他停了下來，睜大眼睛，彷彿見到我很意外似的。然後他渾身顫抖地吸了一口氣。

我望向樹林，希望能看見月餅臉逃跑的樣子。我心裡倒有些希望他回來，希望他過來這裡，站在我面前。我們什麼事都沒做，他怎麼敢叫我們叛國賊？我開始思索當著他的面要說什麼，我會說他是惡霸，還是個被洗腦的笨蛋。我會跟他說金家人知道要遠離像他這樣冥頑又無知的人，實在是太聰明了。

但一想到這裡，我馬上就知道說這些話會有多危險。我從英洙的手裡拿走最後一顆石頭，竭盡全力丟了出去，接著狠狠地朝我心愛的土地啐了一口。

第七章・・・・・・

一九五〇年八月

好幾週過去了。村裡變得空蕩蕩。

路上有個竹籃從鉤子上掉下來，就這麼在原地待了好幾天。全老師的屋子也空無一人，大門了無生氣地隨風晃動。自從她的書本和教材被沒收了之後，她就像變個人似的，幾乎不跟人打招呼，現在她不見了。以前和我們上同個教會的一家人也在半夜消失了。從他們家的窗戶望進去可以看見木地板條全被掀開，被搜出來的聖經也被撕成碎片。他們家的狗每天都在屋簷下坐著等他們回家。

某天傍晚，我幫母親把晾在繩上的衣服收下來時，我發現就連空氣的氣味都不一樣了——這大地和泥土的氣息，聞起來彷彿整個村莊都沒住人似的。時間彷彿已經過了很久很久一樣。

「大家都上哪去了?」我問。「至少有四、五戶人家就這樣……不見了。」

母親不以為然地輕哼一聲。「四、五戶?應該更多吧。徐家呢?圓臉男孩那一家?他們昨天走了。」她說，語氣微慍。她從曬衣繩扯下衣服和褲子，丟進籃子裡。

徐家。是月餅臉。連他們也不見了。「大家都跟金家一樣離開了嗎？」

「不是，他們是被抓走的，」她一面說，一面維持著她一貫迅速的工作步調。「就像金家一樣。」她相信自己聽聞的，也就是他們被逮捕了。我寧願相信他們逃跑了，那才是他們不見的原因。

「被抓走的？」

「沒錯，被抓走了！」她搖著頭，一臉煩躁。「警察把他們不喜歡的人全抓起來了。這些消失的人就是去了監獄！或是去了比監獄還可怕的地方！妳知道嗎？他們還把牧師都抓起來了。趙牧師的太太說軍人半夜來把她丈夫帶走了。」

她沒有對我隱藏細節，但她異常平靜的語氣卻讓我畏懼地發抖。在教會還沒被禁之前，趙牧師多年來都是我們的牧師。他早就被禁止講道了，為什麼還要把他帶走？他死了嗎？我咬著嘴唇，以免哭出來。「為什麼要傷害牧師呢？」我勉強擠出話語。

「因為牧師看不起紅軍，」母親說，彷彿在生我的氣。「他們傳講上帝的福音，那些是共產黨不想讓我們聽見的事情。牧師是有思想的人，那樣子的人很難控制。」

「但是教會已經沒了！講道會也沒了！」

「素拉，不需要教會也能講道啊。紅軍再清楚不過了。」紅色。共產主義的顏色。它像火焰般燒灼整座村莊。它纏住人們的臂膀，緊緊箍著。然後當它敲著你的門時，你根本無處可躲。一股寒意爬上我的背脊。「媽媽，」我說，慌張感頓時將我攫住。「要是他們也來逮捕我們呢？我們不逃嗎？」

母親停下手上的活，直直地盯著前方。她強作鎮定，努力讓自己的表情像張白紙。

「我們很幸運，我們不是那些有權有勢的人。再說，新法律是把有錢人的土地拿去分給窮人家，我們可是獲利最多啊！」她轉身對上我的眼睛。「所以說，不行，我們不該離開，尤其現在北朝鮮都已經打下大半的朝鮮半島了，離開也只是冒著無謂的生命危險而已。記住了，在這件事上，可別跟妳爸爸站在同一邊。」

❄ ❄ ❄

天氣漸漸轉冷，我父母間的氣氛也一樣。冷冽的沉默在屋裡滋長，母親和父親幾乎不看對方。

他們又開始講話時，是因為兵單來了。

「他們要徵召所有健全的男子從軍。」這天母親在晚餐時間說著。我們吃著一頓沒有米飯，只有蘿蔔清湯的晚餐。她偷瞄了父親一眼，讓眼神停駐，像是思念凝視他面孔的時光。

「妳以為我不知道嗎？」父親輕咳一聲，又喝了一口湯。「軍隊來徵召，我就得走。但我拒絕為他們而戰，我會讓自己死在戰場上。」

聽到這裡，英洙嚎啕大哭，智秀像隻嚇壞的小狗夾著尾巴連滾帶爬地攀上母親的腿。我感覺得到英洙用他淚汪汪的眼睛望著我，渴望獲得一點安慰，但我自己的內心都如波濤洶湧，根本不敢看他。

母親把筷子往桌上重重一放，我們全都轉頭看她。「我們留下來可不是讓他們來把你帶走的，」她說，聲音顫抖著，她的眼眶泛紅。「我們會挖一個洞把你藏起來，你會很安全的。只要躲一段時間就好，我敢說戰爭不到幾週就會結束了。」

沒有人開口。

我在腦海裡反覆咀嚼母親的話，仔細思索著這個提議的可能性。有一次玩捉迷藏時，我在一個大甕裡躲了三小時，英洙根本找不到我，最後終於宣布放棄。如果士兵找不到父親，就沒辦法徵召他入伍。說不定母親的計畫真的可行。

幾週來的第一次，父親伸手去摸母親的手。這個微小舉動讓她的肩膀放鬆下來。

然後父親叫我去拿鏟子和鋤頭，晚上他有工作要做。

❄ ❄ ❄

隔天早上我望向窗外，見到父母站在麥田邊。他們蹲在一個大洞邊緣，大半身影都被松樹遮住了，一旁還有一堆剛鏟起來的沙土。我跑過去找他們。

「這就是我們要把妳爸爸藏起來的地方，藏到戰爭結束為止，我敢說很快就會結束了。」母親對我說，像念經般重複著昨天說的話。她起身擦拭額頭的汗水，赤古里的後背和腋下處全溼了。她一臉嚴肅地從父親手上接過鏟子，父親則爬進漆黑的坑洞中。

我滿臉驚恐地看著大地將他完全吞噬。

我小心翼翼地往前一步，俯身向下望去。父親像是在墳墓裡一樣仰躺著。我的呼吸急促起來，想到新聞裡成堆的屍體被丟進路邊隨便挖的大坑裡的畫面。這不是墳墓，只是個洞穴而已，我這麼對自己說。

下方的父親點點頭。「這樣沒問題。」

英洙從後方跑來。「媽媽，我也可以躲躲看嗎？」他容光煥發，像是輪到他玩捉迷藏一樣。

「別傻了，這可不是遊戲！」母親說。

「那這是什麼？」

母親跪下來直視他的眼睛，雙手緊抓著他的肩膀，指關節都發白了，她臉上的鎮定令人畏懼。「這是讓我們全家人待在一起的辦法，我們必須保護你爸爸。」

過了一會兒，英洙莊嚴地點點頭，像是慷慨赴義的士兵。

在保護父親這件事情上，我和母親意見相同。我站在洞口，我斜映的影子看起來像個高聳的巨人。

「他得一直待在裡面嗎？無論白天和晚上都要？」我問。

「他能在洞裡待越久越好。」母親說。她抖了抖長裙上的沙土，裙子又亮白如昔。

「那食物跟水怎麼辦？」我注意到自己提高了音調，便輕咳一聲。

「他偶爾需要進屋裡一趟。我們也可以趁晚上把食物和水帶過來。」

我看著父親從洞裡爬出來。他的身子沾上一層薄薄的棕紅沙土，就連嘴角和眼睛附近的皺褶裡也有。他看著我，對我微微一笑。我不敢相信父親從此再也不能露臉了。

第八章……

一九五〇年八月

隔天晚上，母親把我們叫去田邊。「今天，我們要練習把爸爸藏在洞裡。」她宣布。

英洙、智秀和我站在她面前，又是搔耳背，又是玩衣服。

「注意聽！」她厲聲說。

我們停了下來。

「過來看。」母親示意我們走近坑洞。

我往洞裡看。父親已經在裡頭平躺好了。他想要坐起身，但不慎滑了一下，肩膀撞到牆壁，泥土嘩喇喇灑在他頭上。英洙咯咯笑了，智秀也高興地尖叫。但我卻面無表情地盯著爸爸看，努力想甩掉那股卑微的感覺：我的父親，在坑洞裡。

母親用塊木板把洞口蓋起來。「英洙呀，你的工作是把地上的腳印掃掉。」母親把掃把丟給英洙，他掃起洞口附近的地面，揚起一陣小旋風。「素拉，爸爸昨晚睡在屋裡。妳的工作就是去屋裡把他留下的痕跡清乾淨，像是多餘的茶杯、他的拖鞋。所有東西都得消失。去吧。」

我衝過田地，跑進屋裡，把父親的拖鞋丟到木頭地板下藏聖經的地方，接著清洗矮桌上的兩個茶杯，也撿起他的內衣褲放進衣櫃裡。但他其他的衣服、刮鬍刀和鞋子怎麼辦？我要藏到什麼程度？有什麼遺漏的嗎？唉！我馬上跑回田裡。

母親在計時。「四百二十秒，」她告訴我。「妳花了這麼久的時間才完成工作。」

我不覺得四百二十秒這個成績很糟，畢竟屋子離這裡少說也有快一百碼遠。

母親把注意力放在我們所有人身上。「大家的動作得再快一點、再確實一點。」

稍後我們回屋裡，坐著練習控制臉部表情：放鬆嘴唇肌肉、消除眼裡的焦慮，這樣一來，敲門的人就不會知道我們因為在欺騙他們而緊張得心跳加速。「這件事就跟把爸爸藏好一樣重要。我們絕不能讓表情洩露了想法。」母親對我們說。但不管練習多少次，我還是擔心自己的臉會背叛自己。

「媽媽，像這樣嗎？」英洙問，一面捏著自己的臉頰，擠出鬥雞眼。我努力憋住想爆笑的衝動。

母親把手放在嘴唇上，皺著眉。「不對，不能看起來很害怕或是太過放鬆。看起來跟平常一樣就好。不能讓人知道我們把爸爸藏起來了，懂嗎？」

英洙點點頭。

智秀拍手大叫：「把拔！把拔！」他咚咚地敲著矮桌。

「不行，小智秀呀，」母親說，雙手在空中揮舞。「不可以叫爸爸，他不在了。」

智秀幾分鐘前才看到父親待在洞裡，聽到母親這樣說著謊，他咯咯笑了起來，尖聲叫著。「把拔！把拔！」他叫得更大聲，手指著坑洞的方向。

看著智秀的反應，母親在額前圍上頭巾，在鋪了地墊的地板躺了下來。「去外面玩吧，我們等會再練習。」她說。

如她所言，我們反覆練習著，只為了某天能夠用上兩分鐘。我們所有人都拿出精湛演技，面色從容地把父親藏起。媽媽像交響樂團的指揮家般站立著、舉起雙臂，因為我們稱職地扮演好各自的角色而高興地笑著。「過來吧，孩子們，你們真讓我驕傲！」

英洙和智秀衝進她懷裡。她抱了抱他們。

「素拉呀，妳也過來，」母親說。

我走了過去，她用指尖碰碰我。

「今天大家都做得很好，我想我們準備好了。我們一家人會待在一起，不會有事的。」她大力地點著頭。

我好想相信她，也願意做任何事情讓這成真。如果有人跟我說吃蝗蟲能夠保護我們全家，我會把一百隻蝗蟲全吞下肚。

❄ ❄ ❄

但我知道誰都無法保證。且用不著多久，我便會意識到自己根本還沒準備好。即使做再多練習，我都無法在那個八月底的早晨，當兩名軍官來敲門時做好萬全準備。

「讓我們進去！我是朝鮮人民軍的中尉，邊泰俊。」一名男子大聲說。

我的胃一沉。

父親正躲在坑洞裡。母親和英洙去市場了。屋裡只有我跟智秀。

我環顧四周。半夜時父親是不是有進來喝茶和刮鬍子？我的眼睛快速掃過桌面和洗臉盆。有兩個茶杯，父親的刮鬍刀也掛在鉤子上，還沒有乾。

軍官的拳頭敲著門。「快開門！」

我衝向鉤子，用裙子將刀片擦乾。刀刃穿透薄薄的棉布，劃過我的肌膚，一道血痕滲過白色布料。

「讓我們進去！」

我的雙手在顫抖。我笨手笨腳地掛好刮鬍刀，趕到門口，扭開門把。

「為什麼開個門要這麼久？妳在藏東西嗎？」中尉逼問著，他的臉稜角分明，身後還站著另一名軍官。兩個大人都穿著黑皮鞋，頭上戴著大小剛好的軍帽。

我瞄著還在鉤子上晃來晃去的刮鬍刀，此時屋內傳來一聲高亢的笑聲。我差點忘了。

智秀也在。

他的小手緊握著從英洙的國語課本撕下的一頁，原本油墨印刷的優雅字體變得歪七扭八、難以閱讀。「智秀，不行！」我大罵。不能撕珍貴的課本啊！

看著他又撕下一張紙，我體內有部分彷彿也被撕裂了。我衝去他身邊。「給我。」我說，頸後升起灼熱怒火，但智秀把書抓得更緊了，臉蛋緊緊皺了起來。

「哈，你看那個小無賴。」一名軍官說，他的腰間插著一把帶鞘的刀。

「你不能把這本書也毀了！」我大吼，緊抓住書本，直到某個溼溼的東西擊中我的臉。

智秀朝我吐口水。

我震驚得鬆開手，智秀又猛力撕了一頁。他在屋內四處逃竄，把紙揉爛，發出勝利的尖叫。

軍官哈哈大笑起來。

那本書躺在地上，殘破的紙張在書脊上輕晃。我感覺話哽在喉嚨，不吐不快。「所有事都被你搞砸了！要不是你，我也不會被逼著輟學！」

智秀哭喊起來。「馬麻！馬麻！」

「媽媽不在家！她還在菜市場！」我大吼。

這下智秀哭得更慘了，接著他叫著：「把拔！把拔！」

我屏住呼吸。

「別再鬧了，」稜角臉軍官說，收起笑臉。他瞇起眼睛。「老實說，妳爸爸朴尚敏在哪裡？我們是來徵召四肢健全的男丁上戰場的。」

我說不出話，全身顫抖，盯著他們晶亮的黑鞋子看。「我爸爸，他拋下我們，娶了別人了。」我小聲說著，接著哭了起來。

智秀丟下被撕裂的紙張，盯著我，接著嚎啕大哭起來，兩位軍官不得不遮住耳朵。他尖銳的哭聲嚇到我了。他聽懂多少呢？我好想去把他抱起來，跟他說那不是真話。

「哎呀！夠了！夠了！」一名軍官說。「我們走吧，這戶人家沒有男人。」他們急忙轉身離開。

幾分鐘後，母親和英洙回到響徹著哭號聲的家裡。

「現在是怎麼啦？讓妳弟弟安靜一下妳也辦不到嗎？」母親說。「這樣還想要逃跑！妳讓他哭成這樣，我們怎麼可能考慮逃跑？我們根本還沒走出村子就會被抓到了！」她走向廚房，一面叨叨碎念。「沒有一件事能放心交給妳。」

我感覺天旋地轉，一時無法回應，只能把母親的話語深深藏進心裡。那些話像個小小的鑼，在我心底嗡嗡迴盪不已。

第九章 ・・・・・・

一九五〇年九月

到了九月，鮮豔的橘紅如一把火炬般點燃了山色。英洙和智秀在前庭的落葉堆中玩耍，我則在一旁的水井打水。

「父親什麼時候能從洞裡出來？他在那裡好久了。」英洙說，一面用小樹枝和落葉打造迷你村落。

「噓，不要討論這件事。」我們家正犯著滔天大罪——對政府說謊，藏匿父親，好讓他逃避兵役——處罰絕對是死刑。對我們全家人都是。「再說，你昨晚有看到他進來吃飯跟活動了吧。」

「才沒有呢，我在睡覺！那不算。」

他說得沒錯。父親已經躲在坑洞裡好幾週了，卻都只在天色暗時出現短短幾分鐘。我在深夜和清晨曾瞥見他的身影幾次，卻不知道看到的究竟是父親本人還是他的鬼魂。我好想他。

「那秋夕⑤呢？」英洙問：「今年秋天不慶祝秋夕了嗎？」

我想起甜甜的松餅❻、跟金家一起享受大餐，還有去祭拜祖先墳墓的時候，這才回過神意識到如今已沒什麼好慶祝的了。「用你的腦袋想想，今年當然沒有秋夕。只不過是個日子，秋夕也會過去的。」

水桶盛滿了水。我提起水桶，搖搖晃晃地朝廚房走去，水濺得兩側都是。快走到家時，我聽到母親在屋內拍著手，興高采烈地歡呼著。她的一位朋友跑出來，圍巾下露出笑容滿面的臉龐。

我快步衝進客廳，看到母親坐在織布墊上。她再度鼓掌，露出大大的笑容，一面悄聲低語著：「噢，感謝主，感謝主。」

「怎麼了？為什麼妳教會合唱團的老朋友來了？」我差點翻倒水桶。我不記得上次見到母親這麼高興的樣子是什麼時候。是戰爭結束了嗎？哪邊贏了？

「她接到南方傳來的消息。噢，那個麥克阿瑟將軍！他可真了不起！」母親的眼神閃爍著堅定之情。

「麥克阿瑟？」

---

❺秋夕（추석；Chuseok）：韓國的中秋節，又被稱為仲秋節或嘉俳日，定在農曆八月十五日。為期三日的秋夕連假為韓國一年中最重要的傳統節日之一，是家族團聚及祭祖掃墓的日子。

❻松餅（송편；songpyeon）：半月形的糯米製甜點，為韓國人秋夕時的傳統食物。

「他是名美國將軍。他突襲仁川，打敗了那邊的北朝鮮軍隊，現在美國跟聯軍已經奪回首爾。我們很快就能自由了！」

「意思是我們不用離開家了嗎？」我問。

母親抓著我的肩膀。「我想我們馬上就能得到自由，也能待在自己的家鄉！」

我的心撲通狂跳著。多麼振奮人心的消息啊！我幻想著所有禁書都不再需要隱藏，就像父親也能從大坑裡爬出來一樣。我開懷笑了出來。母親突然把收音機打開，轉到一首輕快的盤索里[7]曲子，她的身子隨著音樂起舞。我睜大眼睛，動也不動地坐著，但一聽到杖鼓[8]的節奏，我也放下憂慮，身子放鬆下來，跟著母親的舞步打起拍子。

那時我大老遠就聽見杖鼓的敲擊聲，我們沿著泥土路朝鼓聲跑去。母親把英洙架在背後，父親則把我背在肩上。炎炎烈日直曬著我的後頸。

父親抓住一名路過的村民。「是真的嗎？日本人投降了？」

「對啊！蘇聯解放我們了，現在日本人要收拾離開了！再也不必受日本人統治了！過了三十五年，咱們終於自由了！」

母親哭了出來。

我們抵達高中正門前的廣場時，全村的人早就聚集於此。日本國旗被撕成兩半，旗杆掛上了太極旗。一群人站在前頭高歌，背景襯著秀麗的狼林山脈，河水像條水藍色緞帶般在山脈間蜿蜒奔流。我站在隆起的樹根上向前望去，人們開始唱起〈阿里郎〉⑨。

我看著父親，他閉上眼睛哼唱著。母親的嘴唇在顫抖，也跟著唱起歌詞。不久整個村子都唱了起來，歌聲優美、有力。那是一首關於人們不斷被逼到谷底，卻始終懷抱著希望的歌。永遠都抱持著希望。一股驕傲之情讓我喉頭哽咽起來。那旋律彷彿要把我扶上天際，我得抓住樹枝才能站穩。

曲終時眾人鼓掌歡呼。接著杖鼓又擊打起來，一名女子的悠揚歌聲像乘著波浪一樣駕馭著那節奏。父親跟著音樂打起拍子，握住母親的手。「來跳舞吧。」他說。父親凝視母親的臉龐時，眼神變得溫柔。我撇開頭，忽然有點害羞。母親轉著

---

⑦盤索里（판소리；pansori）：韓國傳統的表演，為一人擊鼓，搭配一人說唱的表演方式。二〇〇三年盤索里被聯合國教科文組織列入人類非物質文化遺產代表作名錄。

⑧杖鼓（장고；janggu drum）：又稱長鼓、細腰鼓，為沙漏形的韓國傳統打擊樂器，深受人民喜愛。常用於歌舞伴奏或器樂合奏。

⑨阿里郎（아리랑；Arirang）：著名的韓國傳統民謠，相傳已有超過六百年歷史，無論在南北韓皆深受人民喜愛，可謂韓國民族之國歌，此曲也是日本殖民時期的反抗歌曲。

圈，塵土飛揚著，她長裙的裙襬在空中飄逸，有如綻放的百合。

「姊姊也來跳舞！」英洙說，跌跌撞撞地朝我走來。

我笑著牽起他胖嘟嘟的小手。我們把頭往後仰，隨後轉起圈來。我看到藍天綠山在上頭打轉，顏色是那樣的清朗鮮明，我不得不停下腳步仔細觀賞。

第十章・・・・・・

一九五〇年十月

第一顆炸彈在半夜墜落。它落地時，低沉的轟隆聲從遠處傳來。英洙忽地坐起身。「那是什麼？」

母親點亮煤油燈。我瞇起眼睛，環視房間一圈。巨大的五斗櫃陰森森地聳立著，它的金屬拉環像利齒般對我齜牙咧嘴。英洙和智秀在睡墊上縮成一團，兩顆小小的頭顱剪影映照在牆壁上。夜晚越來越寒冷，我摩娑著雙臂取暖。

母親看著窗外父親坑洞的方向。「是炸彈，」她說。「美軍在往北邊前進，他們可能到平壤了。」

我扭著毯子一角。「唔，我們離平壤好遠好遠，不用擔心會被戰火波及。對吧，媽媽？」父親是這麼說的。

「距離不重要，他們很快就會到這裡來了。如果我們想要美軍一路往北、打贏戰爭的話，這就是我們必須忍受的。沒有任何事情是不需要付出代價的。現在回去睡覺吧。」她吹熄燈火。

但睡意並沒有襲來，我清醒地躺著，聽著遠方更多的爆炸聲響。地底下的父親感覺得到嗎？他獨自在黑暗中會不會感到害怕？

後來的幾週又傳來好幾次爆炸聲，一次比一次更近了。

❄ ❄ ❄

我們從不去防空洞，因為那裡滿滿都是軍警和忠心耿耿的共產黨支持者。隨著氣溫降低，清晨的霜露在田間晶瑩發亮，我們待在家裡瑟縮成一團。母親把石頭丟到爐內加熱，用毛巾包裹起來放進父親的坑洞裡。我不停地發著抖——是出於寒冷還是恐懼，我已經分不清有什麼差別了。

事情發生當下我們正在吃晚餐。一聲長鳴劃過空中，母親、英洙、智秀和我望著餐桌旁的彼此，聽著那尖銳的音頻，明白我們這下完了。

我們都還來不及開口說話，有如彗星撞地球般的劇烈衝擊就在頃刻襲來。地板在搖晃，廚房的碗盤碎了一地，稻草屋頂也被震飛四散。恐懼彷彿要將我的心臟擊碎。

屋子停止搖晃了。

我從指縫間看見英洙用顫抖的身軀圍住智秀，母親則用纖瘦的手臂護衛著他們倆。像是爆米花般，碎石塵埃從屋頂嘩喇喇地砸落，接著是一陣令人難以承受的寂靜——至少在下一顆炸彈來襲之前。現在另一顆炸彈隨時有可能落下。

「妳沒事吧？大家都沒事吧？」母親問，大眼圓睜。

我點點頭，但止不住顫抖。炸彈離我們有多近？我爬向窗邊，看見鄰居的田裡升起濃濃黑煙。就差那麼一點，那下次呢？

我想要跑走、躲起來，但根本無處可逃。智秀不停眨眼，四處張望著，彷彿想不透剛才發生了什麼事情。

「爸爸呢？」英洙大叫。「爸爸！」

母親立刻跳起來衝出家門，原本整齊盤起的髮髻已經鬆脫。英洙跑來我身邊，我們直盯著一片漆黑的窗外。在濃密的松林間，我們看到母親緊緊抓住遮蔽洞口的木板，接著父親模糊的身影爬了出來，他跌跌撞撞，努力想穩住重心。他們兩人緊緊挨著對方，彷彿他們的身體是水做的，正努力想找個堅固的東西攀附。

❄ ❄ ❄

每天晚上我都在等，等著那顆會從我們頭頂落下的炸彈。憂慮像枷鎖般牢牢銬住我的頸子。

但它卻沒來。在田裡又出現幾次爆炸攻擊後，戰火終於稍歇，只剩遠處還有幾聲隆隆聲響，就像在打雷般。

「孩子們！孩子們！」有天母親喊著我們，一面招手叫我們去聽收音機。「在我們受了這些苦，耐心等待之後，神終於要獎勵我們了。美軍已經拿下平壤，正往北朝鴨綠江前進。共產黨不久後就會輸掉戰爭了！」

她手裡握著一張傳單，那是南朝鮮軍機投擲下來的，上頭有個白人的照片和「麥克阿瑟將軍」這個名字，他承諾願意投降的北朝鮮軍隊將受到人道的待遇。

我不敢相信戰爭真的要結束了，父親能夠離開他的坑洞，北朝鮮能像南朝鮮一樣自由，我們也能隨心所欲地自由來去。我想像自己回去上學，擁有自己的課本，還能去美國。

接下來的兩週，我注意到母親肩頭的重擔彷彿減輕了。我甚至覺得自己聽到屋子鬆了口氣的嘆息聲。

❄ ❄ ❄

美軍來到村裡的那天，所有人都穿上大衣站在屋外，像是參加遊行的圍觀人群一樣，歡呼並揮舞著自製的南朝鮮國旗。

「孩子們，快出來！他們來了！他們來了！」母親抱著智秀，在前院大喊著。

我和英洙跑出大門到街上去。我們在大路邊擠進一群小孩和一對老夫婦中間，那對夫婦還穿上最好的衣服。從光枯的枝椏看過去，我可以看到在遠方覆著塵土的路上有一列卡車、吉普車和軍人朝我們而來。如果他們身後不是我熟悉的田地，我不會相信他們真的出現在這裡。

我從沒見過美國人，那些人比我們都還高大。他們穿著厚重的綠色大衣，頭上戴著深色的金屬頭盔，高挺的鼻子和深邃的眼窩讓他們的面孔顯得很神祕。美國人的膚色有很多種：白的、棕的、黑的。我好奇地想著，光是看外表要怎麼知道一個人是不是美國人？

我也加入鼓掌的行列，站在我身旁的母親則流著淚。軍人從我們面前昂首走過，微笑著揮手，有些人還朝我們點頭致意。有個士兵大搖大擺地走著，呵呵笑的嘴裡叼著一根菸。還有一個士兵對上我的眼神，朝我眨眼露出一個笑容，我的臉色瞬間漲紅。對於他們輕鬆的步伐、神采飛揚而非憂愁封閉的臉龐，我感到十分詫異。

「東方佬[10]，」一個滿臉雀斑的士兵低聲說，盯著我們看。

「東方佬？」一名灰髮軍官憤怒地質問。他吐掉香菸，用腳跟踩熄，接著大罵那個士兵。

我不懂他們在說什麼，但我知道事情不太對勁，跟東方佬這個詞有關。我轉向母親。「東方佬是什麼意思？」

母親用力瞇起眼睛，或許是想要努力記起——或是想要遺忘。

她沒回答我，我便知道「東方佬」代表的一定不是什麼好東西，而她也明白。但不管如何，我們還是繼續揮手歡呼。他們是來拯救我們的，為此我們幾乎什麼事都能夠忍受。

「托西糖[11]！托西糖！」卡車上一個黝黑的男子大喊。

大把大把的糖果如雨點般從天而降——那是由褐色的糖果紙包裹著的細長糖塊。孩子們都尖叫起來，搶著要撿拾這份禮物。英洙衝進混亂戰局，消失了一陣子，接著又得意洋洋地出現。他把大衣下襬當成提袋盛滿了戰利品。我不確定自己的年紀適不適合加入搶奪賽，所以只撿了零星幾顆掉在腳邊的糖果。

英洙捧著堆滿糖果的大衣，彷彿是盆黃金似的。「來吧，姊姊，拿一些糖。」他露出大大的笑容，滿嘴都是黏黏的深褐色糖果。

我拿了一顆，撕開包裝，把糖果塞進嘴裡。我輕咬了一口，糖果隨即黏在牙齒上，那口感滑順的甜蜜夾心包覆了我的舌頭。

所有還留在村裡的居民都來了，大家終於能展露自己真實的面貌，開懷地笑著談天：你難道不知道嗎？我們一直夢想著去美國啊。當時黨隨時都在監聽嘛，我們怎麼可能說出我們心裡真正的想法呢？不是你，就是我的家人被叫叛國賊啊。你千萬別介意呀！

我聽著那些對話，心思在陣陣歡呼聲中、紛飛的糖果雨之下和孩童爭先恐後的吵鬧聲中急速轉動，卻不知道該做何感想。這場戰爭結束了嗎？

那是數週來我第一次見到父親站在外頭，而不是躲起來。他的外套穿得歪歪斜斜的，皮膚慘白，沒有一絲血色。在日光下，他那瑟縮在洞裡的身軀就像無殼蝸牛般暴露在外頭，身體周圍彷彿發出半透明的光暈。一看見我，他便露出笑容高興地招呼我，和煦的陽光也照到他臉上。我迅速抬起一隻手擦掉眼淚，然後衝了過去，

⑩東方佬（gook）：美國人針對東亞或南亞裔的輕蔑稱呼。此具種族歧視的詞語於韓戰及越戰時被美軍廣為使用。

⑪托西糖（Tootsie Roll）：一種有嚼勁的廉價巧克力太妃糖，中文又譯為同笑樂軟糖。由位於芝加哥的美國公司 Tootsie Roll Industry 於一九〇七年製造。其名源自奧地利猶太裔創辦人李歐・赫胥斐德（Leo Hirschfield）女兒的小名。

緊緊握住他的手。

父親看著我的神情像是在等我先說話，但我沒有開口，他便微笑著問：「糖果好吃嗎？」

我點點頭享受最後一點餘韻，讓那甜蜜滋味在嘴裡停留越久越好。

美軍只待了一個小時，接著便繼續往北朝鮮和中國的邊界推進。吉普車車隊轟隆隆駛上狹窄的泥土路，其中一輛迷彩綠的吉普車嗶嗶地按著喇叭。所有村民都祝他們好運，高舉雙手大喊著：「美麗的國！美國！」

我瞇著眼睛看向揚起的塵土。那些士兵挺拔的身軀和未有歲月駐足的臉龐讓他們看起來不像男人，反倒像是比明基大不了多少的男孩。我對他們油然萌生一股親密感，這反應嚇了我一大跳，感激之情也讓我喉頭哽咽起來。坐在卡車上的士兵們即將前往下一個戰場，列隊排排坐好的他們就像是一個個顯而易見的標靶。

我心想著他們會不會是在赴死，一面看著他們顛簸地沿著馬路駛離，直到他們消失在視線之中。

第十一章・・・・・・

一九五〇年十一月

幾週後，我們聽到得以改變一切的新聞廣播。收音機有雜訊干擾，廣播員的聲音也斷斷續續的。

「南朝鮮，萬惡美帝的傀儡政府，他們發動的戰爭……馬上……結束了。」

我看了父親一眼，他嘆了口氣搖搖頭。打從戰爭一開始，他們便一直重複著同樣的謊言，說是南朝鮮和美國先發動攻擊的。但我們都知道那並不是實情，因為母親的朋友，那個前教會合唱團的團員有一臺從黑市買來的收音機，可以接收到來自世界各地的廣播，所有的報導都說是北朝鮮先入侵的。而且政府之前就騙過我們，欺瞞那些消失的人的下落，還有上帝存在與否也是。

「咱們的友邦中國已加入英勇的北朝鮮軍隊，此刻正在戰場上勢如破竹地反攻，打敗骯髒的美國走狗和他們的黨羽……鷹鉤鼻的美國怪獸想消滅北朝鮮……這樣看來……此刻怕得發抖，夾著尾巴逃回三十八度線以南了。」

父親關掉廣播。

輸贏局面又再度反轉。

我們的快樂幾乎跟光復日那天一樣短暫。那時蘇聯士兵如救世主般到來，幾個小時後他們便開始強取豪奪，特別是男士手錶，還有人在手臂上戴了一整排共五隻的手錶。到頭來，蘇聯人就跟日本人一樣。

「那些美國兵啊……死了，全死了。」父親說，他握拳的手重重捶著矮桌。

我坐在窗邊努力回想那些士兵的面孔。他們把香菸掛在嘴角，把墨鏡架在高高的鼻梁上，還有他們泛著深深酒窩的笑靨。幾週前，他們還在這呢，現在卻都走了。就連那個臉上有雀斑、說什麼東方佬的士兵，還有那個罵他的長官，和那個在卡車上丟糖果的男人也都走了。一切都令人不可置信。我很難過，非常難過。

「我們得離開，就趁今晚天黑的時候，沒有人會看到我們的。」父親說。他坐在地上，雙手不斷摩擦著膝蓋，我擔心他可能會把褲子磨出一個洞。

「什麼？」坐在他身旁的母親大叫。「今晚？你瘋了嗎？已經太遲了，現在快冬天了，我們全都會凍死！」她板起面孔。

「美國人要走了，一旦他們離開，我們就會永遠被困在這裡。」父親的語氣裡有一絲鮮少聽見的嚴峻。「這是我們最後一次逃跑的機會，我們得在美軍撤退前行動。」

「還不知道呢！美國人本來還打贏了啊！這不過就是個小挫敗而已。我們不需要走，美軍會解放我們的！」母親倏地彈起，拿著一塊抹布開始擦地板。

父親站了起來，伸出手掌穩穩地按住母親的手，好讓她看著自己。「我們不知道美軍會不會贏，這場戰爭太難以預測了。妳還想繼續活在恐懼中多久？我們都見過政府怎麼對待妳的親戚。紅軍眼裡沒有道德、沒有神、沒有忠誠，除非是對共產黨的忠誠。我們不能繼續跟那些被洗腦、行屍走肉般的人為伍了。」父親的聲音顫抖著。

「那你自己走！」母親大吼，把溼漉漉的抹布丟到客廳另一邊。「路途太危險了！士兵在邊界就會開槍把我們打死！我知道怎麼低調過日子、遵守規矩。我跟孩子們留下來！」

我腳下的地面彷彿開始崩塌。她不可能是認真的，她只是太憤怒了而已，她會把話收回去的。

拜託，母親，把話收回去。

我看著父親——他縮起肩膀的樣子像是剛被一枝箭擊中——我等著他說點話。但他不發一語，在桌旁頹然坐下，把全身重量壓在一隻手臂上，身體其他部分就像洩了氣一樣。

我體內有某個聲音越來越響亮。一日復一日，生活似乎每況愈下：糧食配給量更少了，恐懼則日漸壯大，越來越多人消失了。如果我們留下來，父親就得繼續躲在坑洞裡。但在釜山，人們可以隨心所欲自由來去——就連我也可以隨心所欲自由移動。我的呼吸越來越急促，腦袋有些暈眩。

今晚可能是我們最後一個逃跑的機會了。

「父親，」我說，很難讓聲音保持平穩。父母親此時都轉身看著我，我的雙頰在母親威嚇的注視下發燙。「我……我覺得我們應該離開。」

母親的嘴唇緊抿成一條冷酷的直線，她眼裡閃過至今我犯下的所有過錯。

父親微微笑，彎腰撫平我的頭髮，接著他挺直背脊。「素拉呀，妳比一直躲在洞裡的爸爸還要勇敢呢。」

我想開口說話——想跟他說他錯了——但最後只是搖搖頭。

父親深吸一口氣。「大家快收拾，我們馬上就走。」

馬上？我環視整個房間，仔細盯著每一樣物品，想要把一切牢牢存在記憶之中。地上有英洙的漁網、總能溫暖我們後背的小小鑄鐵爐、漆成黑色還鑲著假珍珠母貝的矮飯桌，和父親親手做的、牢固又耐用的柚木衣櫃。我不敢相信我們會如此倉促地離開我住了一輩子的房屋。泥土牆、石地板、稻草屋頂……家的一切都變得模糊起來，彷彿已離我遠去。

「素拉，振作點！」母親生氣地說，一邊從抽屜裡拉出外套。「這可是妳要求的，趕快去收拾東西！」

我就知道母親不是真心想拆散我們一家人。到頭來，我的意見還是很重要。二比一，母親別無選擇。

但這充其量也只是險勝。我知道我的下半輩子，母親都不會再給我好臉色看。我不敢跟她四目相接。

「爸爸，我們應該打包什麼？」遠方的爆炸聲使窗子嘎嘎作響。

「素拉呀，只帶必需品，太重的東西不要拿，帶保暖的衣服和外套就對了。動作快！」父親扛著一袋米大步穿過屋子。

我從地上撿起英洙的歷史課本，發瘋似的翻到我最喜愛的那頁世界地圖，一把將它撕下。撕書讓我感到很羞愧。被撕裂的頁面還在書上殘留部分紙張，歪七扭八的，就像書本中間有道新傷口。我想起智秀也曾撕壞這本書，不敢相信自己此刻也做了相同的事情。但一整本書太重了無法帶走，薄薄一頁則毫無重量。我小心翼翼地把紙張摺好，塞進外套口袋的底層。

母親往英洙和智秀身上套了一件又一件的襯衣和毛衣，替他們戴上灰色羊毛手套，手臂也套進棉襖外套裡。著裝完成後，兩個弟弟就像兩座矮胖樹樁般站在屋子中間。我換上我最保暖的褲子，穿上厚實的織布外套。父親一肩扛起三角形的木造背架⑫，上頭裝滿了米袋、毛毯和小鍋子，然後他幫母親用一條長布把智秀綁在背上。智秀被裹在一堆布裡，只有臉露出來，看起來就像隻探出樹洞的貓頭鷹寶寶。

「好了，」父親說。「我們走吧，小聲點。」

我環視四周，最後一次和家道別，胸口隱約湧起痛楚。我還能再見到我們的家園嗎？還能再看到隨風搖曳的麥田、巍峨聳立的山巒，和黃昏下那條波光粼粼的河川嗎？原本的陣陣悶痛化成一記尖銳刺痛，我不得不牢牢抓緊外套。

⑫背架（지게；jigeh）：韓國A字形傳統木造背擔，為農村社會中農民運送重物時使用的工具。

第二部

逃跑

第十二章・・・・・

一九五〇年十一月二十六日

父親將門打開。外頭夜色昏暗，厚厚雲層吞噬了整顆月亮。

「外面太暗了，我們得帶著燈。」英洙說，他拉著父親的衣角。我知道他怕黑。

「不行，兒子。點燈的話我們的身影會很明顯。現在別出聲。」

我們跟著父親走出門。

「一定要牽好英洙的手，」母親低聲對我說。她調整一下背在背上的智秀。

我點點頭，牽起英洙。

「他是妳的責任。」

冰冷的寒風向我們襲來，從遠方傳來的炮彈轟鳴聲讓空氣震動著。這聲音現在聽起來就像貓頭鷹的啼叫或蟋蟀的鳴唱般稀鬆平常。聽著遠方低沉的轟炸聲，我感到一股充滿罪惡感的慰藉，因那聲音代表戰爭不在此地，而在更遙遠的北方。

乾枯的玉米稈在風中搖曳。厚圍巾和毛帽把我的頭都蓋住了，而我的耳朵就像塞了棉花一樣。彷彿置身在一場夢境中，我艱難地在黑暗中行走，掙扎想看清眼前那些模糊、不明的物體。這一切都是真的嗎？

我發著抖。沒人說話，就連智秀也沒有。我走在父親後面，英洙在我身邊，母親跟在我身後，智秀則在她的背上。每隔幾秒，父親就會轉頭看看我們。

接下來的幾個小時，我們沉默地沿著玉米田和麥田邊的泥土路行走，周遭僅有玉米葉晃動的窸窣聲。我獨木舟狀的橡膠鞋變得僵硬、毫無彈性，我的腳掌邊緣都磨破皮了，我痛得瞇起眼睛。

「英洙，不要再靠著我的手了。你好重。」我輕輕把他推開，他嗚咽一聲。

父親停下腳步。

我屏住呼吸。

我們注意聽著附近是不是有腳步聲——確實有腳步聲。

下一秒，父親便示意我們往玉米田裡走。我趕緊跑進田地裡，腳上的刺痛感都消失了。

田裡的玉米與父親齊高，數量多如一支軍隊，乾枯的葉子像是紙做的刀片般刮過我的臉龐。我緊緊握住英洙的手，在密密麻麻的玉米田中穿梭，盡可能不要晃動玉米桿。我們越走越遠，不在乎是否能找到走回泥土路的路。

父親終於停下腳步，我們全都蹲了下來，縮成一團一動也不動。肥料刺鼻的味道直撲鼻孔，讓我的喉嚨一陣搔癢，我努力壓下想咳嗽的衝動，緊閉雙眼。一片乾燥的玉米葉尖端戳在我的臉上。

母親背上的智秀焦躁地扭動起來，他微微發出一聲嗚咽。就像雪球滾下山坡會越滾越大般，他的嗚咽也越來越大聲，我頓時僵住。

他又來了，他又要毀了一切。

還沒到家我就聽到智秀在哭鬧。

我正在從學校走回家的路上，手裡拿著期末考卷——我是全年級唯一一個拿到滿分的人。一陣風吹來，我把考卷順著風向拿，以免紙張產生皺摺。那些考卷似乎想飛上天似的。

母親跑到路邊，招呼著我過去。「快點，素拉呀！過來幫忙看好智秀，我和爸爸要在太陽下山前種好麥子。」她催促著我進屋。

智秀坐在地上，因為腳穿不進手套裡而嚎啕大哭。

「從今天開始，妳要待在家照顧弟弟，這樣我才能去田裡做事，」母親平淡地說著。「妳不用去上學了，今天是妳最後一天上學。」

「最後一天上學？」我臉上的血色盡失，我能感覺到嘴唇在顫抖。

「素拉，妳反應也太誇張了！妳要學會如何持家，這樣對妳才好，未來會派上用場的。」

誰的未來？那不是我想要的未來。「但未來我想要當作家。」

「什麼？當講故事的？」連珠炮般的笑聲從母親嘴裡冒出來。「素拉，腳踏實地一點吧。」

母親走進廚房，廚房傳來鍋碗瓢盆碰撞的聲音。我根本無法釐清紛亂的思緒。

「但是柔美能去上學啊。」我不假思索地脫口而出。

母親把頭探進客廳，對我皺眉。「柔美有弟弟們要照顧嗎？她母親需要春天採收馬鈴薯、秋天收割稻穀，全年無休地工作嗎？」她大聲地呼了一口氣。「素拉，雖然我們兩家很親近，但金家跟我們家是不同的兩種人。柔美的爸爸是高中校長，他覺得花俏的書本比什麼都還重要，但我們家務實多了。」

我盯著她看。只憑著跟石子一樣平淡、乏味的幾句話，她就把我的未來講完了。

「餵智秀吃飯，我太陽下山前就回來。」母親急忙出門。

智秀爬向矮桌，把一鍋熱麥茶打翻在地。他尖叫一聲，接著嚎啕大哭起來。他的手又腫又紅，長出一顆水泡。我想要把他抱起來，卻無法移動，也無法呼吸。

就這樣，在我十二歲生日這天，我的人生結束了。

智秀需要喝睡前的牛奶，他在母親背上扭來扭去，一手打在我肩膀上。他睜開一隻眼睛，飢腸轆轆地看著我，然後望向聳立在旁的玉米稈。

「噓！」我悄聲說，語氣微怒。「安靜！」

他皺起額頭和眉毛，露出一個我再熟悉不過的表情——這表情代表他即將仰頭並發出震耳欲聾的哭號。在一片漆黑之中，我隱約看見父親把食指放在嘴巴上。

「智秀，對不起！」我說。

但是這句道歉從我緊閉的嘴裡聽來，反而像聲憤怒的低吼。智秀氣呼呼地不斷扭著身子，接著開始抽噎。他的呼吸急促，馬上就要哭出來。

母親輕輕地晃著智秀，用安慰的語氣設法哄他安靜下來，但她的聲音馬上就被風帶走。我父母不知所措地望著彼此。

「快出來，別躲了！」一個男人在黑暗中咆哮。

我嚇了一跳，差點尖叫出聲。那是個刺耳的聲音，尖銳但清晰。剛才我像是行走在一個陰森怪誕的夢裡，但此刻叛國逃亡的現實卻突然降臨，和玉米田裡迎面而來的冷風一樣真實。

我看著父親，他的眉毛皺起，整個人很警戒，母親則給我一個銳利的眼神。我的臉頰發燙。我怎麼會惹得智秀這麼生氣？我想像母親會怎麼責備我：有個壞脾氣的女兒比沒女兒還糟糕。

「出來，不然我會朝玉米田開槍！」那男人威脅道。

我們坐在田裡，一動也不動，就連智秀都安靜下來了。

「別開槍！我們出來了！」一名女子大喊。

幾英尺外的玉米葉發出一陣窸窸窣窣聲，一名老婦和她的丈夫從田裡走到泥土路上。「最近炸彈一直掉在我們村子附近啊，」她哀求著。「你要我們怎麼辦？坐著等死嗎？」

「閉嘴！妳跟妳丈夫怎麼能拋棄自己的國家？咱們偉大的領導可是在號召我們所有人來一起打擊萬惡美軍啊！」男子的語氣粗鄙又嚴厲。「而且妳竟敢用那種語氣跟我說話？叛國賊！你們都被逮捕了。」

他們的對話聲變得模糊不清，接著傳來幾聲斷斷續續的啜泣和拖著腳步行走的聲音，隨後是一片寂靜。

我們仍等候著。

終於，父親示意我們站起來。我艱難地起身，我的膝蓋發麻，都站不直了，下巴則因為用力咬牙而發疼。

父親帶我們走回泥土路上。我們在如迷宮般的玉米田裡穿梭，直到空氣忽然清新起來。田地遙遠的另一頭有道幽微的光——是提燈——正離我們遠去。我的喉嚨乾澀，嚥下一口口水。

「感謝主不是我們一家子被發現。」母親顫抖著輕聲說。

「可是，那對老夫婦會怎麼樣？」我問。

沒人回答。

第十三章・・・・・・

一九五〇年十一月

「那裡有間房子，」母親彎著腰，智秀趴在她背上。她指向泥土路盡頭，憔悴的面容愁眉不展。「我們得休息，去那裡休息一會吧。」

父親點點頭。

我們已經走了好幾個小時，此時朦朧晨曦正爬上天際。我的腿發疼，長了水泡的地方也隱隱作痛。英洙緩緩跟在我身後，他異常安靜。

「不遠了，孩子們，我們可以睡那間屋子裡。」父親說著，給我們打氣。他抬高背上的背架，加快了腳步。

就在前方，我看見了，那是一間屋頂鋪著稻草的石造房子，庭院裡滿是落葉。就某方面來說，它看起來就像我們家，只是門廊下沒有放木柴的空間，大門上也沒有色澤溫潤的木頭橫梁。這間屋子就像從山裡開鑿出的岩塊，看起來冷酷且粗糙。真希望裡面住著的是好人。

父親像個醉漢般大剌剌地朝房子走去。他邁步走到門前，接著逕自入內，彷彿他已經在那住了大半輩子。我停下來定睛細看，猜想疲憊是否也有可能讓人萌生醉意，不過看著英洙和母親步履蹣跚地從我身邊經過、走了進去，我也跟著他們進門。

「這戶人家肯定好幾個月前就逃走了。」母親說，她的手指劃過桌面，沾上一點灰塵。金日成的肖像歪斜地掛在牆上，一根釘子掉在下方地上。母親解開背上的智秀，放他下來。智秀伸手拍打著屋子角落的厚厚蜘蛛網，然後跺腳重重踩著堆積在桌腳的枯葉。

父親咚地一聲放下肩上的背架，按摩自己的後頸。他抬起手臂，往左右兩邊各伸了個懶腰，他好像在微笑，但又像是苦著臉。接著，他說要去收集木柴，又再度走出門了，一秒鐘都沒有浪費。

母親馬上轉過身來看我。「妳在玉米田是怎麼回事？怎麼能讓智秀哭成那樣？妳想害死我們嗎？」

我盯著自己的雙腳。如果時光能倒流，我會打消我所做的一切。我不會在玉米田叫智秀安靜，不會選擇離開家園。母親說得沒錯，我是在想什麼？

我斜眼偷瞄智秀，他正要從我的外套口袋裡掏出那張地圖。

「不行，智秀！那是我的！」我從他手中搶回地圖。他嚎啕大哭，淚水從他瞇著的眼裡湧出來。

啪。

母親熱辣辣的巴掌印痕讓我的臉頰發燙。

她目光兇惡，像是頭保護幼崽的野獸。只不過，她抵禦的危險是我。我的胃一緊。我不也是母親的孩子嗎？

「去睡覺，你們三個都去。我們得好好休息才能繼續上路。」母親說。她手握拳捶著後腰，緩慢地走進廚房，像是全身關節都在發疼似的。

我坐在地上把鞋子扯下。英洙和智秀盯著我看。

「姊姊，妳沒事吧？」英洙小聲的問。

「沒事，我怎麼會有事呢？」我說。我感覺到臉頰溼溼的，便用手擦拭。我是在哭嗎？

「因為妳的臉……」英洙指著我說。

我在矮桌上找到一根湯匙，便用湯匙來檢查自己的臉。臉頰還在發紅，但我已經感覺不到疼痛了。

我的心口彷彿打了一個難解的結。弟弟們只會一直製造麻煩，而我卻要永遠守護他們。這個領悟像一顆巨石般沉到胃裡。

我從磨出水泡的腳上脫下溼答答的襪子，傷口還滲著血水，我不斷對著腳吹氣直到傷口乾掉為止。在我們抵達釜山以前，我只要不出錯，扮演好自己的角色就行了。我摺起地圖，塞回外套口袋。雖然地圖依然完好如初，我還是擔心有個萬一。

父親走了進來，他身上沾了外頭的氣味，手裡抱著生火用的木柴。「你們幾個孩子怎麼還醒著？去睡吧。」

巨大的爆炸聲在遠山迴盪，離我們更近了，窗戶微微地搖晃著。

英洙和智秀把毯子放在地上攤開，兩人馬上就睡著了。智秀用力吸著大拇指，像是努力想從石頭吸出牛奶似的。

我蜷縮在他們身邊。就算這個房子很昏暗，又飄散著霉味，但就這麼把陌生人的房子當成自己家還是好奇怪。不過如今，我們的家彷彿已是一段遙遠的往事。我們離開也才不過一夜，但那一切感覺卻像上輩子的事了。

我閉上盈滿淚水的雙眼，覺得腦袋昏昏的。很快地，我也陷入沉睡。像魚兒流暢地在水裡優游般，我潛入一個幽深之處，那是連夢都到不了的地方。

❄ ❄ ❄

幾小時後米飯的香味瀰漫整間屋子，大家都醒了過來。母親把溼黏的米飯揉成一顆顆形狀完美的飯糰。

我的肚子餓得咕嚕咕嚕叫，但我先等父親拿一顆，隨後是弟弟們，接著我才開動。嗯！飯糰鬆軟、熱騰騰又鹹鹹的，沒有什麼比這個更美味的了。我幾乎沒有咬就將飯糰嚥下，還得捶捶胸口讓食物滑下喉嚨。誰曉得一個簡單的飯糰會這麼好吃呢？

英洙止不住笑容。他把飯糰往嘴裡丟，彷彿我們是在野餐一樣。「到了釜山後，我要買一棟大房子讓大家住。」他大聲宣布。

父親呵呵笑。「是嗎？那你要用什麼買？」

「釜山靠海呀，我會當漁夫。媽媽，我每天都會抓魚給妳煮晚餐。」

這次母親笑了。

「姊姊，妳想要什麼魚？」他問。

我沒有回答。

「說真的，」他張開雙臂像是要給我全世界一樣。「妳想要什麼魚？海裡任何一種魚都可以！」

第十四章・・・・・

一九五〇年十一月

前一晚大雪紛飛。吃完剩的飯糰當早餐後，英洙站起身往窗外看。「妳看，有好幾百個！」

「什麼？你說雪花嗎？」我問，身體還裹著毯子。

「不是，是人！」

我靠過去把臉貼在窗戶上看。一列長長人龍在大雪覆蓋的谷地行走，大部分的人身穿白衣，看起來就像鬼魂。

父親站在我身後探頭過來。他抓了抓頭髮，眼神緊盯著那緩緩移動的一行人。「大家都在往南走，我們可沒時間停下來休息了。我們走吧，動作快。」

忙亂一陣後，父親和母親收拾好我們的行李。我在廚房爐灶上找到晾乾的襪子，一把將襪子套上磨破的雙腳，溫熱頓時舒緩了疼痛。充分的休息和熱食似乎在我痠疼的身上發揮了神奇的效果。母親把智秀綁回背上，父親則把背架扛上肩頭。

英洙拉著他鬆垮垮的襪子，一身長褲還拖著地，他的模樣如此落魄，彷彿他是沙子做成的，而所有事物都正從他的指縫中溜走。他的肩膀頹靡下垂，眼睛下方也有眼袋，我突然納悶起這趟旅程對他來說是不是太辛苦了。

父親把手放在門把上。「大家都準備好了嗎？」他看向我。

我把手伸進外套口袋，摺起的地圖還在，它鈍鈍的邊角抵著我的指尖。我點了點頭。

我們踏出門外。白雪覆蓋的高山如匕首般聳入雲霄，冰冷的空氣讓我鼻子一陣刺痛，白雪在踩踏下嚓嚓作響。我打起精神抵抗從谷地吹來的刺骨寒風。

在我們面前的全是難民。他們面無表情，在皚皚的雪霧中行走，彷彿正準備從這一世走向來生。我打了個哆嗦，但還是步入他們無聲的隊伍中。我們還有什麼選擇呢？成群移動總比單獨行動安全，於是我們也加入了長長人龍往南前進。

「老孫！」父親忽然大喊。

一名頭戴毛帽、鬍子花白的男人轉過頭來。他推著一輛載滿家當的推車。「朴尚敏？是你嗎？」

父親露出笑容。「是啊，是我！好久不見了！」

老孫鞠了個躬，接著緊緊握住父親的手臂。「在這個情況下重逢真是太不幸了，」他指向父親背上的背架。「老朋友，把那放下吧，放在推車上。我可以幫我們倆推沒問題。」

「不不不，」父親搖搖頭。「我自己背就好。」

「別又這麼頑固。」

「那就讓我推車吧。我年輕力壯。」

「你又來了。就跟那次反對我提名鄭先生當教會長老一樣！你還是一樣頑固啊。」

「頑固沒錯，但我總是對的。」父親說。

他們咯咯笑著，接著沉默了下來，彷彿不敢相信在過去，決定誰來當教會長老曾是一件多重要的事。

英洙落後我幾步。他流著鼻涕，頭低垂著。「姊姊，等我。」

「英洙，快點，我們得走快點。」我說。

他拖著腳步靠了過來。「我們快到了嗎？」

「到哪裡？」

「釜山。」

我停下腳步看著他，露出母親聽到我說什麼蠢話時會有的表情。「當然還沒，釜山可是在南朝鮮的南部沿海。」

他忸怩地摸摸自己的後頸。「那，要多久才會到？」

我嘆了口氣，繼續前進。「好幾週、好幾個月吧。我不知道。」

「那我們什麼時候可以回家？」

「可能戰爭結束後吧。」

「那是什麼時候？」

「我不知道！」我大吼。「省點力氣，別再問東問西了。」

他抹掉鼻涕，伸手想牽我的手，但就這麼一次，我抽開手臂。

我放眼望向人群，注意到人群中有其他孩子。有些孩子年紀比我還小，不斷地哭泣；有些則比我還大，一臉嚴肅。大多數的小孩都拉著媽媽的大衣，但有幾個人獨自行走，重踩地面的步伐顯得煩躁。其中不少人是跟我年紀相仿的女孩。

我發現自己渴望交個朋友，但我卻從未找到機會。

第十五章

天際那頭有個小點朝我們飛來。

隨著飛機震動聲越發響亮，眾人全都停下來觀看，瞇著眼睛迎向陽光。一架戰鬥機在稀薄的雲層間翱翔，正要俯衝而下。

「白星！那是白星！」一名女子指著戰鬥機的機腹。「是美軍！」

「不對！」我們身後的男子大喊。「那是紅星！是共軍！」

我把手舉起來遮住陽光，卻只粗略瞥見一個星星標幟。紅色的，不是不是，是白色。不對，是紅色。陽光在光滑的金屬機翼上不斷閃爍，唬弄著我的雙眼。

忽然間，全部的人都跑了起來。

頓時萬頭攢動，叫喊聲此起彼落，眾人驚慌奔逃。在一片混亂中，所有人的面孔全模糊成一團。人們往四周散去，有人跑向白皚皚的低地，有人在乾枯的玉米田裡穿梭，但多數人往山丘跑去。我則像棵生了根的樹般一動也不動。

「媽媽！爸爸！英洙！」我高聲喊著，卻幾乎聽不見自己的聲音。

眾人的臉從我面前飛速掠過，就像新聞影片的畫面般一閃而逝。有名母親的背上背著寶寶，有個戴著灰色手套的男孩，還有一個男子肩上有個背架。我無所適從地在原地踱步。

「走啊！走啊！」女子發出刺耳尖叫，把我推倒。

我跌了一跤，雙手和膝蓋著地。好多雙腳在我身邊狂踩，或直接在我頭上亂踏，還有人扯著我的頭髮，彷彿我的頭是什麼把手。「放手！」我尖叫著，掙扎要爬起身。

不一會兒，人群重新在山丘上聚集起來，一雙雙手伸到頭頂上。「看看我們！」人們齊聲大喊。「我們是平民！」他們揮舞著殘破的衣袖、把孩子高舉空中，或鬆開長長的圍巾在風中揮舞，像在絕望地求援。

我的手臂環住胸口——除了怦怦跳動的脈搏之外，我彷彿什麼也不剩，完全動彈不得。我的視線轉向山丘，我應該跑去山丘上嗎？還是待在這裡？

然後，在逐漸散去的人潮中，我見到他了。

「英洙！」

他孤零零地站著，嘴巴因為痛哭而扭曲，淚水直直從臉龐滑落。我有股奇怪的感覺，彷彿正看著自己的心臟從身體裡被硬生生地掏出來。

我衝向他，緊緊抓住他的手，帶著他東逃西竄，走走停停。我在做什麼？我要跑去哪裡？母親、父親和智秀應該在附近，但結冰的道路上現在一個人也沒有。他們怎麼能這麼快就消失得無影無蹤？

戰鬥機在上空盤旋。

我和弟弟面面相覷。

「我們去山丘上吧！」我說。幾乎所有人都已經跑到上頭了。說不定母親和父親也在那裡等著，期盼我們會知道要跟著人群行動。

我們跑過大雪覆蓋的低地，往山丘前進。到那邊我們就能安全了。

我們的腳深陷在雪中，呼吸漸漸變得急促。在雪中動作很難加快，但我們就快到了。我看見許多面孔，那是毛帽老孫！還有長辮子女孩！

「快一點啊！英洙！快一點！」我大叫。

戰鬥機的巨響逐漸逼近，那低沉的轟隆聲在空氣中震盪。

我停下腳步，用力拉住英洙的手。我們一動也不動地站著，戰鬥機則像老鷹用銳利眼神鎖定獵物般朝著我們直直俯衝而來。我瞇起眼睛盯著星星標幟，仍舊無法確定是什麼顏色。對於紅軍來說我們是叛徒，對於美軍來說我們是共匪，我們根本無處可逃。

我像是著了魔般抬起頭，戰鬥機的影子將我們籠罩住。時間似乎突然慢了下來，我看見戰鬥機斜傾機身，朝山頂上的人群撲去。那些人是不久前才跟我們走在同個隊伍中的人。大家相濡以沫，從他們嘴中呼出的氣息讓我們周遭的空氣變得暖和。

我把手探向空中，希望有什麼方法能讓我抓住那架飛行怪獸。但戰鬥機繼續前進，然後我見到機艙裡有個東西掉了下來。

下一刻，震耳欲聾的爆炸聲將我震倒在地。

一道白色強光在我眼前炸開。

一片全然的寂靜襲來。我躺在地上，震驚不已。英洙的嘴巴在動，但我什麼聲音都聽不到。我在哪裡？為什麼我覺得這麼累？我死了嗎？

能像這樣安詳地離開感覺也不錯，藍天看起來美極了，還有飛鳥乘風翱翔。我彷彿被裹在一顆泡泡裡漂浮著。

我穿著棉質泳衣在水面上漂流，陽光照暖了臉龐。流水清淺，我能感覺到河床上水草的細細葉尖。

我伸直手臂，閉上眼睛，把耳朵浸在水裡，正如我喜愛的樣子。此刻的世界像是被隔絕在外，沒有弟弟吵鬧，沒有母親咆哮，沒有木槌的敲擊聲。水流輕輕晃著我，讓我彷彿置身在搖籃中。

嘩啦。

水濺在我臉上。我嗆了一大口水，大聲咳嗽，隨後站起身來。

智秀噗通一聲進到河裡，全身光溜溜的。

「智秀，走開啦！」我說。

但他不願離開。他拍著手，濺起水花，圓滾滾的肚子上下抖動著。

「他只是想跟妳玩。」父親說。他正在撿拾生火要用的木柴。

「沒錯，你們幾個如果不能好好一起玩，那就不要野餐了。我們都回家。」母親警告著。

我在淺淺的河裡蹲著，眼睛和鼻子冒在水面上，像隻埋伏著的鱷魚。我看著他搖搖晃晃地朝我走來，伸直的手臂向我靠近。他要做什麼？

他跌跌撞撞走向前，小小的手抓住我的臉。接著，一個溼答答的吻印在我的臉上。

我異常冷靜地看著緩緩映入眼簾的黑煙，一切都寂靜無聲……直到剛才被凍結的尖叫聲在一瞬間全湧入耳裡。那是聲嘶力竭的哭喊和哀號聲——是人面對死別的悲慟，我這才知道自己還沒死。

我勉強站起來，拍掉身上的白雪。山丘頂端竄出黑煙和熊熊大火，我被迎面而來的熱氣嚇到，往後一個踉蹌。那些原本在揮舞的雙手和充滿希望的臉龐都消失了，眼前只剩下燒得焦黑的軀體、濃密的煙霧和延燒的火舌。所有的人……

要是……要是……

不，我不敢相信。母親、父親和智秀不可能在那座山丘上。

我的胃一陣緊縮。

我身旁有什麼東西動了一下，一隻戴著手套的小手滑進我手裡。英洙站在我旁邊看著大火，我則盯著他的臉，接著又忍不住再端詳了一會兒。不知怎麼的，他似乎變了。在他臉上，淚水已了無痕跡，臉頰也擦得乾乾淨淨，而他的眼裡什麼情緒也沒有，像是所有情感都已被耗盡。

就在那一瞬間，我也有了一樣的感覺。

內心一片空洞、虛無。

第十六章……

那架飛機來無影去無蹤。

高山刮來一陣強風。我的牙齒不停打顫，我用手摀住嘴巴。婦孺的哭號穿透呼嘯的風聲。許多母親和祖母們從樹林間緩緩走出來，呆站在路邊緊緊抓著胸口，彷彿是想抓牢自己破碎成一片片的心。孩子們則像生了根似的坐在原地，哭喊著要找媽媽。

我們站在山丘旁，盯著這一切良久，時間彷彿已過了好幾個小時。接著又一聲巨響從山頭傳來，我嚇了一大跳。人群開始走出樹林，一開始只有寥寥幾個，而後更多人從藏匿處湧現，比我預期中的還多。人們再度走上泥土路往南前進。

我跑向前抓住路人的手臂，尋找熟悉的面孔。有些人把手抽開，有些人同情地嘆了口氣，有些人則完全不理會我的拉扯，表情空洞得像是中心被掏空的葫蘆。

如果母親、父親和智秀不在人群裡，那他們可能就在那座山丘上。一股噁心的感覺瞬間湧上，我往路邊吐了一地。

一名額頭布滿皺紋的老婆婆撿起家當，朝我們走來。「孩子們，你們要繼續往南走，不能待在這裡。紅軍離我們沒多遠，他們馬上就要來了。」她揮著手要我們跟上。

我差點就要把老婆婆的手拍掉。我知道她只是想要幫忙，但在找到家人以前我是不會離開的。

「不行，」英洙告訴她，接著咳了一陣。「我們必須找到爸媽跟小弟才行！我知道他們還在這裡！」他爬上一顆布滿冰霜的大石頭，放眼望向行經的面孔。

「孩子，你們得走。北邊已經沒有人了，你們的爸媽說不定已經跟著大家往南邊走了，」老婆婆溫柔地說。「我相信你們會遇到的，只要繼續……」

她話還沒說完，後方便傳來眾人的尖叫聲。我只不過撇開眼一瞬間，再回頭時就發現那老婦人消失了。我握住英洙的手。

有人對空鳴槍，擴音器也放送著：「各位同志，即刻返回祖國！切勿拋棄國家！南方只是美帝的傀儡！」

接著子彈橫飛，許多身軀隨即倒地，人群四散。

我們別無選擇，我們必須離開。

我和英洙開始狂奔，朝父母可能的所在之地反向而行，穿過樹林，穿過結了霜的玉米田谷地，越跑越遠，越跑越快。每向前一步，我的心彷彿就被緊緊拉扯一下，但我的雙腳卻沒有停下。周遭的景觀像幻燈片般一張張替換——從農地和梯田，換到群山和常青樹林，我們跑到一個只剩我們的地方。

終於，我停下來環顧四周。

我和英洙彎著腰喘氣。這裡的松樹比家那裡的還要高大、細瘦。我們在哪裡？我們是怎麼到這裡的？大家都去哪了？太陽漸漸西下，我不由自主地發著抖。這下不可能找到爸媽了。

「我們要怎麼辦？」英洙問，下巴顫抖著。

我想承認我不知道該怎麼辦，想坦白說我也很害怕，但英洙露出的眼神就像他是隻待宰的小牛，所以我緊咬著唇，努力壓下想要嚎啕大哭的衝動。我告訴他我們應該要繼續往南走。

❄ ❄ ❄

沒有人告訴我們何時該停下來休息，我們便一路走到天黑。

這跟負責帶英洙往返河邊和家裡沒兩樣，我對自己這麼說。但這當然不一樣。

母親、父親跟智秀還好嗎？我們正朝著他們的方向前進嗎？我們要怎麼找食物跟安身的地方？

我深吸一口氣，感覺到鼻腔內的鼻毛都凍僵了，白雪也讓褲腳溼答答的。如果再不找個地方過夜，我們都會凍死。

溫度低得危險，我已經感覺不到自己的腳趾，但我們仍像兩隻上了軛的騾子，肩並著肩繼續悲慘地拖著腳行進。

我注意到英洙在流鼻水，他的眼神也很呆滯。他生病了，他需要一張溫暖的床、一套乾爽的衣物和一頓飯。

萬一走散了，母親難道不會預期我們在家裡碰面嗎？

我想著到釜山後我夢想著要做的事情——我要去上學，還要擁有自己的書——但遠山傳來的爆炸聲把我的思緒震成千萬碎片。天色越來越暗了，我不知道炸彈落在哪裡。聲音好像是從那一邊傳來，又好像是從另一邊，然後又沒聲音了。比起摸索未知的土地，回家會容易得多。

「我們回家吧。」我說。

英洙喘著氣，臉頰通紅。「但那個老婆婆叫我們繼續往南走，她說北方沒有人了。」

「但媽媽和爸爸說不定走回家了，也許他們以為我們會跟他們在那裡碰面。他們要找到我們也只有這個方法，對吧？來吧，這裡離家不遠，我們應該回去。」

一陣風吹來，鼓動著我們的大衣。英洙摩擦手臂取暖，接著點點頭。

❄ ❄ ❄

我們掉頭往北走。

數小時後，我們遇到一些往南邊走的人群。「你們走錯方向啦，沒有人留在北邊了！」他們大喊。

我對他們的警告充耳不聞，英洙得回家。如果母親和父親還活著，他們一定也盼望著跟我們在家碰面。

我們繼續走著，途中遇到的人越來越少。森林逐漸稀疏，我們兩側的雪地向外延展。遠方的火光照亮了約半英里外的一間農舍。我發著抖，拉著英洙的手往那間農舍走，全身肌肉僵硬又冰冷。樹林裡竟然沒有半點樹葉沙沙作響，連遠方也沒有鳥兒的嘎嘎叫聲，我被這片寂靜嚇到了。

「姊姊，妳知道到了釜山後，我要做的第一件事情是什麼嗎？」英洙從發顫的唇齒擠出一句。

我朝他皺著眉，納悶他怎麼會在這種時候講這沒頭沒腦的話。我嘴巴閉得緊緊的，不想讓體內的熱氣散去，但英洙期盼地等著。最後我回答：「不知道。」

「我要發給大家跟我的頭一樣大的熱包子。」

我笑了出來，感覺到珍貴的溫暖氣息撲在自己的臉上。「如果有那麼大的包子，我要把冷冰冰的手指跟腳趾都埋在裡面。」

「我要睡在上面，像暖烘烘、軟綿綿的枕頭。」

我繼續跟著他的小遊戲接話。「這樣的話，早上醒來你就可以吃枕頭當早餐了。」

這次英洙大笑出聲，我則微微一笑，想像著被那熱騰騰的大包子包裹住的感覺。我感到體內似乎有一股暖流升起。

但他接著說：「智秀大概會把頭髮弄得黏答答的吧。」我們頓時陷入沉默。

英洙相信母親和父親還活著，智秀也還在某個地方吸著自己的大拇指。幾個小時前我也這麼想——而這正是我掉頭的原因。但此刻在一片漆黑之中，我變得只相信自己所知道的現實：我沒有在人群中看見他們，他們很有可能跑到山丘上了；再說，這樣在路上走著，我們早就應該遇到了才對。我想起英洙有時就只是個傻裡傻氣的天真男孩，沉重的責任感便重重朝我壓下。

我望向四周，地平線上，一場大火正熊熊燃燒；在遠處的玉米田邊，乾枯的玉米稈也竄出火焰；枯瘦的樹木散落在雪白農地間，在風中窸窣作響。父親認為我決定要離開很勇敢，但我脫口說想離開時，我的聲音在顫抖，這樣還算勇敢嗎？

這時突然有奇怪的聲音：一些喀噠聲、雪被拍落的聲音，還有風呼嘯而過。說不定只是動物發出來的。但現在也有腳步聲，絕對錯不了。

「你聽見了嗎？」我忽然問道。那是踩在枯葉上會有的聲音，那人的動作緩慢而謹慎。

英洙停下腳步。「聽見什麼？」

我側耳細聽，只聽見遠方像打雷般的陣陣轟隆聲。

「聽見什麼？」英洙重複道。

「沒什麼，」我呼出長長一口氣。「走吧。」

接著我就看見了：樹木後方有大衣移動的影子。

第十七章‧‧‧‧‧‧

「媽，他們只是兩個小孩。」一名少女喊道，她的聲音毫無朝氣。一個少女和一個成年女人一起從陰影下走出來。少女的臉上沾了泥巴，她的母親也是，髒兮兮的被子像披肩一樣垂掛在她們肩上。她們幾乎沒什麼家當，只有一個小袋子——就算是戰亂時代，她們似乎比多數人都還要落魄。見到這樣平凡的一家人我鬆了一大口氣，幸好不是擁槍的士兵。

「只有你們兩個嗎？」那個母親問。她的頭髮盤在後頭，灰頭土臉的她有個像南瓜一樣的圓臉。

「對，」我說。「我們在找爸媽跟小弟，我們要走回家去找他們。」

「你們要往北走？北邊已經沒有人了。」

一望無際的平原圍繞著我，四周風景看起來都一模一樣，我快失去方向感了。

「那妳可以告訴我們哪邊是南邊嗎？」

那女人歪著頭。「你們的父母就這樣丟下你們？」她不管我的問題逕自問著。

「不是的，我們是在人群中走散的，我很確定他們也在找我們。麻煩妳跟我們說去釜山的路好嗎？」

「你們有行李嗎？你們身上有帶什麼東西嗎？」

「沒有，」我說。「拜託妳，可以告訴我們哪邊是南邊嗎？」

那女兒瞪著我們，目光冷酷，眼睛眨也不眨。那母親則用舌頭咂著牙齒。在這片遭眾人遺棄的死寂之地，那是我唯一能聽見的聲音。忽然間，我明白向北前進是多麼糟糕的決定。除了這個女人、少女和我們，沒有半個人留在谷地了。我的眼神瞥向英洙，他皺起眉頭。

不安感湧上心頭。我的心就像著了火的紙張一樣漸漸化為焦黑。

「你們最好跟我們待在一起。小孩子獨自在外不安全。」終於，那個母親說道。她緊緊鉗住我的手臂。

那名少女則抓住英洙的手臂。「那裡有一個穀倉。我們去那裡過夜吧。」

「不要！」我脫口而出，心臟怦怦跳著。「我跟我弟弟會自己走，我們不想麻煩妳們。」如果不在穀倉過夜，我也不知道要睡在哪裡，但我們得離開才行。

「一點也不麻煩。」那母親說。她冰冷漠然的雙眼下硬擠出一抹笑容。

她們把我們拉進穀倉。穀倉內感覺又溼又冷——不知為何似乎比外頭還冷。牆邊堆滿一捆捆乾草，上方的屋梁裸露。這裡沒有牲口，但馬匹和糞便的氣味卻揮之不去。

那名母親點亮煤油燈，偌大的影子映照在牆上。接著她放下袋子，一隻小雞探出頭來。

「真不敢相信妳身上什麼都沒有。」她上下打量著我。「連一小包米都沒有？像妳這麼大的女孩子，妳爸媽竟然沒讓妳拿任何東西？他們一定很寵妳。」

我忿忿不平地哼了一聲。

那女兒笑了。

「喏，拿些乾草，」那名母親丟了一捆給我。「用這個當墊被吧。」

那捆乾草正中我的肚子，我踉蹌後退了幾步。我笨手笨腳地抽出一把一把的麥稈鋪在地上。麥稈割傷了我的手，但我幾乎沒注意到，因為我忙著偷聽那對母女的竊竊私語，還得一邊裝得若無其事。

「我們之後可以把她賣給士兵，」那母親低聲說。「我敢說他們用得上她，她年紀看起來夠大了。」有那麼一秒，她忽然盯著我看。「那女孩也滿漂亮的。」

「她才沒那麼漂亮，」那個女兒說。「那她弟弟呢？」

「他年紀太小了，值不了多少。早上再來決定吧，現在先好好休息，反正他們也無處可去。」她們在地上鋪上厚厚一層乾草。

英洙正要開口，我捏了捏他的手臂，他便閉上嘴巴。我覺得喉嚨緊緊的，突然有一股很想哭的衝動，我硬是壓下那股感覺。不知怎麼的，我鼓起勇氣說：「真希望昨晚也有這些乾草能睡呢！」我本來還擔心笑聲聽起來會很僵硬，但我還是成功擠出無憂無慮的笑聲。臉上的假笑讓我的臉頰抽搐著。

那母親忙著撫平乾草，所以應該沒有注意到。但那少女看著我，咧嘴而笑。在陰森的燈光下，她心懷鬼胎的笑讓她的臉看起來像個木雕假面⑬。

在煤油燈熄滅之前，我仔細研究著穀倉門口的方向，以及門閂扣合的方式——門口距離我坐的位置大約二十步遠，而門閂橫著推開後，要再往上抬起來。我暗自記下那對母女躺的位置，她們一個在我左側，一個在右側。

然後我們便陷入全然的漆黑中。

⑬假面（탈춤；talchum）：朝鮮半島的傳統面具，歷史悠久，用途多元，可用在戰爭時提升士氣，或在葬禮時作為驅逐鬼怪的宗教用品，也用於傳統的舞蹈戲劇表演。

第十八章‧‧‧‧‧‧

一九五〇年十一月

英洙躺在我身邊不停發抖，而我動也不動地聆聽著周遭聲響。在黑暗中，每個聲音彷彿都被放大了。那名母親不停抿著嘴，少女則輾轉反側。最後，穀倉中終於靜下來了，我只聽得到耳裡怦怦作響的脈搏聲。

這是她們的詭計嗎？那對母女真的睡著了嗎？

我想起父親、母親和智秀，我可能再也見不到他們了。「爸爸。」我低聲呼喚著，眼淚一瞬間湧上眼眶。在黑暗中無人能看見，我便讓淚水恣意流下。

我看見父親在清晨的光影中動了動身子。大家都還在熟睡，他就已經坐起來穿鞋。

「爸爸，你的工作越來越辛苦了。」我悄聲說。我還躺在墊子上。

「我必須努力工作才能照顧全家人啊。」他說。

「但我們幾乎都見不到你了。」

父親看著窗外。「嗯，下過雪了。那是初雪呢。」他停了半晌。「素拉呀，穿上大衣吧。」

我匆匆起身，小心不吵醒其他人。「我們要做什麼？」

「去廚房拿媽媽的托盤，拿大一點的，然後來前門找我。」他走出門。

我跑去廚房拿了一個上了漆的木托盤，接著從側門溜出來。鬆軟的雪花覆蓋著泥土路和大地。外頭天色根本還沒亮，夜晚活動的狐狸也還在林間漫步，清晨的鶴群則正準備要在收割後的田間優雅散步。

「素拉呀，這裡！」父親站在屋子和麥田間的斜坡上呼喚著我。

我朝他跑去。

「把托盤放下來，坐在上面。我會推妳。」他說。

我把托盤放在小丘的坡道上，接著停下動作。「我們不叫英洙嗎？」我問。

爸爸摸摸下巴。「這次不必。妳已經十歲了，很快妳就不會想讓我推妳玩雪橇了，我確定這一次他會諒解的。」他對我眨眨眼。

我咧嘴笑著。這正是我想要的——而且還更棒！父親推著我轉圈，所以我是旋轉著溜下坡道的。我一路大笑著跑回坡頂。

「再玩一次嘛，拜託！」我屏息以待。

「不了，素拉呀，我還有另一個驚喜要送妳。妳看。」他指著遠方的地平線。深橘與淺紅交織的條紋覆蓋天際，鑽石般的閃亮光芒自山巔冒出。我驚嘆著。太陽越來越大，漸漸升起，直到它充裕的日光照得一切平凡之物——稻草屋頂、鏟子鋤頭和木頭推車——閃閃發亮。

「我要去做事了，趁大家問起妳跑到哪裡之前，快進屋去吧。」他把我的頭髮撥亂。

我垂下肩膀，看著父親扛起斧頭，掉頭走向松木林。新的一天又開始了。

一道陽光直射在我眼皮上。從穀倉的窗戶望出去，我能看見群山上方逐漸亮起的天空。此刻才剛破曉，幾縷陽光照了進來。

昏暗中，身旁的英洙仍在打呼。我拍拍他的肩膀，他咕噥著。

「噓！」我用力捏他一下。

他猛然驚醒，我用手摀住他的嘴巴。我們的眼神交會，過了一會兒他便明白了：要保持安靜。我和英洙慢慢起身，我聽得見耳內的血液加速翻騰。

我抓住他的手臂，往門口方向前進一步。乾枯的草稈在我們腳下嚓嚓作響，猶如踩在碎玻璃上一樣。

我瞬間凍僵，屏住呼吸。她們肯定聽到了。

不，沒事，她們還熟睡著。還有十九步，咫尺彷彿天涯。

我們弓起背脊像貓一樣行進，隨時做好準備要衝出穀倉。但我壓下拔腿狂奔的衝動，放慢腳步，安靜無聲地抵達門口。那扇門又大又沉，寬得能讓一整輛牛車和馬匹經過。門閂摸起來冷冰冰的，我的手指也很僵硬。我拉開門上的鐵閂。

鐵門發出尖銳的聲響。

乾草墊上傳來動靜，母雞也騷動起來。我飛快地轉身，見到那名母親翻身平躺，打著呵欠，但我在黑暗中是怎麼看見她的呢？糟了！我把目光轉向窗戶。金色陽光湧進穀倉。

太陽出來了。

我的思緒奔騰。那名母親說要把我賣給士兵是什麼意思？士兵為什麼要花錢買我呢？我完全不懂。她們的話比槍炮彈藥還讓我害怕。我的手在顫抖。

英洙急得跳腳。「姊姊，快一點！」

「噓！」我生氣地低聲說。

我拉開門閂。母雞啼叫起來。有人翻了個身，低聲咕噥。

我推開門，一陣冷風灌了進來。我把英洙推出門，自己也隨後奪門而出。

然後我抓起他的手臂，兩人開始狂奔。

我們踩過荊棘樹叢和亂石山丘，越過重重冰雪，刺骨冷風劃過臉龐。我們一直跑到太陽高掛天際才停下來，成為冰天雪地中的兩個小小人影。

第十九章‧‧‧‧‧‧

跑了一整天後，我們找到一間廢棄的小屋落腳。室內拖鞋在門邊並排，紅色的臂章整齊地疊在衣櫃上，彷彿屋主隨時會回來一樣，但我知道他們不會回來了。屋裡的傢俱覆蓋了厚厚一層灰，所有的被子也都不見了。

「來幫我搬桌子。」我說，抓住一側的木頭桌腳。

「妳要搬去哪裡？」英洙問。他站在陰暗的房間中央不住發抖。

「要用桌子抵住門。」

「為什麼？」

「因為門鎖壞了，而且我們不希望有陌生人走進來。」我看著窗外搖曳的樹影——有時那些影子看起來就像人影。

英洙抬起另一側的桌角，我們一起把桌子搬到屋子的另一頭。「要是又有人想要拆散我們怎麼辦？」他問。

「我們不會被拆散的，我保證。」但我說話時卻無法直視他。

我們把矮桌推去擋著門。雖然這算不上多大的屏障，但只能將就如此了。我用火柴點燃木櫃上的煤油燈時，雙手還在微微顫抖。英洙仍舊站著不發一語。

我們需要食物和水。我好餓，餓到噁心想吐。

「我去廚房看看有沒有食物，」我說。「我把燈帶走，馬上就回來。」

「我也要去！」英洙說，跑到我身邊。

廚房只有幾步之遠——就算我把燈帶到廚房，火光還是能照亮客廳——但我還是讓他跟來。

我往下走到狹小廚房的泥土地上時，我的頭撞上一組懸掛著的鍋勺用具。掛在鉤子上的鍋勺互撞發出噹啷噹啷的聲響，有如嘈雜的腳步聲。我舉起手抓住鍋勺，不讓它們繼續擺動。

接著我停了半晌，讓狂亂的心跳平穩下來。

地上放著的罈子大到足以塞進兩個小孩。我費盡力氣才勉強用雙手轉開沉重的蓋子。蓋子刮著罈口，石頭質地互相摩擦，就像是從陵墓上移開石塊一樣。

我們往裡頭一瞧，兩人都吃了一驚。

「泡菜！」英洙說。

我動作很快，馬上從架上拿了兩個鋁杯，但卻笨手笨腳地打翻了不少盤子和湯匙。我將兩個鋁杯盛滿泡菜和濃稠醬汁，遞給英洙一杯後，自己也仰著頭，往嘴裡塞進一大片長了黑點的泡菜葉。這是泡菜季[14]時，家家戶戶為了準備過冬而製作的一批新鮮泡菜。葉菜十分清脆、味道濃厚，完美極了。

「為什麼這家人不帶著泡菜一起逃跑？」英洙喀滋喀滋地咀嚼，一面問道。

「因為太多了啊。誰會在打包時還扛著這一堆泡菜？」

我大口咬著我最愛的部分——大白菜厚實的葉片——接著喝光醬汁。有那麼一瞬間，我忘了自己的處境、忘了這個黑漆漆的地方、忘了外頭像女人尖叫聲般的颯颯風聲。

「姊姊，妳相信嗎？我們差點就被綁架了！」英洙問。他朝著手臂咳嗽一陣，接著又咬了一口泡菜。

我停下來思索，這一切都很不可置信。「綁架，」我說著，彷彿想說服自己那真的發生過。「我們差點被那兩個人綁架了。」

「還有她們的母雞。」英洙補充道。

我們對視，接著兩人都放聲大笑。「如果那隻雞在這裡，我們現在就可以配著醬油吃掉了！」我大聲地說。

英洙的頭從碗裡抬起來。「唔，媽媽煮的醬油雞最好吃了。」

我們笑不出來了。

「姊姊，妳覺得媽媽、爸爸和智秀也在找我們嗎？」

「當然。只要我們一直往南走，就一定會遇到他們的。」我別過臉，將自己的擔憂藏起。

「但妳怎麼知道哪邊是南邊？」

「嗯……有像是北極星之類的東西可以依循啊。我們也可以跟著大家離開時留下的足跡。」

他安靜下來思索著。「要怎麼找到北極星？」

「這個嘛，它是天上最亮的星星，對吧？」

「對我來說星星看起來都很亮。」他用衣角擤了擤鼻涕。

我希望他別再說話了。「去睡覺吧，我們都需要休息。」我說，一面走回客廳。

我們一起擠在石頭地板上，英洙很快就睡著了。但泡菜在我肚子裡劇烈翻攪著，泡菜的酸像是在我的胃裡燒出了一個洞。我回想著我們從穀倉走到這裡的路。我走對路了嗎？我根本沒有抬頭看北極星，我一直都不太擅長找北極星。微微起皺

---

⑭泡菜季（김장；kimjang）：韓國人集體醃製過冬泡菜的一種文化傳統。家家戶戶常於晚秋時分共同醃製大量泡菜，以度過嚴寒的冬季。此文化於二〇一三年被聯合國教科文組織列入人類非物質文化遺產代表作名錄。

的地圖仍安放在我的口袋裡，我伸手把地圖抽出來。朝鮮半島跟整個世界比起來顯得好渺小；把拇指放在上面，整個半島便消失了。非洲那裡住著什麼樣的動物呢？住在法國的人吃些什麼樣的食物呢？美國真的有長了濃密毛髮的牛仔嗎？

屋子裡越來越冷。一陣強風刮來，窗戶嘎嘎地搖晃著。屋子角落有個像是澆水壺的金屬小物被風吹向牆邊。我緊緊閉上眼睛，等待早晨來臨。

第二十章・・・・・

一九五〇年，約莫十二月

接下來的好幾天我們找到不少廢棄屋子，裡頭滿是泡菜季時做的泡菜，而我們也只吃那些醃漬白菜來充飢。即使有時我們會因為胃部絞痛、肚子咕咕作響而蜷成一團，我們卻還是照吃不誤。

我們沒有停下腳步。原本種滿稻米的田地如今已空空如也；一隻牛側躺在地，有隻禿鷹停在牠的腹部前大啖一番；茅草屋也全被戰火夷為焦黑的平地，到處都是被炸彈摧毀的殘木。白天時跟著太陽的方位朝南走很簡單，但晚上時，我一直無法在空中找到北極星。

終於，我們遇到一列飽經風霜的難民。他們少說有五十人，正行經大雪覆蓋的谷地往南前進。這是我的幻想嗎？這裡真的有和我們一樣的人嗎？我和英洙四目交接，心中燃起希望。我鬆開他的手，跑向人群，在陌生人之間俯身來回穿梭，尋找熟悉的面孔。

但母親、父親和智秀都不在其中。

我在隊伍後頭找到英洙。「我們跟著這群人吧，一起走比較安全。」我說。我不需要和他說我沒找到我們的父母。

他點點頭。

但我知道這一大群人不可能待在一起太久，畢竟我們怎麼可能全待在同一間屋子裡呢？黑夜來臨時大家就會各自散去。我觀察著這批人群，想找個我們能跟著、能信任的人來照顧我們。我們不能再落單了。英洙感冒了，他需要一名母親來照顧他，我也需要有人帶路。

一名年輕的婦人和她的女兒走在人群邊緣。婦人的頭用圍巾包裹著，圍巾在她的下巴打了個緊緊的結，尾端的兩角完美對齊。我看著她走路的樣子以及她餵孩子的時機：她行走時一隻手攬著女兒的肩膀，也會適時地從袋子裡拿出食物來餵女兒，好讓她有體力繼續前進。夜晚降臨，眾人分散到不同的屋子裡準備過夜，我便跟著那名母親所選擇的人群，走進一間小小的石造房舍。

屋裡有好幾個櫥櫃和一張桌子，全都覆蓋著灰塵。一名年邁的男子穿上屋主留下來的破爛拖鞋。我拉著英洙穿過擁擠人群，來到那對母女坐下的地方，接著在她們旁邊坐下。

那婦人忙著鋪毯子，她見到我們便微微一笑。「珠妮呀，說你好。」她對女兒說。女孩露出害羞的笑容，她的上嘴角有顆美人痣。

英洙從我身後探出頭來，眼睛發亮。他鬆開我的手，跑到珠妮旁邊。我不可置信地張大嘴巴。這下我知道了：只要有漂亮女孩，英洙就會立刻拋棄我。我自個兒笑了出來，假裝瞪著他。

那名母親笑了，接著她從袋子裡拿出一碗冷飯。我向她深深鞠躬道謝。英洙拿了一半的飯，但他才吃了三口便停下來不停地咳嗽。

「他生病了？」婦人問，小心翼翼地打量英洙。

「只是小感冒而已。」我想要露出一個英洙每次都用來得到母親原諒的笑臉，但見到她對我皺眉，我便明白笑臉沒用。「看來英洙跟珠妮馬上就成為朋友了呢，」我繼續努力，希望能夠挽回她。「我弟弟八歲了，她幾歲呢？」

「七歲，」那名母親說，一面觀察著英洙袖子上乾掉的鼻涕痕跡。我把他的手拉到我身後藏起來。她看著我，淺淺一笑。「妳懂事多了。」

我不知道她怎麼會這麼想，也不確定她說的是不是真的，但我還是露出笑容。我忍不住。母親是絕對不會這麼說的。

婦人把注意力從我身上移開。「珠妮呀，來睡這邊。」她拍拍離我和英洙最遠的一小塊空間，珠妮跑去依偎在母親身旁。

那天半夜，英洙陷入一陣狂咳。我拍著他的背，希望他別吵醒整間屋子裡的人，屋子另一頭有個男的已經在嘆氣發牢騷了。

「不會有事的。」我低語著。在他終於安靜下來、陷入沉睡後，我仍半夢半醒地安撫著他。

❄ ❄ ❄

隔天早上我醒來時，看見一名老人站在我們身邊。「小子，你半夜咳成那樣，有睡到嗎？」他的口氣刻薄。

「有的，先生。」英洙立刻正襟危坐。老人接著走開去收拾自己的袋子，還低聲罵了一串髒話。

我環視屋內一圈。大家都在收拾行囊準備繼續每日的行程，不過那對母女呢？我瞥見珠妮的一頭秀亮長髮在門外一閃而過。她們動作真快，我差點就錯過她們了。

「英洙，快點，要走了！」我說，手搖著他的肩膀。「我們可不能被丟下來啊！」

由於沒有任何家當，我們只需要穿上大衣，站起身跑出門就好。今天往南方移動的人更少了。我抓好英洙的手，在鬆散的人群裡尋找著珠妮和她母親的身影，最後終於在隊伍中間發現她們快步行走著。

「她們在那裡！」我說。我拉著英洙向前，好跟她們並肩而行。

珠妮掙脫她母親去握住英洙的手。英洙露出大大的笑容。我知道這下就算他什麼都沒有，他也會開始送她禮物。說不定還會答應要送她海裡任何她想要的魚呢。

英洙從口袋裡拿出一顆鵝卵石。我看著他用大衣把石頭擦拭乾淨，遞給珠妮。泥巴弄髒了他身上的褐色衣料。

「珠妮呀，」她母親說。「那很髒，別碰。過來牽著我的手。」

她說「髒」的樣子讓我的臉頰羞得發燙。女孩皺起眉頭，但還是回到了母親身邊。

婦人帶著戒心伸手攬著女兒，她長長的大衣飄揚著，像是簾子一般擋在我們之間。看著她抓緊珠妮的模樣，一股無可名狀的恐懼在我心裡膨脹。

英洙聳聳肩，用袖子抹抹鼻子。他不受任何影響，繼續向前行走，就像在河邊捕魚的日子一樣。這不是他第一次空手而回了，我猜如今他已經習慣了。

我們沿著一條泥濘不堪的道路靜靜地走著。傍晚時分，當人群分散到不同的棄屋裡避難時，我們就跟著珠妮和她母親。好幾日就這樣過去了。人們來來去去，但珠妮和她母親一直都在附近——我確保她們一直在我們附近。

有天晚上，我們一群人走進一間廢棄房舍。那間屋子看起來空洞又悲傷，就像個被遺棄在後的人。一部分的稻草屋頂被吹走了，一側的屋簷也搖搖欲墜，蜘蛛早已盤踞屋內多時。

一個老婦頹然坐下，按摩起自己的雙腳。「我們快到平壤了。我感覺得出來！」她大聲宣布。

「妳怎麼知道？」我問。

「我在那裡長大的，」她說。「再說，所有路都通向首都。我們就快走到這條路的盡頭了！」

想到路的盡頭不知會迎來什麼，我打起哆嗦。城市會是什麼樣子呢？我們兩個鄉下土包子要怎麼在城市街道裡穿梭呢？

今晚，這間屋子裡連同珠妮和她母親共有十人。一如往常，我等著她們入座，好去坐在她們身邊。

那母親看了我們一眼，嘆了口氣。她遞給我們一碗飯，但她臉上沒有笑容，她也沒有說任何話。我掌心向上接捧過飯碗，頭垂得低低的。我這是在乞求施捨嗎？

還是她主動要給我的？

英洙伸手從碗中抓了一把飯，我注意到他指甲下的髒汙，塵土陷進他乾裂、起皺的指縫裡。那一瞬間，我真希望我們剛才在雪地裡洗過手。我迅速瞥了那名母親一眼，她的眼神立刻飄開。我想著她是不是對英洙很不滿。但如果不用髒兮兮的雙手，在戰爭之中要怎麼吃飯呢？我慢慢地咀嚼著，用手遮住嘴巴，留意禮節。

我把大衣鋪在地上，叫英洙休息一下。他蜷縮成一團，閉上眼睛。門外疾風呼嘯而過，我們依偎著對方取暖。

沉睡中，那名婦人推了推我。「醒醒，妳弟弟又在咳嗽了。」英洙無法控制地發出刺耳的喘氣聲，屋內各處傳來低聲咒罵。我的眼睛根本睜不開，只能拍著英洙的背要他安靜下來，暗自希望他不要惹惱別人。我們可不能被趕出去啊，這是我再度陷入沉睡前唯一能想到的事情。

❄ ❄ ❄

幾個小時後我仍舊十分疲憊，差點就跟丟珠妮和她母親。她們趕在破曉前離開。那名母親迅速收拾行囊，小心不發出任何聲響。為什麼要走得這麼急呢？還這麼早？我看著漆黑的房子，屋內其他人都還沒起床。

就在那一瞬間，我明白了。

她給我們食物，不過她從沒答應過要照顧我們。

我坐起身，在黑暗中輕觸她的手臂。「我知道妳是怎麼想我弟的，但是他的心思有時候很細膩，我不會讓他發現妳離開我們的原因。」我哽咽起來。

「離開你們？你們和我們可從沒一起過。孩子，妳連我的名字都不知道，」那名母親回道。她的面容緊繃、充滿防備。「聽好了，我有女兒要保護，我怕妳弟弟的病會傳染。他是妳的責任，不是我的。他唯一擁有的就只有妳了。」

我的臉因難堪而發燙。這麼長一段時間，我一直在追趕，她則一直在逃跑——逃離我們。

英洙當然是我的責任，不是她的。我這是在試圖卸下照顧他的重擔嗎？罪惡感如團毛線般卡住我的喉嚨。

婦人的表情柔和下來。「讓我給妳點建議吧。身為孤女，妳不會有什麼未來的。妳唯一的恩賜就是弟弟，至少他是個男孩，長大了就能夠延續家族血脈，也能養妳。好好照顧他吧，把他的需要放在自己的之前，這才是妳在這個世界上的生存方式。」

這就像母親會說的話——告訴我我的價值也不過如此。滾燙的淚水刺痛我的雙眼，我不敢看她，但我知道她說的每一句話字字屬實。

第二十一章・・・・・・

一九五〇年，約莫十二月

獨行的我們又花了一天才抵達平壤。

整座城市都在燃燒。

美軍兩個月前往北推進時，這裡就被空襲、占領過，但此刻共軍開始反擊——戰爭前線離我們不遠了，從城市郊區傳來的槍炮聲響清晰可聞。

片片塵埃像黑色的雪片般從天而降，早晨的陽光從燒得焦黑的枯瘦枝頭灑落。我停下腳步調整呼吸，卻被苦澀濃煙嗆住。黑煙覆蓋了一切。

我從來沒有進過城市。這裡的道路有鋪過，但路的兩側都是瓦礫和碎石。尚未傾倒的建築中有些是塔狀，有些則是斜屋頂，都是兩、三層樓高。不過房屋的窗戶全被震裂了，只剩焦黑一片。唯有火車站的建築結構大致還在，看起來就像副骷髏。

路的那頭，一間學校正面的磚牆上掛著金日成和史達林的巨大肖像，兩人的面孔被子彈打得千瘡百孔。經過學校後，下一區是有著木頭門面的商店街——蔬果店、冷麵店全都空無一人，門窗歪歪斜斜的掛著。

如果我瞇起眼睛，讓眼前被摧毀的建築變得模糊，那麼平壤就跟普通城市沒兩樣……假如路邊沒有坦克和翻覆的卡車的話，假如路中央沒有獨自漫步、繩索還在後頭拖著的牛隻的話，假如地上沒有扭曲成奇怪角度的屍體的話——我遮住英洙的視線，自己也別過眼。

人們像夢遊般在街頭漫無目的地行走。女人的頭頂和背上扛著包袱，大部分的男人都穿著鬆垮的白衣褲和背心，跟父親的衣服相同——那些人就跟我們一樣，都是踏上南行之路的農人。這裡也有都市人，有些人穿著簡樸，西式的鈕扣襯衫紮進附拉鍊的長褲，沒什麼炫目的打扮，因為就連平壤的有錢人也不想炫富。政府有可能會把他們當作中產階級和反共人士，逮捕他們。

我和英洙跟著人群走到大同江畔，這條江像把利劍般橫切過城市中央。南朝鮮衛兵在岸邊站崗，他們一邊打開人們的袋子查看，又是推著人的，檢查人群中有沒有企圖混入的北朝鮮士兵。泥濘的河堤邊堆著成山的沙包，後頭則是被遺棄的屋舍。屋舍因為缺乏維護而傾圮，毀壞程度就像被沖上岸的炮彈殘骸一樣。

我抬頭看見一座被炸毀的鋼橋，橫梁糾結扭曲、參差不齊，看起來就像屍體暴露在外的肋骨。橋上爬滿了黑點。

我揉揉眼睛，發現那些黑點是人[15]。他們把家當綁在背上，身子攀在離地幾十英尺高的斷梁上，小心翼翼地在橋梁殘骸上緩慢移動，一心一意想要抵達河的南岸。

陸地上有上千人在排隊，也等著要爬上橋。一陣恐怖而奇異的沉默籠罩著眾人。每一個人都像是屏住呼吸一樣，深怕要是有一點細微聲響，就會打斷攀橋者的注意力。

一名年輕母親背著嬰兒排隊。她閉上眼睛，喃喃自語：「我雖然行過死蔭的幽谷，也不怕遭害，因為祢與我同在……」

「那座橋怎麼了？」我問，輕輕拉著她的手臂。

她張開眼睛看著我。「被炸掉了。本來把橋炸掉是要阻止紅軍過河的，但我們現在跟紅軍一起被困在河的這頭了。」

被困住了。

這幾個字彷彿長了翅膀，狂亂地在我胸口內拍擊。盟軍撤退了，我們晚了一步；他們已經把橋梁炸斷，丟下我們，留我們自生自滅了。現在，共軍要來奪回這座重傷的城市。

我們不僅僅是在逃跑而已，我們正被追捕。

我盯著那一大塊殘破的金屬，有一個黑點墜入冰冷的江水中。

「姊姊，我們要過河嗎？」英洙又陷入一陣猛咳，他的肩膀猛力上下抽動。

我看著他，他無法控制自己的咳嗽，也無法讓身體靜止不動。我將視線轉向上游。視線所及，這條江似乎沒有盡頭，一定還有別座橋的。一座比較安全的橋。

「不要，」我說。「一定有別的方法可以過河。來吧，我們走。」

我牽著他的手，急忙往上游走去。當我靠近仔細一看，我發現大同江的江水比家鄉的河流顯得陰森的多，看起來也更深。一大塊浮冰漂過，像有生命般在水面上悠悠翻滾。

「姊姊，我們可以造一艘木筏，那裡有木柴可以用！」英洙指向幾棟房舍。

「別犯蠢了！我們不可能造出木筏的。」我加快腳步穿過群眾。我知道自己一定傷到他了，有時我說的話就和母親說的一樣尖銳。「別擔心，不會有事的。」我接著說。

「但我們要怎麼去對岸呢？」他皺著眉問道。

我不知道，而且我也不相信自己做得到。不過所有的決定都操之在我——我們的性命仰賴於此。

⑮一九五〇年十二月四日，此景象被攝影師馬克斯．德斯佛（Max Desfor）紀錄下來，名為《橫越斷橋的朝鮮難民》（*Flight of Refugees Across Wrecked Bridge in Korea*），並獲得了一九五一年普立茲攝影獎。

越靠近上游，群眾就越顯絕望，狀況也更加混亂。原本橋邊的一片死寂，在轉瞬間就成了哭喊和打鬧。一名母親在狂奔時，背上的嬰兒從背帶滑落下來；一頭拉著行囊的牛隻從我身邊緩緩經過，牛蹄深陷在泥地裡，牠費力地喘著氣，呼出的熱氣朝我迎面襲來；一名男子走進酷寒的江水裡，踢水游到離岸邊二十英尺遠的地方，接著全身發青地沉了下去。

我需要一個比我年長、比我明智的人幫幫我們，但我只能繼續沿著上游跑，假裝知道自己在做什麼，即使我仍止不住顫抖，也無法讓狂亂心跳平靜下來。

終於，我們跑到一段連泥土也結凍的地方。在心裡，我已經心灰意冷了，我無力說話，也無力可跑。英洙拖著步伐跟在我旁邊，一樣安靜、了無生氣。即使此時人群已不再移動，大夥開始在岸邊聚集，我也不想再望向那陰沉沉的江水。

但就在此刻，眾人傳來一陣驚呼，我立刻轉身拉著英洙擠進人群當中。

江面中央有一艘小筏與一塊浮冰驚險地擦身而過，但因為船上載了太多老弱婦孺，江水開始自兩側灌進船裡。眾人驚聲尖叫，我的嘴巴也嚇得合不起來。我看著婦女和嬰兒紛紛沉入江中，混濁的惡水瞬間吞沒了船上所有人。

一名頭戴斗笠的男子又拖來兩艘筏，靠在江北邊的岸上。「只有女人和小孩能上船！」他大吼。「人不能太多！」

憤怒的群眾發出一陣抗議聲，但我很高興，因為我已經絕望到願意用這個方式渡河。

「英洙，我們可以去！我們是小孩！走吧！」

我又推又擠想要往前，但大人們反倒推了我一把，把我推回去——那些人的年紀都能當我父親了，但他們對我卻沒有半點同情。在這個地方，我不是某個人的女兒，這感傷的念頭讓我的雙眼一陣刺痛。這時英洙被人推倒在地，他嚎啕大哭起來。

「別哭了！別哭了！」我說。我的臉緊繃起來，漲得通紅。

我們已經錯過那兩艘船了。我趕緊扶起英洙，繼續往上游跑。

城市外頭傳來巨大的爆炸聲，我想像紅軍緊跟在後的樣子。出於恐懼，我更用力地拉住英洙，拖著他往前奔跑。他踉蹌了幾步，我劈頭就罵：「看路啊！紅軍就要來了！」

還有其他的船嗎？我視線所及沒看到任何一艘，心裡也一直掛念著那座扭曲歪斜的橋。難道那是我們唯一的出路？這個想法不斷糾纏著我。萬一我們跑離那座橋只是在浪費時間呢？

我們繼續跑著，直到發狂似的沒命奔馳再度消退成疲憊的拖行，滲著血的襪子從鞋子一角的開口露了出來。

我望向上游。雖然天氣嚴寒，正午的太陽卻高高掛著，我得把手搭在眼睛上遮擋陽光。說不定就是沒有其他方法能過河了——事實早已擺在眼前。我像隻受驚的松鼠般亂竄，不知道還能往哪裡去。說實話，我打從一開始就不知道該何去何從。

我在陽光下瞇起眼，正想著自己的判斷力怎麼如此差勁時，從冰上反射的光芒抓住了我的注意力。

接著我明白橫亙在眼前的那一大塊東西是什麼。

「就是那個！」我指著半英里外的上游處。「那裡的水結冰了，有人走在上面要過河！」

我笑著，拉起英洙的手跑過去，崎嶇不平的地面隔著薄薄的橡膠鞋底扎著我的腳底板，但我不在乎，此刻我看得一清二楚：江面上有好幾片浮冰，岸邊有上百人，有幾個瘦弱的身影走在江面上。

「喂！」我們抵達結凍的岸邊時，一名站在冰霜河畔的老婦人喊道。「不能同時有太多人在冰上啊。浮冰沒那麼厚，會破掉的，後退！」

我沒有理會她，匆忙擠進人群中——我們得過河才行。但有人一把將我推開，我跌在地上。

「我們先來的！」一個女人大聲喝道，替她的雙胞胎男孩開路，他們貌似與英洙同年。兩個男孩的頭髮剃得整齊，臉龐圓潤，像是這輩子從沒挨餓過。那女人就是把我推倒的人。她沒有權利這麼做，根本沒人在排隊！

我想都沒想便站起來想走上浮冰，她結實的手臂再度把我推開。

「天啊，這女孩好大的膽子啊！我就說是我們先來的了，讓我兒子先過！」那女人惡狠狠地看著我。

我強忍著淚水，退到一旁讓他們通過。其中一個男孩低垂著平頭，以示抱歉。終於，守在江畔的人群間出現一小塊縫隙，我帶著英洙擠進人群。陽光照耀著結成冰的江面，閃閃發光的冰就像一條奇蹟般出現的天堂路，讓我們得以通行。但在這麼近的地方，我才發現冰塊早已裂成好幾塊，像是散落在冷冽江水上的踏腳石。

我踏出一步，冰塊在我腳下晃動。英洙跟著我踏上浮冰，他鬆開我的手，展開雙臂保持平衡。我們在冰上滑來晃去，就像新生小鹿一樣步履蹣跚。

正當我們跨過半個江面時，正前方突然傳來落水聲和尖叫聲，接著是一聲刺耳的哀號。那兩名男孩的母親蹲在一塊浮冰邊緣。

「不不不！」她緊盯混濁的江水，大聲喊叫著。江面上有顆平頭正載浮載沉，旁邊還有另一顆，肥肥短短的手指緊抓住薄冰的一角。

我感到一陣暈眩。

「救命啊！」女人哀求。每每她俯身向前，想伸手拉兒子上來，她站著的那塊冰便開始傾斜。

我們離他們最近。我急忙向前，伸出手想幫助她保持平衡。她一手用力拉住我，另一手伸向前想去抓孩子。但我腳一滑，跌倒了，下巴撞上硬邦邦的冰塊。接著整塊浮冰開始往前傾，我頭前腳後地就要往冰冷漆黑的江水裡滑去。

「姊姊！」

有人重重踩上我們這塊浮冰的另一端。浮冰恢復了平衡，我也抓住冰塊的一角。

「救救我的孩子啊！」女人大喊，雙手抓著我。

「我沒辦法，我做不到啊！對不起！」我喊著。

「姊姊，站起來！繼續走！」英洙大聲說。

沒錯，要繼續走。我慢慢站起來，浮冰在我腳下搖晃。我想像自己是隻老鼠，腳步輕盈地在冰上快速疾行。英洙緊跟在後。

我們從那個女人身邊經過。她嗚咽著，把臉頰靠在那雙發紫的小手上。那雙小手此刻已牢牢凍結在浮冰邊緣。

我把目光移開，硬起心腸往前看，緊緊咬著嘴唇直到滲出血來。河岸只剩幾英尺遠了，就快到了，我這麼對自己說。

一步接著一步，我們繼續小心翼翼地行走，直到堅固的地面終於出現在眼前。我們終於抵達大同江南岸了。

我撲倒在結了冰的土地上，兩眼瞪著天空。那兩顆小平頭，那個嚎啕大哭的母親，那幾根凍得發紫的小手指。我的身體不住顫抖。

午後的陽光打在我臉上，我想著要是薄冰都融化了怎麼辦，那一頭的人就永遠被困住了。

「紅軍來了。」父親喃喃自語。這次換我們家主持黨會了。

母親瞪著他。「別惹麻煩啊。只要身分證上蓋了紅印章，我們就能多領點配給了。」

父親咬著牙，站起身將門打開。

好幾雙腳大步踏進屋裡。為什麼他們不脫鞋呢？智秀躲在桌子下面，數名身穿襯衫的男人則大口吞下一匙又一匙的米飯和熱湯。一名女子蹲坐在地上，好像我家滿地都是泥巴一樣。母親臉頰緋紅、背脊直挺，緊張地微笑閒聊。她在廚房忙進忙出，端上豆芽湯當晚餐。我們為了這次集會掛上了偉大領導的肖像，肖像俯視著我們，一切都逃不過他的眼睛。沒多久，母親和父親便忙得無暇照顧我們幾個孩子。

我在廚房洗碗，英洙站在我旁邊。

「到底什麼是勞動黨？」他問。「為什麼我們要待在廚房？」

「噓，別那麼大聲，」我說。「勞動黨就像少年團，不過是給大人參加的。我們全家人都得出席，尤其是我，因為我不能再參加少年團了。」

「噢。」英洙搔搔頭。

我舀了兩碗湯。「拿去，趁客人把東西吃光前多吃一點吧。」

「智秀呢？」

我們把頭探進客廳，那裡充斥著拳頭碰碰的敲擊聲和喧騰的談話聲：「共產黨萬歲！打倒資產階級！敬勞工階級！」母親來來回回，又是端菜又是收拾碗盤。父親則坐著靜靜聆聽，嘴角的紋路緊得彷彿隨時都要崩斷，碎裂成片。而在矮桌下躺著的，是被陌生人團團包圍住的智秀。

突然，有人用力捶了一下桌子，漲紅著臉大聲咆哮。智秀小小的身軀發著抖，褲子上冒出一灘深色水漬。他的視線緊跟著母親，等著她發現自己。看見這幕，我不禁心痛起來。

第二十二章・・・・・・

一九五〇年十二月

我們離開平壤，隻字不提那條流經城市的河流——那條飢渴地吞下婦孺與平頭男孩的噬人江水。

我和英洙接下來花了一週的時間翻越冰凍的山丘和低地，盡可能地避開人群。目前我們遇到的人不是拋棄了我們，就是想利用我們——我再也不相信陌生人了。

到處都是被遺棄的小村莊，所以找地方過夜並非難事。我已經學會點燃屋子裡的爐灶，所以熱氣能通過管線，讓溫突⑯地板緩解我們受凍雙腳的疼痛。我已經學會要找出埋在外頭的陶甕，通常裡頭都會裝滿發酵中的泡菜。我也知道我們有機會找到白米，而且我也變得很擅長找到白米藏匿的地方——地板下方、襪子裡頭，或舊櫥櫃深處。我們就像食腐動物般仰賴別人留下的食物。

但是，今晚我們選擇留宿的屋子卻不見泡菜和白米的蹤跡。

⑯溫突（온돌；ondol）：傳統韓式房屋的地熱設備，不同於中國北方的「炕」僅作臥具用，這種設備會讓柴燒爐灶所產生的熱氣通過地板下的煙道，使室內保持溫暖。

「哎啊！真不敢相信這間爛屋子裡什麼吃的都沒有！」我猛力踹了木桌子一腳，用力到我的腳趾傳來陣陣抽痛。

「姊姊，別擔心，我還不餓。」英洙側躺著，不斷咳嗽。

他怎麼會不餓呢？我端詳著他。他看起來不一樣了──不僅變黑，也更消瘦了──像個野孩子。他眼睛下方有黑眼圈，頭髮也長得更長了，捲曲的髮絲就像蝸牛的螺旋殼一樣。我知道我也變了。我的小腿肌肉變得結實，腳掌的厚繭也跟馬蹄一樣硬，而且我很會跑──特別是逃跑。

我將一條找到的毯子鋪在地上，然後跟英洙一起背靠背蜷曲在毯子上，就像書擋一樣。現在，除了睡覺以外我們無事可做。

我們聽著戰機一架接著一架自上空呼嘯而過。戰線正迅速朝我們推進。沒有進食的話，我們明天能走多遠？我們怎麼能跑得比坦克、飛機和大人還要快？

我們來到這間沒有食物的屋子，運氣真是太差了。如果我們選了另一條路，選了另一間屋子，也許我們就有白飯和泡菜可以大快朵頤了。我吹熄煤油燈，入睡後夢見自己被狼群追捕。

❄ ❄ ❄

不過，結果證明運氣說轉就轉，好運也能突然降臨。

隔天我們一連走了好幾個小時，兩人的腳步沉重又緩慢。凜冽寒風打在臉上，我們彷彿溺水般，必須斷斷續續地喘氣才能勉力呼吸。不過就在前方的松林裡，珍珠般的光芒從枝幹與煙霧繚繞的樹梢灑落。我甚至能看見茅草屋頂的一角。

「英洙，我們去那間屋子吧，我們得找個地方過夜。」

「但那間屋子看起來有人住。」他輕輕地喘著氣。

我們盯著那道光看。獨自行走了一週後，我們已經習慣孤獨。就某方面來說，只有我們兩個還比較輕鬆，不過我仍舊擔心自己會不會走錯方向。

「天快黑了，我們必須停下來。」最後我還是這麼說。「我們進去吧。」至少在那裡能生火。

天色逐漸昏暗，樹木看起來就像有纖細手臂的女巫，那些突起的樹根也不停絆倒我們。寒氣不斷從鈕扣間的空隙和衣服的接縫處竄進來。我焦慮地渾身顫抖。要是裡頭的人也想把我賣給士兵呢？我們是不是在自投羅網？我暗自祈禱著，希望屋裡的人是善良的好人。

走到那間小木屋時，我已經餓得快昏過去了。木屋周圍是低矮的煤渣磚牆，庭院裡有一棵樹。樹木沉重的枝椏垂在牆外，在風中嘎嘎作響。

英洙不可置信地張大嘴。「姊姊，那是柿子樹。」

我們四目相接，幾乎不敢相信自己的眼睛。我幾乎忘記柿子是在冬天熟成，也快忘記還有柿子這種水果存在。

多數的柿子都被摘走了，但我還是摘到了一個、兩個、三個！我腳邊的雪地上也有幾顆被壓爛的柿子。這是個奇蹟啊！

我們蹲下來，盡可能地收集掉在地上的柿子。不久，我們之間便堆了一座亮橘色的小山。我們迅速脫下手套。我抓了一顆，捏了捏果實。柿子熟透了，飽滿多汁，油亮的果皮在我手裡變得柔軟。我咬了一口。

果肉在我嘴裡爆開，汁液流得我滿臉都是。英洙將一顆柿子剝成兩半，大啖著閃閃發光的果肉，汁都流到了下巴。我哈哈笑著，又拿起另一顆。我剝開柿子，讓黏黏的果肉在我手裡分成兩半。我低下頭，舔食著果肉和汁液，臉頰沾上了點點橘色湯汁。我上一次吃到這麼香甜可口的東西是什麼時候的事了？

英洙看著我。

我也看著他。

接著我們開心地笑了。我們像無賴般坐在地上、守著我們的寶物，還一邊狼吞虎嚥著。我們一直吃到嘴唇看起來就像瘀青一樣。

我舔著手指，對我們周圍的一片狼藉讚嘆不已，心想我們以前在家時怎麼沒做過這種事。在這個奇怪的情境下，我不必把水果切得片片完美，不必放在盤子上端給弟弟，不必在吃飯和發笑的時候遮住嘴巴。此時此地，迷失在戰亂中，蹲在陌生人的柿子樹下，我是誰一點也不重要。有那麼一瞬間，我以為自己瞥見了天堂。

第二十三章……

我用袖子擦了擦嘴角。太陽就要下山了，一陣冷風襲來，我突然記起我們還是得進屋去。

我走向屋子的木製正門，英洙緊緊抓住我的衣角，抬頭看著我。我勉強擠出微笑，接著用力敲門。

「有人在嗎?有人在嗎？」我大喊。寒氣刺痛我的雙眼，逼得淚水湧上眼眶。「我們落單了。我們只是小孩，想要在這裡待一晚避寒，請讓我們進去！」冰冷疾風吹過臉龐，我抓緊大衣，手一邊摸索著口袋裡對摺的地圖邊角，希望能得到一絲慰藉。

那扇門開了，光線流瀉而出。亮光中站著一名男子，他飽經風霜的雙手結著厚繭，指甲也被泥土染黑。

我倒抽了一口氣。那參雜著穀物和潮溼土壤的氣息，那中等身材的熟悉身影……我只要再看到那像月牙般瞇起的眼睛便能確定。我的心怦怦直跳，我眨了眨眼想看得更清楚，接著我身後傳來一聲高亢的尖叫。

「爸爸！」英洙大喊。「爸爸！」

我馬上哭了出來。

「抱歉，孩子們。你們搞錯了，我不是你們的爸爸。」男子說，他的下巴顫抖。在燈光下，我看見他的臉頰鬆垮下垂。

我閉上眼睛。我多希望站在這的不是這名陌生男子，而是我的父親。好希望父親能抱著我轉圈、緊緊擁抱我。我睜開眼睛。

男子抱歉地直嘆著氣，他看起來彷彿也要跟著流淚，我忽然替他感到難過。我擦乾眼淚，伸手握住英洙的手。

「請問我們能進去避寒嗎？」我問。我平淡的語氣流露出一股失望之情。

「當然，我們還有空間。」他從門邊退開，而我看見裡頭有多少人後倒抽了一口氣。屋內幾乎沒有其他地方可以站，甚至坐下來了。所有人都躺在地上，那景況幾乎可說是一個壓著一個。

我們擠到一個沒有人坐的角落，水漬將貼著油紙的地板都弄髒了。屋內都是髒兮兮、久未清洗的人，因此人體散發出的氣味相當酸澀。英洙在我身邊坐下，他又咳又喘，鼻頭還掛著鼻水。我把一隻手放在他額頭上，發現他在發燒。

「唉呀，是孤兒啊。好可憐，真讓人難過。」一名年老的婦人說。「快來吧，孩子們，來吃飯吧。」她遞給我一條毯子和一碗灑了甜黑豆的白飯。

孤兒。一聽到這個詞，我便皺起眉頭。「老婆婆，我們不是孤兒，我們只是跟父母走散了。不過我父親會知道該怎麼做，他會找到我們的。」我解釋道。

「嘖嘖，我真替你們兩個可憐的孩子難過！」老婆婆大聲哀號，還用手捶著胸口。「孩子們啊，如果你們到現在還沒找到爸媽，那你們就是孤兒啦。」她喃喃自語，不住搖頭。「噢，這可怕的戰爭！多可怕的戰爭啊！」

「拜託誰去叫那瘋女人閉嘴好嗎？」一名在屋子中央的男子吼了一聲。

這是真的嗎？我們是孤兒嗎？

真相早就擺在眼前了，但聽到話被這樣大聲說出來，我的心彷彿被燒出一個洞。我頹然坐下，抱著雙腿。

坐在我身邊的英洙嗚咽起來。

我努力回想著家中香甜糯米和麻油的香氣、母親甩著被單的刷刷聲，還有父親那些關於美國的故事和異國美夢。那些回憶變得模糊朦朧起來，彷彿全是夢境一場。「爸爸，」我低語著。「這下誰會來照顧我們？」

我向老婆婆鞠躬，感謝她的米飯和黑豆，接著我把食物遞給英洙，叫他把整碗都吃掉，他吃完後我才鬆了一大口氣。

「那妳呢？妳不用吃嗎？」坐在我們對面的少女問。她的頭髮綁成一束鬆鬆的馬尾。如果母親在這，鐵定會對她的黑皮膚和小眼睛發出不滿意的嘖嘖聲，說她的五官平凡，是農村人家的臉。少女傾身靠近我，在我的手中放了一小撮用布包起的鯷魚乾。

「我不餓，我會留給弟弟吃的，」我說。「謝謝妳。」

少女將頭往後仰，哈哈大笑起來。「如果妳都要收下了，自己也要吃一點吧！這裡可容不下烈士啊。」

我漲紅了臉。

「我懂妳這種人，」她接著說。「妳是個好女孩。別人說什麼，妳就做什麼。

這樣沒什麼不對……只是妳也要知道自己的價值。」

從來沒有人跟我說過這種話。我再度望向她時，她看起來似乎不像出身卑微的農人了——她就是一個平凡的女孩，和我一樣。

她把馬尾甩到另一側，仔細端詳英洙發熱的臉龐說：「如果妳不好好照顧自己，妳也幫不上他。」她扳開我的手，接著將包著魚乾的布拆開。「妳是個勇敢的女孩。吃一點吧，這是妳應得的。」

我收下食物。聽了那番話後，我的臉因為激動而扭曲。女孩的好心讓我的情緒潰堤，我想要道謝，發出的聲音卻很沙啞。

我打開布包，往嘴裡塞了一條小小鹹鹹的鯷魚乾。感謝之情脹滿我的喉嚨，讓我難以吞嚥。我望著躺在地上的英洙，他的臉因高燒而發燙。我想遞給他一條小魚，但他搖搖頭。我吃了幾口後便把剩下的包起來。

那天晚上，我坐著聆聽大人們討論南行的路線。

*你要走哪條路？經過開城嗎？還是要渡過黃海？*似乎已經沒有人擔心守在邊境的衛兵了——只擔心能否走在戰線之前。萬一落後，就會再度落入共產黨的控制，這下可能就是永遠受困了。而要是被困在戰場上……

「姊姊，我們就快到了，對吧？」英洙縮進毯子裡。

「對，我們快到邊境了。只要越過邊境，我們就到南朝鮮了。」這些話從我嘴裡說出來的感覺很奇怪。

「然後我們就安全了嗎？」

「對，我猜。」我聽起來很沒有把握。萬一——在我們經歷這一切之後——共軍還是越過邊界，最終占領了南方呢？那就沒有安全可言了，連在首爾也不安全，我們的父母就是白白送死了。

英洙呼出一口氣，接著他語氣堅定的說：「他們都還活著，姊姊。」

爸爸。媽媽。智秀。

「我知道，我知道，你快睡吧。」

我蜷縮著身子，覺得四肢好沉重。我真的能帶著英洙繼續走下去嗎？煩憂盤據在我的心頭。我躺臥在地，想像著越過邊境後的土地會是什麼樣子。在前方等著我們的是什麼樣的生活呢？

第二十四章……

一九五〇年十二月

天色尚未破曉，我的雙眼便倏地張開。屋子變得空曠、寂靜而冰冷。

「醒醒，我們該動身了。」我對著英洙悄聲說道。

大部分的人都離開了，並將在接下來的旅途中會礙手礙腳的家當留下——鍋子、毯子、廚具。雖然已經沒有時間能浪費了，但我還是翻遍各處，拿了一根湯匙、兩個小鍋和白米，然後用一張毯子把這些全包起來。

我站在英洙身邊，他用水汪汪的眼睛看著我。「姊姊，我全身都在痛，而且外頭這麼冷，我走不下去了。」

我一陣驚慌。「你一定得走，我們沒有其他選擇。而且我不夠強壯，也不能背你啊。」

「但是我走不動了。」

「你可以的。如果你不走……我就要拋棄你了，我真的會。現在快給我起來！」

英洙張大眼睛。「不要丟下我！」

我坐到地上，雙手摀住臉。「笨蛋，我當然不會拋棄你。」我顫抖著嘆了口氣。下一秒，我感覺到一隻小手放到我的背上。

「姊姊，妳還是走吧。」他說，費力地眨了眨眼，用力嚥下一口口水。

有一瞬間，我在腦中幻想著我拋下他走出門，腳步輕盈又快速的樣子。我深吸一口氣，用袖子擦擦臉。「不要，別鬧了。我絕對不會拋棄你的。」

現在幾乎所有人都走了，只剩下幾個老人在爐灶邊徘徊。

「你們用我的推車吧，」其中一名老爺爺忽然開口。他布滿皺紋的溫和面孔看起來就像個剛揉好的鬆軟麵糰。「我沒辦法再繼續推推車了，這趟路太折騰我發疼的老骨頭了，接下來我打算留在這間老房子裡。我已經活了大半輩子了，但你們這些孩子啊，你們一定要離開才行。用推車推妳弟弟吧。」

我望向窗外，看見一輛堅固的木頭推車。推車不會太大也沒有很小，正好是我能夠推動的尺寸。我的心跳頓時漏了一拍。我明明知道自己至少應該禮貌性拒絕一次，但我實在太害怕讓機會溜走。

「謝謝您！謝謝！」我深深鞠躬致謝，幾乎說不出其他的話。

「那就帶上推車快點走吧，」老人說，揮舞著手催促我們。「共軍就要來了。」

母親將滿懷的松樹皮丟進木頭推車裡，接著把刀子插進樹幹，又削了一層樹皮下來。今年冬天的米糧短缺，我們改採樹皮充飢。在母親將樹皮撕碎、蒸煮過後，樹皮會帶一絲甘甜，但它們從來不是我最愛的食物。

我打了個噴嚏，感覺腦袋脹脹的，鼻子也塞住了。

「妳感冒了。」母親說，削下一層又一層的樹皮。

空氣凜冽，冬風刺骨，我全身都在發抖。

「妳回家吧，」她堅持道。「我可以把剩下的處理完。」

我沒有移動。母親上一次叫我不要幫她的忙是什麼時候？

「妳快走啊！」

我跳了起來。「好的，媽媽。」我雙手抱胸取暖，但外套的袖子太短了，細細的手腕因此露在外頭。這件外套我從七歲穿到現在。

母親脫下她的大衣，丟給我。「拿去，穿這件。」

「但媽媽會凍僵的，我有外套啊。」

「是啊，但那件太薄了。把我的外套穿在妳那件外面。回家還有一段很長的路要走呢。」

我把母親的大衣披在肩膀上；大衣還暖暖的，我的身體緊緊裹在裡頭。「到家後我會叫英洙帶妳的大衣來給妳的。」

她瞪著我。「妳休想。他太小了，沒辦法自己一個人走到這裡。我不會有事的。妳快走吧。」

冷風打在背上，而我就這麼離開了。我回過頭，看見母親小小的身軀蹲在高大的松樹下。寒風呼嘯著，像吹倒細木板條般將她的身體也吹彎了。我的母親——那個確保星球在軌道上如常運行、掌管著宇宙秩序的人——她真的那麼渺小嗎？

我一打開門，一股冷風就迎面而來，彷彿它已經在門口等了一整夜，等待我們回到寒冷之中。我縮起身，把下巴縮進大衣裡。

推車就停靠在屋旁。我在推車裡墊了條毯子，叫英洙爬上去。他的身體蜷縮起來，我替他蓋上毯子，然後將那一包鍋碗瓢盆塞在角落。

我抓住推車把手，看著他。「準備好了嗎？」

「大概吧。」他吸著鼻子說。

第二十五章・・・・・・

一九五〇年十二月

接下來的一個多禮拜，我們在細瘦的松木林間踽踽前行。每個岔路口都有樹木圍繞著我們，且每棵樹看起來都一模一樣。我們早就跟丟其他人留下的足跡，我不禁猜想我們是不是走偏了，並非直直前進。或者我們根本迷路了。

但我仍繼續推著推車，我們在谷地裡費力前進，在棄置的屋子裡暫歇。我們別無選擇。英洙不停咳嗽，但因為我自己吸鼻子的聲音和耳鳴，我幾乎聽不見他持續不斷的哮喘。

在那些異常靜謐的日子裡，英洙和我談天的內容，至今仍讓我難以忘懷。他說有時候他真希望自己不是長子。

「壓力太大了，」他說。「什麼事情都要靠我，但我沒有聰明到可以符合那樣的期待。」

我從來都不知道他有這種感覺，但我理解他的意思。

他一邊說話，一邊咳嗽。他談起他長大想成為像爺爺那樣的人，跟他一樣愛冒險、有擔當；他也要在美國賺很多錢，然後買一棟大房子給我們一家人。

「我覺得你跟他很像。」我說。

雷鳴般的爆炸聲響離我們越來越近，但我們不管，只是努力壓下喉嚨裡那股隨時都可能會脫口而出的尖叫。

我繼續推著車，英洙提起有一次他抱著松樹皮走在回家路上時，被幾個大男孩嘲笑那是「窮人的食物」，然後他騙了那些男孩，告訴他們樹皮不是我們家要的，是要給村子另一頭那個瘸了腳的男孩。

「我知道神會原諒你的。」我說。

「但是我還做了更糟的事，」他坦承。「他們叫那個瘸腳男孩乞丐的時候，我也笑著叫他乞丐。」

我沉默了半晌。「我們都做過讓自己後悔的事情。」

他吸吸鼻子，接著點了點頭。他小小的頭露在毯子外頭。

有一天，他說他覺得今天好像是他的生日。「真希望能吃碗湯麵慶祝。」他說。那是我們生日時必吃的食物，麵條代表福壽綿長。

我停下腳步想了一下。他的生日是十二月二十日，確實很有可能是今天。「生日快樂，英洙，那你就九歲了呢。」我彎下腰擁抱他，也因為無法給他一碗湯麵而感到很抱歉。

他只點了點頭，累到說不出其他話來，就像個停擺的發條娃娃一樣。

清晨時，明亮的光線照亮黯淡的天空，把眼前的陡峭山巔也照亮了，彷彿此時是正中午一樣。西部的平原和低地消失了，地貌變得多山而崎嶇，我擔心我們是不是走得太偏東邊了。

我拿出地圖，仔細看著平壤之東太白山脈的邊界。我們沒走那麼遠吧，有嗎？我們走到太白山山腳下了嗎？有可能嗎？我的手因為緊抓著推車把手而破了皮，也長出水泡。我手中的地圖顫抖著，我將紙張摺好放回口袋。我的腳底感到一陣震動——轟炸離我們更近了。大地隨之震動，我想像是一名巨人朝我們衝來。

我走向前準備繼續推車，但馬上停了下來。有個東西在我的腰和背上爬，弄得我非常癢，我搔起癢來，在後背抓出又長又紅的抓痕。說不定只是一根頭髮。我撩起上衣檢查，接著忍不住放聲尖叫。

英洙立刻坐起身。「姊姊，怎麼了？」

「芝麻粒！」我厭惡地大喊。

「什麼？」

「我的衣服上都是芝麻粒！」我想要把它們撥掉，但那些東西卡在衣服縫隙裡。我困惑地檢查褲子，此時才發現那些芝麻粒在動，小東西飛快爬過我的褲帶。

「是蝨子！」我大叫。

忽然間，我全身奇癢無比。我像著了魔般扭動身軀，又抓又搔，想像著那些小蟲子爬到背上、脖子上，還鑽進髮裡。我脫下大衣，往地上用力拍打。

「姊姊！快住手！」

我看著英洙。他的嘴唇顫抖著，盯著我的眼神像是我發瘋了一樣。

「你呢？你身上也有蝨子嗎？」我掀開毯子，將他的大衣脫下並拉起他的上衣，接著我倒抽一大口氣。「我的天哪！」

蟲卵埋在他的衣服夾縫中，他的皮膚上也都是一顆顆的紅點。但不只如此，我眼前的，是一副蜷縮在推車裡的骷髏。層層布料之下，英洙的身軀逐漸消瘦。我甚至看得到他瘦巴巴的胸膛隨著心跳上下起伏，不過將他的心臟和外頭空氣隔開的，除了皮膚和肋骨之外什麼也沒有。

我擔憂不已，我得做點什麼才行。

我從口袋裡拿出布包，打了開來，鯷魚乾的腥味撲鼻而來。只剩下一小撮而已。我的肚子咕嚕作響，但我塞了幾條小魚到英洙的嘴裡，他慢慢咀嚼著。我一條接著一條餵他，最後手中只剩少數幾條。

當我把最後幾條小魚放進嘴裡，舔掉手指上的鹽巴時，我不敢看他。但我隨即想起馬尾少女說過的話，我也是需要吃東西的。

天色暗了。夾著雪的雨迎面吹在我臉上，發紅的雙手顫抖著，身體也因為蝨子叮咬而隱隱作痛。我再也推不動推車了。

「英洙，爬到我背上。」

我把推車靠在山坡上，低聲感謝它讓弟弟得以稍作休息。英洙慢慢爬上我的背，輕如空氣。我用毯子包住他的身軀，將他固定在我的腰上，胸前抱著那堆撿來的物品。他瘦弱的身軀重重壓在我心頭上。

我們沒有食物了。現在，被蟲咬的搔癢、飢餓感，和酷寒全都難以忍受、難以忽視。要是下一間空屋沒有白米怎麼辦？沒吃飯的話我們還能撐多久？

我忙著思考，忙著抓癢，完全沒注意到前方朝我們而來的東西——在那雪白的谷地中，有兩個漆黑的身影。

第二十六章・・・・・・

他們越走越近。是穿著深綠色迷彩軍服的南朝鮮士兵。

我不知道他們是從哪裡來的。說不定他們是堅守邊界的部隊，而我們離三十八度線很近了。我只知道我和英洙根本無處可躲。

「別動！」其中一人大喊。他豎起步槍，朝我快速逼近。他的年紀看起來不比明基大多少，身型高挑清瘦，因為時常大聲下令，他的聲音嘶啞不已。「只有你們嗎？」

「對，我跟我弟弟是……孤兒。」我的嘴巴變得很乾。

「你們是哪邊的？」他吼道。「北韓還大韓民國？」

「大韓民國。」

一陣狂笑。「真的？你們是大韓民國人？那為什麼北韓口音那麼重？」

我的心跳加速。

「從北邊來不代表我們是共產黨。」我說，鼓起勇氣直視著他。

那高瘦的士兵把槍口抵著我的喉嚨，他的手指扣著扳機。

我倒抽一口氣。「求求你，我弟弟生病了，我們要去釜山找舅舅和舅媽。」

遠方傳來戰鬥機逼近的轟隆聲響。

「放他們走吧，傻瓜，」另一名臉上長了麻子的士兵說。「他們只是小孩。」

「她不是小孩了，看哪，她還挺漂亮的。妳幾歲啦？」高瘦的士兵問。

「要你管！」我大叫，全身都在冒冷汗。

戰鬥機的聲響從我們頭頂傳來。

兩個士兵都抬起頭。

但我卻望向他們身後，那條幽暗的狹長谷地在呼喚我。我微微挪動背脊，全身肌肉緊繃不已。雖然槍枝還抵在喉嚨上，但我仍伸出一隻腳往前移動了半步。*我可以拔腿就跑，我可以在他開槍之前揮開脖子上的槍桿，我可以鑽進深山裡。*

「姊姊，別這麼做。」英洙靠著我的脖子低聲說。

「別做什麼？」高瘦士兵問。戰鬥機消失了。

我錯過時機了。「沒什麼，」我回答。一股陰鬱將我籠罩。

「放他們走吧，」麻子臉士兵靠過來，他的手一邊調整著那過於寬鬆的頭盔。「你會因為虐待平民惹禍上身的，你這是違反國際戰爭法。這樣是不對的。」

「那又怎樣？誰會知道？」高瘦士兵露出笑容。

麻子臉士兵舉起自己的步槍，瞄準他朋友。「我知道。」

我的脖子發疼，硬邦邦的槍口仍舊抵著我柔軟的喉嚨。我屏住呼吸，感謝神有戰爭法的存在，也感謝麻子臉士兵就算沒人在看也遵守法律。

高瘦士兵直盯著我看，前後晃動著身軀。「好吧，你們走吧。」他說，放下槍桿。

我的身體像是頓時洩了氣一樣，我輕輕揉著喉嚨，好想要放聲大哭。但我只是點了點頭，接著便轉身走開，試著提醒自己記得呼吸。一直到我們在山坡邊拐彎，看見一座小小森林後，我才開始拔腿狂奔。我們穿過重重樹林，枝椏刮著我的臉龐。我越跑越快，跑到肺像是著了火似的，跑到雙腳失去知覺，跑到一切聲響都被我拋諸腦後。

我從來沒有感謝英洙在那天救了我一命，我希望他會懂。

「有天妳會感謝我的機警的。來，把這藏起來。」母親說，接著把聖經遞給我。這本聖經小巧又泛黃，織布封面的邊角都磨損了。我抬起門框旁邊一塊木地板條，把書丟下去。

「為什麼要把聖經藏起來？除了金家之外，沒人會來我們家啊。」

「如果私底下就這樣漫不經心，那麼公開場合妳也會粗心大意的。」母親說著，一面把父親的衣服摺好放進衣櫃。「要是英洙把聖經跟其他課本搞混了，塞進書包怎麼辦？要是他帶去學校呢？」她停下手邊的動作，臉色發白，彷彿此刻才想到這個可能性。

我的雙手發冷。我用腳踏平地板，確認自己已將木板闔上。「媽媽，每個人都要把東西藏在洞裡嗎？在南朝鮮也要嗎？連在美國也要？」

「我怎麼會知道？」母親厲聲說。她拿起父親的褲子，撫平皺褶。

我們終於遇到另一群和我們朝相同方向走的人。他們一個個衣衫襤褸，背著家當。看到他們的樣子，我不禁鬆了一口氣。他們跟我們一樣是難民，不是士兵。

我們跟著人群走，來到高山之間的谷地，那裡有上百人像羊群般慢慢通過。不久，人群移動的速度便緩了下來，彷彿前方的人正等著輪到自己做什麼似的。

我爬到旁邊的小山丘上一探究竟。看見遠方波光粼粼，我的心一沉。

「又是河。」我低聲說。

英洙的臉轉向我。「我們要怎麼過河？」

我沒有答案。我腦中只想得到那兩個平頭男孩、那艘淹滿水的小船，和吞噬婦孺的晦暗大同江。陽光照在偌大山峰的一角，一道陰影打在我們身上。

我們往河的方向走，沒有別的方法了。

臨津江，大家是這麼稱呼它的。這條河像條蛇般彎彎曲曲，我們可能得過好幾次河。陽光耀眼，高掛不息，融化著冬日冰雪，彷彿此時已是春天。英洙全身放鬆靠在我的肩上，但這突如其來的溫暖卻讓我感到不安。如果氣溫不到冰點，哪來結冰的河水呢？

我們終於抵達河岸。像我們這樣的人好多：眾人大包小包，或頂或扛；老夫老妻和他們農場的牲畜相繼過河；才剛開始學步的小孩嘴唇紅潤，在各自母親身後排成一列。

但沒有像我們家人的身影。

所有人都沿著河岸或踩在淺水處行進，還沒有人渡河。我脫下鞋襪，跟上其他人的腳步，把英洙的腳抬高，免得弄溼。我們得趕去邊界，並且確保我們是趁夜通過邊界。

「請問一下，」我對著走在旁邊的女人說。「要怎麼去邊界呢？」

她笑得牙齦都露出來了。「妳馬上就要過邊界啦，三十八度線正好切過這條河流呢！」

「會有人來阻止我們嗎？」因為背著英洙，我的腳深深陷進泥巴裡。

女人拍拍我的手臂。「共軍不會，他們還沒到這。」

我把臉面向陽光，終於能享受這個如春日般的好天氣了。在河另一邊，南朝鮮的天空正飄著鬆軟白雲，讓我好想伸手觸摸。如果父親聽到這消息，八成會高興地把我們抱起來轉圈。

「英洙，你聽到了嗎？我們正要越過邊界喔，而且不會有人阻止我們。」他咳嗽幾聲，然後捏了捏我的肩膀。

好幾戶人家牽著彼此的手，褲管捲得高高的，像是要去小溪裡抓蛤蜊一樣。一名女子和她的姊妹重逢，踩著水花一路奔去擁抱她。兩人的頭髮都往後盤起，她們哭泣著輕撫對方的臉龐。英洙戳戳我的肩膀，指著她們，露出一個微笑。我心裡的希望變得更加堅定，我有勇氣再次相信父母還活著了。

我們走了幾個小時。一路上，我仔細看著每個擦肩而過的陌生人，在人群中尋找家人的身影。雖然幾小時後仍舊未果，但我告訴自己，如果他們不在這裡的話，就是在釜山。沿途其他人也都這麼說，說打算去釜山和失散的親戚相聚。我卸下心頭的重擔，讓自己享受片刻的奢侈幻想，那是一個有好多書本、托西糖和學校的美好境地。

「素拉呀，是妳嗎？」

我急忙轉身，眼前是一張熟悉的臉。是李太太！是老家那位臉色紅潤的洗衣婦，她還戳了我的胸口。不過，她的頭髮都白了，背上背著三歲的女兒。我從沒想過自己見到她會這麼高興。「是啊！我是素拉！」

「我就知道是妳！」她用她那隻刷洗衣服的粗壯手臂拍著我的肩膀。「你們的父母呢？」

「我們走散了，但我們會在釜山跟他們會合的，」我說。「我很肯定。」

李太太點了點頭，笑容不再像剛才一樣燦爛。「那妳弟弟怎麼啦？他當自己是煮熟的麵條是吧？」她用手指戳戳英洙的腰，英洙則邊笑邊咳。能再次聽到他的笑聲真好。

「他得了重感冒。但只要我們到了釜山，他就會沒事了。您也往那裡去嗎？」

「噢，不是，我要去大田。我姊姊、姊夫和他們的孩子都在那裡。不過，我們可以一起走一段路。」

一起走一段路總好過什麼都沒有。我好想抱抱她壯碩的身軀。

渡河的時候到了。李太太先下水，她的家當像艘小拖船般漂在後頭。她背上的小女孩興奮地拍手、搖頭，兩條辮子甩來甩去，像只波浪鼓一樣。

我跟上前，河水淹過腰際。氣溫雖然溫暖，但河水卻仍舊冰冷。英洙的雙腿和肚子都浸到水裡。「好冷！」他大叫。

「假裝你在老家捕魚，然後你不小心掉進水裡。你之前也做過一樣的事啊。」那是現在我唯一能想到要告訴他的事情，好轉移他的注意力，別去想著淹到我們身上的河水。

「我……我會努力，」他說。他靠著我肩膀的下巴不住發抖。

我的手指和腳趾凍得發痛，幾乎無法動彈。我把注意力放在咯吱窩，那是我身體唯一一處還暖著的地方。噢，還有脖子後方，我把手放了上去。

河床慢慢攀升，河水也退到膝蓋。前方的人早已走上白雪覆蓋的草地。我向前望去，除了乾枯的土地和山脈之外什麼也沒看到。

我們到南朝鮮了嗎？連一個來阻止我們的邊境衛兵都沒有？渡河過程中也沒遇到什麼難以跨越的阻礙？

溼答答的衣服讓我全身顫抖，我告訴英洙我們馬上就能歇個腳，並生火把身體弄乾。他邊咳邊點頭。我想像劈啪作響的營火溫暖著膝蓋，將溼透的衣物烘得乾爽起皺；還有暖熱的空氣，像我在南方天空看過的那些蓬鬆白雲一樣包圍著我。

我的思緒縈繞在雲朵中，接著我便聽見第一陣槍響。是從後方傳來的。在遙遠的對岸，穿著軍服的外國男子朝我們開槍。眾人尖叫著，水花四濺，接著面朝下倒入水中。大夥如一群水牛般驚慌竄逃。我拔腿狂奔，英洙緊緊抱著我的背。

砰。砰砰砰。李太太向前撲倒，兩條小辮子也沉進水裡。

臨津江逐漸染紅。

淒厲的哀號哭喊在谷地間迴盪。

我不停地向前跑，沒有回頭，心裡祈禱著背上的英洙沒被子彈打到。

第二十七章 • • • • • •

一九五〇年十二月

不管我多用力用白雪搓著、揉著，褲子上的血跡就是洗不掉。被血染過的淺紅……那是女人牙齦的顏色、是孩子嘴唇的顏色，也是洗衣婦紅潤臉頰的顏色。一幕幕畫面閃過我的腦海：屍體像漂流木般隨波漂動，觸碰著我的雙腿，還有一具赤裸的身軀，上衣被水流撩起，像隻烏龜般在水中翻滾打轉……不過，我跟弟弟都沒受傷。

我們在開城。從地圖來看，開城是個離首爾不遠的小城市。度過臨津江後，我們花了四天才抵達這裡。此處丘陵遍布，小山連向遠方的高山。這裡的電線桿比平壤的還矮，一路沿著城鎮狹窄的黃土路夾道排列，在昏黃的天色下發出微光。有著瓦片屋頂的房舍櫛比鱗次，緊密到屋簷甚至彼此交疊。所有的窗戶都透著光，沒有一間房子是被遺棄的。

英洙選了一間屋子，我敲著門的手顫抖發紅。一名中年婦女來應門，她一見到我們，眼眶馬上泛淚。看到她的反應，我便知道我們選對了屋子過夜。

「叫我阿姨就好。」她說。

她坐在矮桌旁，把加了雞蛋的煎餅切成四角形，而我還在搓揉著褲腳。「孩子啊，別煩惱那塊汙漬了。妳想要拿一件我的褲子來穿嗎？」

「不了，謝謝。」這件褲子是母親親手縫的。「我穿自己的就好了。」我坐在英洙旁邊，抱著我們那一包行李。

「那至少讓我把你們的東西放到旁邊吧。」

「我們沒有值錢的東西！」我脫口而出。

阿姨睜大了眼睛，直盯著我們看。英洙在她的注視下緊皺著臉，就像以前忘記帶作業而被老師罵一樣。

「我只是想幫忙而已。別忘了，是你們來敲門的，所以注意自己的禮節。」阿姨說著，一面把兩碗白飯和餃子湯推到我們面前。「來吧，先吃吧。」

我環視她的屋子。溫突地板溫暖又乾淨，衣服也整整齊齊地疊在角落，牆邊插著一個電熨斗。我的臉羞愧得發燙。這個婦人怎麼可能會想要從我們兩個髒兮兮的鄉巴佬身上拿走東西呢？

我放下行李，拿起湯匙吃了一口飯，確定自己的頭俯得夠低，她才不會見到我面紅耳赤的樣子。對切的水煮蛋漂在湯裡點綴，切口完美極了。我瞄了英洙一眼，他拿起湯碗咕嚕咕嚕大口喝下，接著用手背擦嘴，打了個飽嗝。自從我們離家後，這是我見過他胃口最好的一餐。

阿姨拍手高聲笑著。「老公！」她大喊。「過來看看這些孩子吃得多開心！」紙門被拉了開來，一名男子瘸著腿走進屋，臉色陰沉。「這些小孩是從哪來的？他們在這裡幹嘛？是誰家的？」他質問。

「老公，他們說他們剛渡過臨津江。可憐的孩子，你看看他們。」阿姨搖搖頭。「他們孤零零的。」

「臨津江？」男子說。他正對著我瞧，揚起濃眉。我們做錯什麼了嗎？他為什麼盯著我們看？我不安地動了動身體。

「那些外國士兵朝你們開槍嗎？」他問。

我點點頭。

「妳知道嗎？他們跟大韓民國是站在同一邊的。」

我的頭倏地抬起。大韓民國！「那為什麼他們要朝我們開槍？」

「因為啊，」他說。他的心情似乎更差了。「共軍滲透南方了，他們穿著老百姓的衣服，混在難民裡，跟著人群移動……我呸！這邪惡的世道啊，到哪都一樣！」

我不敢相信。這場戰爭太愚蠢了。

英洙悄悄靠近我，我輕輕把他推開。他咳嗽起來。

「噢，你一定是得了重感冒吧。」阿姨說。她替英洙倒了杯藥草茶。

英洙啜飲著，不再用力咳嗽。阿姨拍拍他的背，他的臉頰似乎恢復了一點血色。

男子在矮桌旁坐了下來。「把晚飯端來吧。快點，我也餓了。」

阿姨端給他一大碗餃子湯和米飯，還有幾小碟泡菜和醃漬蔬菜。她丈夫先是喝光一整瓶燒酒⑰，接著才用粗壯的手指拿起細細的金屬筷子，像隻鱷魚般大口吃飯。

阿姨走進廚房，端著一盆水和毛巾走回來。她叫我們洗把臉，接著卻自己動手替英洙清洗，輕柔地擦掉他臉上的血漬和髒汙。「孩子啊，你們應該在這多待幾天。外面太危險了。」她溫柔地說。

我恭敬地向她鞠躬。「謝謝您，但我們得趕去釜山，我們的爸媽在那裡等我們。」

阿姨的目光低垂。她把玩著一塊布，反覆摺來摺去像是在摺紙。「孩子啊，你們的爸媽可能不在那裡。」她說著，不願和我們四目相接。「我知道這很難接受，但你們得實際點。如果你們走散了，誰知道他們怎麼了呢？你們已經在大韓民國

⑰燒酒（소주；soju）：一種以大米或其他穀物為原料蒸餾製成的酒精飲料。

了，不必再大老遠跑去釜山。」

我想要丟下碗筷，遮住耳朵。為什麼她要說那種話？她根本不認識我們一家人。她不知道母親說了要讓我們全家在一起，她不知道父親永遠都會有辦法。

她什麼都不知道。

「別想唬我！妳這女人，我知道妳想幹嘛！」男子怒吼。他狠狠捶了桌子一下，湯都灑了出來。「別想留他們下來，我不會允許的！」

「老公，」女人哀求。「我們怎麼能讓他們回到冰天雪地之中？現在還在打仗！」

「阿姨，」我的心跳加速。「我們不會有事的。我們都已經走這麼遠了。」

「妳聽到那女孩的話了！讓他們自己去找爸媽！」男子又打開一瓶燒酒，指節粗厚的手指抹著鼻子。

「老公，求求你。我覺得這個男孩病了。你看看他，他好瘦。」

英洙抓著我的手臂，淚眼汪汪。「姊姊，」他悄聲說。「現在是怎麼回事？」

「她希望我們住下來，」我趁著阿姨和她丈夫爭吵時低聲說。「但我們不會留下來的。記得嗎？我們得盡快趕到釜山去。爸媽可能就在那裡，那才是我們要去的地方。」

「完成學業後妳想去哪裡呢?妳想做什麼?」全老師問。

我們在教室裡,所有學生都放學回家了。陽光從窗戶灑落。

「我不知道。可能當個作家吧?或是像您一樣當老師?」我漲紅了臉。

「我教書這麼多年來,還沒看過像妳一樣優秀的學生,」全老師說,坐了下來。她點了點下巴,看著我,像是在詢問我是不是聽懂了,但我沒聽懂。「妳知道嗎,妳母親今天來了。」

我睜大眼睛。「她來學校?」母親從沒來過學校。

「素拉,」全老師傾身向前。「不論妳長大後想做什麼,妳都應該去上大學。別中斷學習,學得越多越好,把這個當作目標,別讓任何人阻止妳。妳聽懂了嗎?」

「懂了,謝謝您。」我鞠躬道謝,收拾書包回家。

大學!那也是明基想去的地方!而我沒見過比他更聰明的人了。

砰的一聲吸引了我的注意力。

阿姨趴在地上哭泣,彷彿我們要離開這件事讓她失了魂。她的裙子皺得像一朵凋謝的花。她用雙手摀著臉。

她丈夫撫著她的背。「好啦!只能留一個。」他含糊地說。「我們只養得起一個。」

我盯著他看。

「老公，我們不能只留一個啊！兩個都要留下來！」

「不行，」男人說。「這是我的底線。如果那個女孩想要的話，她可以多待幾天。但我們只能留下男孩，兒子還是比女兒來得有價值。」

我看著男人油亮的嘴唇上下移動。**兒子還是比女兒來得有價值。**這句話我已經聽過無數次了，我不想再聽了。

「真對不起，親愛的，」阿姨低著頭對我說。「我保證會好好扶養他長大。」

「就這麼說定了，」男人又張嘴喝了一大口酒。「男孩可以幫忙種田。我本來要雇人呢，但這樣便宜多了，是吧？我們老了還有人照顧我們。」

英洙攀著我的手臂，恐懼地緊緊抓住我，我的身體則像突然停止運轉。

「你們不能把他留下來。」我大聲說。

男人轉過身來，彷彿此刻才意識到我也是個人。「小女孩，妳別怨我啊。過不了幾年，妳就到了嫁人的年紀，我們就得付嫁妝，讓妳去夫家住，所以我們才不能收養妳。多一張沒價值的嘴討飯吃，我們可養不起啊。」

他說的那些話就像將一根燃燒的火柴丟進我的喉嚨裡，我滿腔怒火。「我根本沒叫你收養我。」

他瞇起眼睛。「妳這個多嘴、不知感恩的小……」

「想搶走我弟弟，先殺了我再說！」我用盡力氣喊道。

男人漲紅了臉，又喝了一口酒，接著劈頭大吼。「妳敢反抗我太太的請求？」

他跌跌撞撞站起身，舉起手臂就要朝我揮來，我抓著英洙和我們的行李奪門而出。

我們不停奔跑。

冷冽晚風刺痛了我的臉，但我咬著牙忍耐。發現沒人追趕後，我便冷靜下來。轉過頭，我仍能看見阿姨和她老公站在亮著燈的門口，男人側面的身影正對著女人破口大罵。此刻我再明白不過了：我跟英洙一定得去釜山。

第二十八章······

一九五〇年十二月

我們沿著寬闊的道路走了好幾天，途中陪伴我們的是吵鬧不休的難民和安靜無聲的鹿。我們只見到幾間房子，但好在屋裡還能找到足夠的剩飯來充飢。眼前群山間有幾座已淪為廢墟的小鎮。

上百位一樣疲憊、受寒的逃難者和我們走在同一條路上，不斷有人從我們身邊經過。有時我們會跟其他人一起走，有時我們則獨自行走，不想再冒險跟陌生人接觸。

有些好心的人警告我們往南還會遇到更多河流，因為所有橋梁都已遭摧毀；他們還說，紅軍馬上就要來了。他們說的沒錯。不過氣溫降了下來，把河流凍成了一座座冰橋。

我跋涉過蔓延數公里的雪地，多數時候都背著弟弟。有一天，天色暗得恰到好處，深橘與淺紅交織的晚霞出現在天際，我從沒想過在戰爭期間還能見到這麼美麗的景致。

有時候，上蒼會賜予我們這些小小的禮物，說不定祂只是想提醒我們，即使在這樣瘋狂的世界上，太陽仍舊照常升起和落下。

❄ ❄ ❄

我背著英洙，沿著山麓行走。然後我看見一團灰色物體在山坡上的巨石間快速移動。我停了下來。

「你有看到那個嗎？」我轉過頭問。

英洙幾乎沒抬起頭。「沒有，」他的聲音很虛弱。「妳看到什麼？」

我又看見牠了，牠離我們約莫五十英尺遠。我嚇得忘記要呼吸。

「是狼。」我說。

英洙的腿緊緊夾住我的腰。

那匹狼站在高處，這可不妙。牠齜牙低吼，黃色眼睛閃閃發光。

我僵住了，但怦怦的心臟卻沒能冷靜下來。我想不起來課堂上有沒有教過這種情況該怎麼辦。是要大叫嗎？還是逃跑？撿顆石頭？

那匹狼緊盯著我們，神色冷酷。我無法移開目光，在那樣有力的注視下，我的身體動彈不得。牠灰色的毛襯托著亮潔的白雪，就像在畫布上的畫筆一樣。這是夢嗎？我曾做過這樣的惡夢，但最後總是會醒過來。

「姊姊，牠在哪裡？」英洙問。

「那裡，」我低聲說，指著斜坡。他怎麼看不到？牠就在我們前面啊。

「哪裡？」

「噓。」

「姊姊，我沒有看到。」

「安靜，」我說。「聽好了，我看到樹林裡有一間房子，我們要跑過去，你抓緊了。」

他點點頭。

「一，」我低聲說。「二，三。」

一數到三，我就像隻發狂的野獸般大吼了一聲，藉助恐懼之力拔腿就跑。我朝那間房子狂奔，衝進屋內，甩上門。

我們的背緊靠著牆壁。我滑坐在地，豎耳傾聽屋外的狼嚎。

要是屋子有窗戶開著怎麼辦？或是有洞？或是門閂壞掉？英洙坐在我旁邊打著哆嗦。

有個東西在門下的縫隙大口吸氣，聞著我們的氣味，利爪刮著門想進來。我抓緊英洙的手，把他拉近。我們抱在一起，聽著從黑暗中傳來的低沉吼叫。

❄ ❄ ❄

我們八成就這麼筋疲力竭地睡著了，因為隔天早上我發現我們仍倒臥在同一個位置。

外頭很安靜，因此我知道狼已經走了。

我的身體都麻掉了，但我仍站起身，在這間寒冷的屋子裡找尋食物。我們得進食。

廚房裡，空瓶子東倒西歪，爐灶上放著燒焦的鍋子，桌子和櫃子也都被翻倒。有其他人來搜刮過了，什麼都沒有剩。這項發現讓我的心彷彿被射了一箭。

那些空瓶子裡黏著幾片泡菜。我吃了一口，發現泡菜已經壞了，但我仍舊把每一片葉子都收集起來。我檢查鍋子，把裡頭卡著的鍋巴全都刮下來。

「姊姊，妳在哪裡？」英洙從客廳呼喊我。

「在廚房，我馬上就回去！」我拿著一小碗臭酸泡菜和焦黑米飯返回。或許是因為我匆忙跑回去的樣子，英洙見到我時嚇了一大跳。

「快吃吧！」我大聲說。

他用手挑著食物，粗重地喘著氣。「姊姊，」他說。他沒有看我。「妳還好嗎？妳好像……不一樣了。」

「不一樣？什麼意思？」米粒硬得像小石子，但我還是用力咬下去。

「不知道。像是妳能赤手殺死野獸一樣。」

那句話讓我吃到一半便停了下來。我望著他，嘴巴還咬著一片爛白菜葉。他也望著我，接著我們放聲大笑。

「你看，我是狼，」我說，用牙齒撕碎泡菜。「我當然能殺死野獸啊，嗷嗚嗚嗚！」聽到這裡，英洙笑到彎下了腰，幾乎喘不過氣來。

但他說得沒錯，我是不一樣了。如今我在乎的只有食物和夜晚安身的地方，跟一頭動物沒兩樣，跟一匹狼差不了多少。現在，學校和家園只能藏在我的內心深處，它們感覺好遙不可及。

我昨晚真的見到狼了嗎？還是那只是我的幻想？只是影子在跟我的腦袋開玩笑？我搖搖頭，不再嘻笑。「或許我真的瘋了，壓力終於把我壓垮了。」

冷風從門縫颼颼地吹了進來，揚起一陣灰燼和塵埃。我想不到其他話可說了。

突然間，淚珠撲簌簌地落在衣服上。

英洙的表情正經起來。他像隻森林裡的小動物般，用雙手抓著一顆焦米揉成的飯糰。「姊姊，在我認識的人裡，妳是最正常的。」

我破涕為笑，用手抹去眼淚，靜靜坐著讓他擁抱我。

日光灑進空蕩蕩的房間。我們聽見遠方傳來炸彈的聲音，那如雷的轟鳴越發響亮了。是時候繼續前進了。

我吸吸鼻子，擦乾眼淚。那匹狼是我幻想出來的嗎？不過，那真的重要嗎？所有的惡夢，不論是真實還是虛幻，我知道它一定會在黑夜裡回來。我們得在那之前趕到首爾。

我用毯子包好行李，並將英洙綁在背上，然後踏出門外。

第二十九章・・・・・・

一九五〇年十二月

紅軍比我想的還要近。可以說，他們就在首爾城的門外了。

當我背著虛弱無力的英洙抵達城市外圍時，我意識到我們才勉強領先紅軍而已。遠方傳來炮彈的沉悶爆炸聲響；主要道路上的警察正阻止難民繼續前進，他們吹著哨子的臉孔漲紅，試圖將難民引導到漢江擁擠的小艇上。

「為什麼？」一名帶著濃濃北方口音的女子質問，她嘴裡少了一顆門牙。「讓我們過去！」

「不行！我們搭船去，船會帶我們到南岸的！城市北岸太危險了！」群眾裡有一名男子大喊著。我們轉過頭去，見到一名身穿羊毛大衣和西裝的男子，眾人全神貫注地傾聽。「紅軍會先炸掉北岸的！」

眾人推擠著彼此，大聲咆哮：拜託，我們大老遠從北朝鮮跑來！讓我們過去，我們是首爾人！我這裡有銀錶跟兩枚金胸針！我擠到前面去，一名警官拉住我和英洙，讓我們上船。我們坐在冰冷的座位上，感謝上天我們不必涉水。

「妳知道嗎？」坐在我旁邊的年輕女子說，她的目光呆滯。「上一次首爾淪陷時，我躲在澡堂座椅下才逃過一劫。紅軍處決了所有的『反共份子』，他們想殺誰就殺誰，什麼樣的人都有。那些軍人黑得發亮的靴子就從我面前走過……就在我眼前。」她沉默了半晌，望向城市。「我不認為這次能那麼幸運了。」

英洙和我打了個冷顫，什麼也沒說。

「首爾就像是一場夢，」在深夜喝了一瓶燒酒後，柔美的父親曾對爸爸這麼說。「一座蓬勃發展的城市，到處都是教堂和店家，繁榮得很。」我躺在床上，聽著他們從前院傳來的傷感嘆息、悄聲對話，以及玻璃杯相碰的清脆聲響。我想像著一座道路鋪滿黃金的城市。

但當我們走下小船，首爾卻幾乎已被燃燒殆盡，城市一片狼藉。

街道上都是灰燼，街燈之間的電線都被剪斷。現在是下午，但整座城市卻寂寥得詭異，除了難民窸窣的移動聲響外，只有擴音器大聲放送著前往火車站的指示。到處都是被轟炸過的建築——四、五層樓高的建築，除了前後牆仍聳立之外，其他什麼也不剩。被遺棄的車輛停在路邊，車窗全碎了，沾滿血跡。

「姊姊，我不喜歡這裡。」背上的英洙輕聲嗚咽。

我呼出一大口白氣。「不要緊，我們找些食物後就會去火車站了。」

「我不餓。」

「你必須吃點東西。」

「我吃不下，我全身都好痛。」

我的火氣冒上來。「你難道不知道不吃東西會死掉嗎？你要吃，就這樣。」我的語氣就像母親一樣咄咄逼人，我自己也嚇了一跳。我本來想要溫柔點的。

我感覺到英洙呼吸時渾身都在顫抖，接著我的脖子後方沾上溼溼的淚水。

一群與英洙年紀相仿的男孩跑到街道中央，頭上戴著黑色軍帽，面目布滿汙痕。他們像老鼠般消失在一面傾頹的牆後頭。

我繼續走著，不知道該往哪裡去。我眼前的景象很奇異：有根煙囪仍舊佇立，但建築的其餘部分都已粉碎；一片斷垣殘壁中立著一座拱門，絲毫未受到損傷；一間被炸毀的商店裡滿是灰燼、麻布袋和破木板。我們此刻身在首爾，是幸也是不幸。我不禁覺得，在這趟旅程中的每一步，都只不過是場碰運氣的遊戲。

然後我注意到了。

一間教堂的尖塔上有根細細的十字架。

它就在成堆廢墟外的一座小山丘上。我眨了好幾次眼睛，才確定它真的在那裡。我好久沒見到教堂了。

「英洙，快看！」我大叫，爬上沙袋堆出的小山。「你記得趙牧師以前都會送食物給窮人和殘疾人士嗎？我敢說那間教會也會幫助我們的！」我們得在搭火車前吃點東西，誰知道那趟車程有多久？我急忙朝那個方向跑去。

教堂院子裡有數十個人，在尖塔的庇蔭下求生。一位老太太從紙板搭建的屋子裡走出來，彷彿住在紙箱屋裡沒什麼大不了的。說不定那真的沒什麼。地上有好多箱子搭建成的避難處，紙箱彼此靠攏，像是在相互扶持一樣。我摩擦著手臂取暖，那些薄薄的箱子真的能阻擋酷寒嗎？

一名女子彎著腰靠近一鍋滾燙的熱湯，她用把鐵湯匙舀起一口，大聲地喝著，香噴噴的熱氣蒸騰。我的口水直流，折磨人的飢餓感早已深深鑿進我的胃壁，只有在午夜夢迴，當我夢到自己吃著又甜又黏的打糕[18]或香鹹的烤肉時，才能舒緩一些。在那些夜裡，是美夢填飽我的肚皮。

女人隔著熱氣瞅著我。「妳在想我是怎麼煮這鍋東西的嗎？妳走回街上，大概走個十五分鐘，」她邊說邊指路。「那裡有幾個女人在賣打糕和麵包。如果妳跟我一樣幸運的話，說不定會看到一個在賣美國C型軍用口糧的婦人。」

---

[18] 打糕（떡；dduk）：又稱米糕或蒸糕，為韓國傳統的米製糕點。傳統作法是將蒸煮過後的糯米放置於木槽內，經反覆捶打後切成塊，再佐以糖粉、黃豆粉等佐料食用。

我盯著她看，不明所以。C型軍用口糧？我從沒聽過。

「妳不知道C型軍用口糧嗎？罐頭糧食？」那女人還特地提高音量，好像我聾了一樣。「那是美軍的罐頭食品，裡面有肉有菜，蓋子打開之前都能保鮮。噢，那最好吃了。」她像是做夢般望向遠方，接著又喝了一口熱湯。

「但我沒有錢。」

女人大笑，一塊咬到一半的肉從她嘴裡掉出來。她把肉從地上撿起，塞進她飢餓的嘴裡。「這樣啊，小姊姊，那妳就得用偷的啦。希望妳的動作夠快。」

「教會呢？他們不發食物了嗎？」

「『他們』是指誰？」女人看著我，瞇起眼睛。「沒人在教會工作了，他們若不是被紅軍開槍打死，就是逃跑了。教堂有一邊都塌掉啦，我們只是把它當成避難所而已。」

我心裡那一絲希望之火瞬間被吹熄。我說不出話來。

我彎腰向她道謝，暗自希望她給我的是燉湯，而不是建言。我怎麼能去偷食物呢？我根本沒偷過東西啊。而且英洙怎麼辦？背著他，我的腳步怎麼快得起來？

巨大的爆炸聲在逐漸轉黑的空中迴盪。

我轉過頭，面向背上的英洙。起初話語很難說出口，但我知道我非說不可。

「或許……或許你可以跟大家一起待在教堂院子，我出去找食物。你在這裡不會有事的。」

「什麼？妳要丟下我嗎？」他張大了嘴。

「不是。就一下子而已，」我說，不停地眨著眼睛。「你別擔心。」

對我而言，這些話顯得空洞又虛假。要是我在陌生的街道中迷了路，找不到回來的路怎麼辦？要是炸彈落在他頭上，或我頭上，或是我倆之間的某處呢？我將綁在腰間的毯子鬆開。他的身體一從我背上離開，我感覺自己彷彿裂成兩半。

但我還是把英洙安頓在教堂屋簷下，用毯子把他裹好。他坐在那裡，眉頭深鎖。我想和他說，我緊張到心臟就要從耳朵跳出來了，想說我不覺得自己能偷到食物，想說我覺得獨自行動比什麼都還可怕。但他還那麼小，我知道多說無益。冷風從大衣縫隙滲入內裡，背上沒有他，我覺得自己好虛弱，好瘦小。

我跪在他身邊。「這裡有很多人啊。你看看這裡的營火，距離你才幾步遠而已，你會很溫暖，很安全的。」我說話時太過大聲，音調太有朝氣。

他沒回應。

「好吧，就這樣，我得趁天黑前出發。」我等著英洙回應，但他一點反應也沒有，於是我如鉛塊般沉重的腳站了起來。出於習慣，我伸手想抓住他抱我脖子的雙臂。

我沒有說再見，也沒有回頭看弟弟——那個孤零零坐著、瘦到讓人心裡發疼，還強忍著淚水的弟弟。即使如此，我還是感覺得到他目送我離去的眼神。

第三十章‧‧‧‧‧‧

我穿過教堂院子，往街道前進。在戰火紛飛的城市之外，山脈靜靜矗立在遠方。我的雙手止不住顫抖。

那女人那一鍋燉湯的香氣在我腦海揮之不去。就那麼一下子，我讓自己閉上眼睛。我上一次吃烤肋排[19]是什麼時候的事情？我因為回憶湧現而口水直冒。

好多盤烤肋排、蔥餅和年糕排在桌上。每個家庭都相當大手筆地準備今年的教會野餐——只是當時的我並不知道，在這場野餐之後，我們會好長一陣子不再有這樣的聚會。我把臉湊到肋排上方，嗅著烤肉的濃郁香氣。

英洙用手指戳著切成一塊塊的肉，舔掉手上甜甜鹹鹹的醬汁。母親和父親都沒有注意到，他們和其他家長正在綠油油的院子裡聊天。

「英洙，住手！」我說。我真希望自己也是五歲小孩，年幼得不知天高地厚。

[19] 烤肋排（갈비；galbi）：韓國料理中的烤肉，通常是指以醬油、大蒜及糖醃製過的烤豬肋排或牛小排。

「就是說啊，英洙，別碰那些肉，」柔美說。「那是我們家帶來的，所以是我們的，不是你們的。」烤肋排很貴，但因為金先生是高中校長，他比村裡多數人家都有錢。

「妳爸媽帶烤肋排來跟全教會的人分享，所以不只是給你們家的。」我說。真希望我們家也買得起那麼多肉。

「嗯，那也不只是英洙的，他不應該用手指戳。」

我無法反駁，她說得對。

「哎唷，就因為她爸有錢，她就這麼愛現。」一名少女說，從桌子另一端瞪著柔美。

「人家說的『被寵壞的孩子』就是像那樣啦。」另一名女孩說。

我看著柔美。她雙手交疊在胸前，別過了頭，我見到眼淚從她臉頰滾落。她擦了擦眼淚，轉身就走。

那些女孩笑了起來，然後一人拿走一塊烤肋排。我好奇她們怎麼能毫無羞恥地吞下那些肉。

「小姐，要麵包嗎？」

我回到了現實世界。天已經黑了，但我還是看得見眼前這名女人的面容。她的臉曬成了棕色，憔悴的樣子有如枯槁的河床，她四周都是簡便的小攤商。乞丐站在小販之間，他們的眼窩凹陷，正向路人伸出雙手乞討。他們身上油膩的味道讓我皺起眉頭。

「噢，謝謝！」我伸手要去拿跟我手臂一樣長的麵包。

女人馬上將麵包拿走。「不行！要付錢才可以拿。」

「真的很對不起，但是我沒錢。求求妳，我弟弟生病了。如果他不吃點東西，他一定會死的。」忽然間，我意識到自己這句話其中的真實性。我的嘴唇顫抖起來。

「妳以為只有妳嗎？現在大家都是這樣。看看四周吧。不吃東西的話我們全都會死，我和我的小孩也是。所以說，想要麵包就付錢吧。」

「求求妳！半條麵包就夠了！」我說，跪了下來。我拉著她破爛的裙襬，她的裙子散發著尿騷味。

「滾開，乞丐！」女人猛地扯回裙子。因為我不肯放手，她踢了我的胸口，轉身離開。

乞丐。

我不知道我在震驚什麼。我的外表和味道沒比那些乞丐好到哪去，我剛剛的行為難道不是乞討嗎？

但不知為何，我絲毫不覺羞恥。那女人離開後，麵包氣味仍飄散不去。我硬起心腸，想起山坡邊的野狼在門縫貪婪嗅聞的模樣，我也深深吸了一口氣。

我站起身拍掉屁股上的塵土。反正這裡還有別人也在賣食物。

有一名女子在兜售舊衣舊鞋，我想應該是從死人身上拿來的。還有人在賣打糕和馬鈴薯。甚至還有一個年輕女孩用泡菜和白飯與其他人以物易物。不過，那都不是我想要的。

我沿街搜尋，終於找到我的目標。一名老婆婆高舉著一罐罐頭，其他罐頭則藏在她鼓鼓的大衣口袋裡。我想起教堂的那名女人曾說過，那些C型軍用口糧裡有肉有菜。我踱了過去。

「妳有哪種錢？大韓民國的還是北韓的？」老婆婆問我。

我僵住了，心裡盤算著。我該說自己沒錢嗎？如果我向她乞討，她會不會像那位麵包太太一樣一腳把我踢開？這樣的話我就沒有機會拿到軍糧了。我想著在教堂院子裡等我的英洙。

我的心臟怦怦狂跳。

「喂！妳又聾又啞是吧？」老婆婆瞇著眼問我。

但說不定她很善良，就跟那位把甜黑豆分給我們的老婆婆一樣。說不定她為人高尚，就像那位送我們推車的老爺爺。我盯著她看，不發一語，眼裡滿是懇求。

老婆婆轉身按著一側鼻孔，接著另一側鼻孔噴出一條鼻涕。「喂，妳要麼付錢，要不然就給我滾遠一點。」她說。

這一刻，我知道該怎麼做了。我停下來，伸手撥開遮住視線的頭髮，接著身體便自己動了起來。

我的右手猛地前伸，探進她的口袋，使勁拉扯。東西在她小小的外套口袋裡撞成一團，衣服車線啪啪啪地一路斷開。

她身子搖搖晃晃，我們兩人都低吼著。我的手不停地拽著她的口袋，直到一個金屬罐頭滑了出來。接著一個又一個的罐頭從她口袋掉了出來。

她瞪著我，張大了嘴。

我反瞪回去，站穩腳步。「對不起。」我脫口而出。

接著我撿起幾罐軍用口糧拔腿就跑。我衝進房屋之間的小路，跑經一排裝甲車，老婆婆的咒罵聲漸漸遠去。

我在這時扭過頭，接著我便看見她了。她匆忙奔逃的黑影打在牆上，胸前抱著一堆罐頭，散髮狂野地在風中舞動。那是狼女。她動作敏捷、野蠻無禮，我幾乎認不得自己。

第三十一章・・・・・・

我回到教堂院子，發現英洙還在原本的位置。他完全沒有移動，同樣的臭臉也還掛在臉上。我跑了過去，軍用口糧藏在大衣裡。

「英洙，你絕對不相信我找到什麼！」我說，冰冷的罐頭貼著我的肚子。

他的雙手在胸前交疊，把頭撇了開來。他的胸口起伏著，眼看就要開始咳嗽，不過他卻緊閉嘴唇，壓下想咳嗽的衝動。

我拿起鍋子，把罐頭放在地上。「你看！是軍用口糧！我猜裡面有肉有菜！你上次吃肉是什麼時候啊？我說的可不是小魚乾喔，是真正的肉！」

英洙聳聳肩，開始挑指甲，附近的營火照亮了他的臉龐。

我深吸一口氣，心裡默默數到五。「我去外面冒這麼大的險找食物，你什麼話都不說嗎？」

「妳離開了。」他說，眼睛盯著地板。

「那你要我怎麼辦？像背著一袋馬鈴薯一樣背著你去搜刮這些罐頭嗎？那樣我

根本就跑不快。」

「我就只是累贅嗎？」他在胸前交疊的雙臂抱得更緊。「因為這樣妳才說我笨嗎？」

「我沒有說你笨！」

「妳這次沒說，但有時候妳會說。」他終於咳出他一直強忍著的痰。

我想起站在廚房裡的母親。每當我做錯事，她就會對著我直搖頭，我知道自己有時也會對英洙做相同的事情。我一直都是這樣對待他的嗎？還是從母親讓我輟學後才開始的？

一道白光劃破了夜空，遠方的爆炸聲隆隆作響。我一把抓起鍋子和罐頭，氣得跺腳走開。

教堂附近應該會有無人使用的營火堆才對，走了幾步之後我馬上就找到一個。我把鍋子放在營火旁，仔細地觀察金屬罐頭。罐頭完全密封，只有一根看起來像鑰匙般的東西黏在上頭。但鑰匙孔在哪呢？「這要怎麼打開啊？」我自言自語，用罐頭敲打路面。

「哎呀！好好一罐食物會被妳弄壞的！」那名燉湯的女子大喊。「拿過來給我，我教妳怎麼開罐頭。」

我遞出罐頭，但動作很慢，不願輕易放手。我看著她握住鑰匙，在罐頭側邊轉了轉，接著便奇蹟似地撕開那片薄薄鐵片。「拿去吧。罐頭是這樣開的。」她露出大大的笑容。

「謝謝。」我盯著漂在淡紅液體上的香腸。雖然心裡有千百個不願意，我還是接著問：「妳想要吃一點嗎？」

「不了，那是給妳跟妳弟弟的。」她搖著頭說。

我沒有堅持要她一起吃。不願分享的羞愧讓我的肌膚發燙。

我把注意力放到營火上頭。煤炭還是熱的，於是我拿根長木棍戳了戳餘燼，用力吹氣，直到橘紅的火焰再度燃起。火堆熱起來後，我把鍋子放上去，倒進罐頭食物。我的口水直流，我得一直嚥口水。

晚餐加熱時，一陣冷風從城裡呼嘯而來，厚厚白雪將斷垣殘瓦覆蓋在一片潔淨純白之下。雖然明知道下方被掩蓋的是什麼，但我還是忍不住覺得這畫面很美。

終於，我把鍋子從營火上移開，拿回去給英洙，他還是不肯看我。

「來吧，吃一點。」我說，一面把湯匙湊到他嘴邊。

他不情願地將癟著的嘴巴張開，接著突然放聲大哭，一陣陣的咳嗽彷彿撕扯著他的胸口。

我拍拍他的背，摸到他凸出的脊椎，他的樣子光是看著就讓人心好痛。

「對不起，英洙，」我低聲說。「對不起，我拋下你，還對你那麼壞。」

我想跟他說，他是個好孩子，他並不笨，母親讓我輟學也不是他的錯，他什麼也沒做錯。但我只是吐出舌頭，做出鬥雞眼。

雖然嘴角仍舊下垂，呼吸也仍在顫抖，英洙還是擠出笑容。一大顆鼻涕泡泡在他鼻孔吸進吸出，最後我們都笑出聲來。

我攪拌燉湯，淅瀝呼嚕地喝了一口，微張著嘴讓熱氣散去。燉湯沒有母親的泡菜鍋美味，但還是不錯吃。粉色的肉鹹鹹的，嘗起來像豬肉。「英洙，說真的，吃一點吧，這是好吃的。」

英洙深吸了一口氣，接著才含下一口仍冒著熱氣的食物。他馬上噗了一聲吐出食物，咳嗽不止。他躺了下來，揮了揮手不願再吃。

我不懂他怎麼能拒吃這樣的食物，我推推他的肩膀，但他卻翻了個身背對著我。他呼吸時，肺傳來奇怪、刺耳的咻咻聲。

❄ ❄ ❄

夜深了。教堂庭院的營火閃耀，照得紙板屋就像散著光暈的燈籠。英洙睡著了，我替他蓋上毯子，接著將木棍和垃圾往火堆裡丟，好讓營火繼續替他保暖。

我盯著火舌上方蒸騰的熱氣，它讓視線所及的事物都模糊了起來：成堆的殘磚碎瓦、搥著胸口祈禱的女人、像是回到子宮裡一樣蜷縮著的女孩，還有一名大聲呼喊著自己六十歲太太的老人。我沒有將目光從那個火舌打造出來的扭曲透視鏡上移開。在那之外，破敗的建築和人們的痛苦都太尖銳、太清晰了。

我們就快到了。只要再搭一趟火車就到釜山了。

第三十二章・・・・・

一九五〇年十二月

隔天早上英洙吐了，我的心怦怦狂跳。

「你還好嗎？」我問他，一面用毯子邊角幫他擦拭嘴巴，但他只用咳嗽回覆我。我拍拍他的背，手還不停顫抖。「你八成是因為一直咳嗽才嘔吐的。」

我站起身環顧四周一圈，沒有人能幫我們。多數營火早已在夜晚時熄滅，教堂庭院裡煙霧繚繞，彷彿幽魂盤旋。幾乎所有人都離開了。我呼出一口白霧，身體顫抖起來。

爆炸聲持續不斷，擴音器也仍劈里啪啦地放送前往火車站的指示。我想知道那大聲下達指令的女人說話聲是否只是錄音帶事先錄好的。我真希望她是真的在說話，這樣一來我們就不是完全孤零零的。

「我們得搭上那班火車才行。」我一面說，一面收拾家當、背起英洙。

早晨的陽光直曬著空空的道路，餘燼在風中肆意飄蕩。路上有指標，其他難民也終於從一座座毀壞的建築物裡走出來，前往車站。我跟著人群，經過碎石堆、碎裂的店面，和搖搖欲墜的水泥建築，走到一個早已崩塌的大建築物面前。

不可能是這裡吧。

一名女子從我們身邊跑過，我抓住她的衣袖。「請問火車站在哪裡？」我問。

「妳瞎了嗎？妳就站在車站前面啊。」她說，一邊東張西望。

我的心一沉。這車站不過就是一堆瓦礫，我們要怎麼離開這座城市？

「這下可以放我走了吧！」她說，把袖子扯回。「紅軍就快來了！」

她的急迫讓我跟著恐懼起來。一直到我跑到車站側邊，我才聽見廣播：**儘速移動！注意行進方向！這是末班車了！**

那句話讓我心頭一驚。

今天的末班車嗎？還是之後再也不會有車了？

那有什麼差別嗎？紅軍可能今天就到了！

我看著腳上滲著血的鞋襪。距離釜山還有兩百英里。

如果我們現在沒搭上火車，我們就不可能跑得贏槍炮彈藥，也無法再走那麼多的路。哎！為什麼我不早點起床？是因為這樣，街道和教堂四周才空蕩蕩的嗎？因為今天是最後一個能逃離城市的機會？我把英洙的腿牢牢綁在腰間，跑向車站後方的鐵道。

人們簇擁著最後一班列車——離開首爾的末班車。蜂擁的人群在車廂間穿梭，像是螞蟻在腐屍的眼窩內鑽動一樣。我急忙湊上前，群眾的怒吼也越來越大聲——我深吸了一口氣，擠進人群裡。

群眾身軀像洪水般瞬間將我淹沒。我在眾人之間鑽來鑽去，跌跌撞撞地踩過鐵軌和柔軟的人體。我在混亂中朝下方瞥了一眼，看見有手臂、有腳、有後背，那些是不幸被絆倒而倒地的人。我伸手想去幫一名女孩，但驚逃的人們將我推開。

忽然間我們被推到火車邊。「有兩個人的位子嗎？」我朝一列列的車廂嘶吼，使勁抵抗著人群的推擠。到底有沒有人聽到？

但我的哭喊並不重要，因為每個敞開的門邊都有人掛著，搖搖欲墜。這班車客滿了。

我抬起頭，看見有人爬到車廂上，我的心跳加快。車廂裡面沒有位子了，我們還有什麼選擇？我們也得去坐車頂上。我爬上篷車一側生鏽的梯子，英洙則牢牢攀在我的背上。

車頂上都是人。從梯子上望去，下方人海萬頭攢動，這景象彷彿地獄。有名母親跟在我們後頭，她正瘋狂地喊著她的兒子。她兒子沒抓緊她的手，眾人便把他往下拉，直到他完全消失在人海裡。

我趕緊繼續前進，一路上不斷被一旁其他人的腳絆倒。在平坦的車頂上，我看到一名少女想找個東西，任何東西都好，好來繫上毯子——毯子的一端已經綁在她的腳踝上，但另一端卻找不到能夠固定的地方。我的胃糾結起來，這才發覺火車車頂其實就跟大同江上那座扭曲的橋梁一樣危險。火車一旦加速，我們就會被甩出去。我想到英洙瘦弱的手臂和雙腿，他一定會先被甩出去的。

我立刻調頭。

「姊姊，妳要去哪裡？」

「我們得下去！我們得下去！」我說，急忙往梯子的方向走去。

我撞到一名婦人，一隻腳被她的木質行李箱卡住，一隻手也朝箱子擦了過去。我摔倒時，英洙從我的背跌向一堆行李。那婦人的手推著我的頭，我反撞回去，掙扎著想站起來。「讓我把弟弟扶起來！」我尖聲叫著。

英洙像隻橫著走路的螃蟹般奮力朝我而來。有那麼一瞬間我退縮了，想要遠離他的衝動，竟相當於希望他回到我身邊的渴望。但我還是耐心等著，他一回到我背上，我便起身蹣跚地往梯子走去。

末班車。這個詞在我腦海裡不斷盤旋。

我的手臂顫抖不已，爬下梯子後我便沿著鐵軌奔跑，在人群中閃躲、推擠。

「這裡有位子嗎？」我對著一節篷車大喊。

「沒有！客滿了！」一名女子大喊。

一陣驚慌襲來，我跑得更快。

「有位子嗎？」

「沒有！」

「這裡呢？」

「沒有！」

回答都是沒有。我沮喪得大吼。

火車動了起來。我眨了眨眼，這是我的幻覺嗎？不是，火車確實緩緩動起來了。火車即將從我指尖下溜走，超過我踉蹌腳步能跟上的速度。我脖子上，英洙的手臂抱得更緊了。

此時，某處有個男人大吼著：「到此為止了！到此為止！客滿了！」

忽然之間，整列篷車的門陸續關了起來，眾人的驚呼此起彼落。

不到一秒的時間，月臺上的人群猶如風暴般向前撲去。在一陣推擠和拉扯中，我的肩膀大力往篷車撞過去，雙腳也離了地被列車和人群帶著走。只要滑一跤，跌下去，我就會被滾動的車輪輾過。

「救命啊！」我朝眼前的車廂大喊。

到此為止了。

結束了。

這就是我的人生。

「往裡面一點！我們要讓這兩個孩子進來！」有人在我的頭上大喊。

一隻手朝我們伸來。一名青年站在車廂門口，歪斜的報童帽遮住了他的眼睛。他抓住我的手臂，我用力一攀，接著他奮力一吼把我們往上拉，直到我們進了車廂。

我頹然坐下，英洙吐在我背上。我們得救了。

車廂裡完全沒有座椅，只有拉門和一扇小小的窗戶。陌生人的身體緊貼著我，一名身上散發著尿騷味的老人往我肩膀靠過來。

帽子男把手伸向一名帶著孩子的母親。

「快關門啊！」一名胸前抱著嬰兒的女人大吼，她望向外頭追趕著火車的群眾。人們從四面八方湧來，占滿了整個車站。我也望著他們。從這裡，那群人看起來就像往貨運列車潑來的黑墨，我忍不住直打哆嗦。裡頭沒有空間了。

但帽子男咬緊牙關，不讓門關上。他把手伸向絕望的陌生人。

「戴帽子的，快把門關上！太多人的話我們會悶死的！誰叫你當看門人啦！」後方傳來一名男子的怒罵。

像迅速生長的藤蔓般，人們陸續爬上車廂。一些人往裡頭擠，急著卡位。我好想尖叫，我希望帽子男把門關起來，留點呼吸的空間給我們，別管其他人了——即使一秒鐘前我還在門的另一邊，在地面上伸手求援。帽子男看著我，但我不知道該怎麼辦。我們該把門關上嗎？還是讓多一點人進來？我猛拉著自己的頭髮尖叫，做正確的事情怎麼會這麼困難？

「我們要做正確的事，」父親說著。他將米袋打好結，甩到肩頭上。「跟我來。」我和明基從書堆中抬起頭，眼神迷濛地離開書中的世界，回到這一個刺眼的世界。當時我們分別為十歲和十二歲，是一起在樹下看書的單純朋友。

「明基哥也要嗎？」我問。

「對，尤其是明基，我需要他幫我扛一袋米。」父親說。

我們跟著父親穿過田野，來到崔先生家。父親敲敲木頭大門。

崔先生來應門，他的雙眼比我上次見到他時更顯凹陷。「啊，朴尚敏。你們怎麼來啦？」他問。

「來送兩袋米給你啊。」父親把米袋放在崔先生腳邊。

「你不必再給我地租啦，你知道我不是你的地主了，」崔先生說，聲音像個老人家一樣微微發顫。「有新法律了啊，那塊地現在是你和國家的了。真偉大的法律啊。」他咬著牙補了一句。

「這麼多年來，你為我們一家付出這麼多。我不能就這麼讓你和你太太餓死。」

「我們做了什麼？」崔先生問，表情柔和下來。

「拜託了，收下這些米吧。」父親說。

當崔先生擦乾淚水，露出微笑時，我的心揪了一下。「尚敏呀，謝謝你，你就像我們的親生兒子一樣。」他說，把米拖進屋裡。

走回家的路上，父親的手搭在我和明基肩上。

「爸爸，其他農夫有繼續繳米給地主嗎？」我問。

「沒有，但我不想要白白接受從別人手上搶來的田地。再說，崔先生不只是地主而已，他更像我們的父親。身為兒子，有什麼是你不會替父親做的呢？明基呀，你說是吧？」父親大力拍拍明基的背。

有人拉住我的衣服。

毛孔。

「求求妳！」一名少婦高舉著手大喊。她靠得好近，我甚至可以看見她臉上的

帽子男抓住她的手，但男子手臂不斷顫抖，斗大的汗珠從他臉頰滑落。車廂內怨聲載道：關門！他們太多人了！會翻車的！他不聽話，就把他推下去！

我皮膚下彷彿有道電流滋滋竄過。我猛地起身，抓住帽子男的手臂，幫忙用力拉。我的臉漲得通紅，雙腳使勁抵著敞開的門邊緣，直到我們終於把女人拉上車。車門砰的一聲關上。

一切在瞬間就暗了下來。

沒人說話。在篷車的金屬牆裡，外頭隱隱約約的哭聲聽起來格外陰森。火車漸漸加速，但外頭的人們仍沿著鐵軌奔跑，不停拍打著鐵門，聲音聽起來像有一陣石子朝門扔來。車廂顛簸搖晃，接著上頭傳來淒厲的尖叫聲，有人從車頂摔下去了。我摀起耳朵，緊閉雙眼。

火車繼續上路，所有的敲打及尖叫都停止了。

我睜開眼睛。再過不久，首爾就會被拋在後頭了。

一道光線從小小的窗戶流瀉進來。有人酸臭的口氣熱呼呼地朝我迎面撲來，空氣中也充斥著尿騷味。

我一遍又一遍地數著車廂天花板的長木板條，直到咚的一聲和從頭頂傳來的尖叫讓我忘了我數到哪裡。我想著那些在車頂上的人，那些跟著火車跑的人，還有那些被留下來的人，他們會發生什麼事？

我身子縮進大衣裡，感覺到放在口袋裡的地圖。我的手因為在車頂跌那一跤還隱隱作痛著。定睛一看，才發現傷口泛紅又破皮，但這不要緊，我們安全了。

英洙溫暖的身子緊緊靠著我。從小窗子透進來的光線漸漸暗了下來，火車的搖晃和撞擊聲也漸漸模糊成背景音，我的頭開始像父親田裡的成熟小麥一樣低垂。

接下來的一天，我沉沉睡著，動也不動像是被釘在地板一樣，如鉛塊般沉重的手臂再也無力支撐背上的英洙，只好讓他癱坐在地。

第三十三章・・・・・・

一九五〇年十二月

聞到一股惡臭，我醒了過來。

我睜開眼睛，看見一道光線從小窗戶照了進來。因為直挺挺地靠著車廂牆壁睡著，我的背和脖子都相當痠痛。

「那是什麼噁心的味道？」車廂另一頭，一名包著頭巾的女子大喊。

我環顧四周，見到一名老人寬鬆的褲子上有個深褐色的汙漬。

「哎呀，」一名聲音沙啞的婦人喊著。「老爺爺，您大在褲子上啦？這下大家都得忍受這噁心的味道了！」

車廂裡怨聲四起。

「你們全給我閉嘴。」老人說，臉頰略為漲紅。

那股惡臭暗示著有人生病了，讓我覺得好像有人快死了。我不禁反胃，用外套遮住鼻子。老人摸了摸長滿皺紋的後頸，眼神飄移不定，像是不知道該看向何處。

我忍不住為他感到難過。像他這樣的長者，不該坐在自己的穢物上。

「我說啊，我們下一站就把他推出去。」包頭巾的女子說。

雖然那味道很臭，但把他推出去這件事嚇到我了。太殘忍了。再說，我聞起來有好多少呢？這裡有人是好聞的嗎？

一名老婆婆立刻激動地拍起手。「欸！各位放尊重點！」

「那他怎麼不體諒我們，自己下車？」一名男子大喊。

一個小孩在悶熱的車廂裡大聲啼哭了起來。

「好極了，這下那嬰兒要讓我頭痛了。」有人說。

那名聲音沙啞的婦人起身走到人群中，她的眼神犀利，眼珠像西瓜籽般漆黑。

「各位冷靜點！不要表現得像禽獸一樣。」

狹窄的空間。揮之不去的惡臭。持續不斷的尖銳哭喊。

此刻我的焦慮彷彿已經攀升到頭頂。我得下車才行，還有多久會到釜山？刺鼻氣味充斥著我的口鼻，我就要窒息了。我抓住英洙的手，想起身走到門邊去，但他把我拉住。窗戶在哪裡？起碼讓我看看窗戶。我的眼神飄向陽光，努力專注在那道光芒上。

嬰兒的嚎啕哭聲減弱成細微的嗚咽。嬰兒和他的母親坐在我左邊，我把目光從窗戶移開，偷偷瞧著他。那嬰兒很瘦小，他的身體跟一顆白菜差不多大而已。他的咳嗽帶痰，呼吸短促。

「那孩子餓了。」聲音沙啞的婦人說，她在那名母親身後坐了下來。

「但他不肯吃東西。」那名母親的臉因擔心而糾結起來。她給孩子一片雪梨，但孩子只吸了幾口便開始喘氣。母親拍著嬰兒的背，額頭中間出現一道深深的紋路。

罐頭食物。我差點就忘了。我從大衣口袋掏出一罐C型軍用糧食。「給妳，妳可以餵寶寶吃這個。」我把罐頭遞給那名母親。

她看了看包裝。「我有這種罐頭，但他也不吃。」她說，眼裡泛著淚。

「噢……」我剛剛還很有信心能幫上忙的。我看著小嬰兒，他看起來大概才三個月大。在戰爭中出生真是太不幸了。

英洙的身子癱倒，靠著車廂，他的臉色蒼白。健康正常的人才不會這樣坐，我急著想做點什麼，任何事情都好。

「你餓了嗎？」我問。

他搖搖頭。

「唔，你得吃點東西才行。」我扭了扭罐頭上的鑰匙，將薄薄的金屬片拉開，金屬片啪地一聲脫落，香腸泡在淺紅色的湯裡。我把小拇指伸進湯汁裡沾了一點嘗嘗，酸酸甜甜的。我餵英洙一根香腸，他點點頭說好吃。

「這些香腸讓我想起那個阿姨的老公，還有他的胖手指。」我說著，把香腸舉在陽光下看。

英洙嗆了一下，接著咳嗽不止，幾乎喘不過氣。我心裡納悶著，為了要大笑一次，經歷這些痛苦是否值得。他足足花了五分鐘才平靜下來。

「姊姊，」最後他終於開口，抬起頭來凝視著我。他的眼睛漆黑，目光沉著。「我覺得阿姨的老公說錯了，兒子才沒有比女兒好，沒有人能這樣和另一個人相比。」

我露出微微一笑。不過，英洙相信什麼並不重要，因為其他人都這麼認為——那個阿姨的丈夫、小珠妮的母親，就連我們的母親也這麼認為。所有人，除了那個馬尾女孩。她是唯一一個不這麼認為，而且就和我一樣是個皮膚黝黑的農家女孩的人。

火車沿著鐵軌跑了好幾個小時後，在一個小村莊的車站停了下來。

「停車上廁所了。」有人咕噥道。

「有人需要上廁所嗎?需要的話，看起來是在這裡下車沒錯。」門邊的帽子男大聲說。

我這幾天幾乎沒有進食，連喝水都沒有，但我還是想去上廁所。不過我怎麼能去呢？如果火車開走了怎麼辦？如果有人占了我的位子怎麼辦？我環顧四周，車廂內沒有半個人移動，就連那個老爺爺也沒打算要起身。雖然有些埋怨的咕噥聲，但沒人逼迫老人下車。

帽子男把門關上，車廂裡只剩下人在鐵桶裡撒尿的聲音不斷迴盪。

❄　❄　❄

到了早上，我的膀胱脹得厲害，頭也嗡嗡作響。那個嬰兒幾乎整晚都在哭，現在終於安靜下來了。

「他怎麼了？」英洙問，他的頭靠著我。

「你聽到大家說的話啦，他餓了。」

英洙安靜下來，盯著嬰兒的小小身軀。

「他還好嗎？」那名聲音沙啞的婦人問道，朝孩子點了點頭。

嬰兒的母親望著從小窗戶照進來的陽光，嬰兒的臉頰貼著她厚厚的大衣。一灘尿從老人的方向流了過來，將她的長裙沾溼了，但她毫無反應。「寶寶沒事，我知道他沒事。」她說，她的心神彷彿在很遙遠的地方。

「哪個人把尿桶傳給我吧。」包著頭巾的女子說。我看著尿桶搖搖晃晃地傳到她面前，她一把抓住，迅速撩起裙子，在眾目睽睽下蹲著身子。我把目光移開。

「接下來換我！」一名跟英洙差不多年紀的男孩大聲說。

我的臉頰發燙。我也得上廁所才行，但不能在一群人面前啊。

「先去窗戶倒乾淨，等你用完再傳給我。」另一名年紀稍長的男子說。

我大汗涔涔，再也忍不住了，一秒都無法多等。我手上的傷口在隱隱抽痛。這裡有男人、男孩，和跟我年紀相仿的女孩，他們都近得能看見我的一舉一動。淚水從我的眼角迸出。

「先生，您用完換我。」我蹲著說。

第三部

❄❄❄❄❄

釜山

第三十四章・・・・・・

一九五一年一月

火車的行進慢了下來，我的身體往前傾。

我睜開眼睛。帽子男直挺挺地坐著，眾人動也不動。緊接在嘟嘟汽笛聲後的是一聲金屬摩擦的長嘯。

列車戛然而止。

車門滑開，白炙的光芒湧進車廂。我用手遮陽，瞇起眼睛。我們現在在哪裡？都市的喧嘩聲傳進車廂。

人潮在月臺上來來去去。有一名男子扛著兩大桶油，搖搖晃晃地趕著去送貨。遠處可見一座座的梯田。

「我們到了！我們在釜山了！」帽子男大喊，他的面孔彷彿閃閃發光。

眾人紛紛收拾行囊，神采奕奕地交談著，但那名年輕母親卻發出一聲刺耳的尖叫，她懷中的寶寶四肢癱軟。她絕望地哀號，那聲音像是從某個極為幽深、黑暗的地方傳來的。聲音沙啞的婦人低著頭祈禱，有幾個人也停下腳步想幫助那名媽媽，但什麼也安慰不了她。她的身體前後搖晃，晃得越來越劇烈，嚇人的哀慟哭聲彷彿沒有止盡。我們從她和寶寶身邊經過時，我用力嚥了一口口水，接著我走下火車，英洙緊緊抓著我的背，身體不住顫抖著。

眾人從車廂內走了出來，有些人則從車頂下來。看見一些在車頂的人也順利抵達，我鬆了一口氣。不過人們摔落地面的撞擊聲，以及軀體重重撞上山洞口的聲音仍在我耳裡縈繞不去，我知道自己永遠也忘不了。我握緊拳頭，瘦削的指關節變得慘白，只能甩甩手強迫自己放鬆。

眼前人們跪了下來，親吻著大地。一名女子邁著大步經過我們身邊，她手裡拿著一張寫著目的地地址的紙張；另一名女子則是一臉疑惑，走了幾步又回頭，不知該往何處去。我很慶幸母親在釜山有個弟弟。父親當時是怎麼告訴金先生去弘喆舅舅家的路呢？

距離釜山車站不遠處有個國際市場，他在市場南邊有個賣魚的攤子，門牌號碼是八八一八號。

輕柔的微風拂亂了我的頭髮，我深深吸了一口氣。這裡的空氣不太一樣，聞起來像是發臭的海草，也帶有魚的腥味，完全無助於撫平我突如其來的焦慮。「那是什麼臭味？」

「什麼臭味？」帽子男笑著說。「那是海洋的氣息，自由的味道啊！」他跳下篷車，把袋子甩到肩上，吹起口哨走離。看著他離去，我心中有些不捨。我還來不及謝謝他救我們一命，他便消失了。

我把英洙背好，跟著人群走出車站，進入熙來攘往的城市。這裡的街道和人行道很寬敞，有著瓦片屋頂的房舍緊密相連。一段距離之外有一排三層樓的磚房，沒有一棟掛著金日成或史達林的肖像。我走經小販的手推車、一名頭上頂著籃子的婦人，以及一個正替美國大兵打亮靴子的擦鞋童。上一次見到美國人已經是好久好久之前的事了。

「先生，請問一下，」我對著一名頭戴軟呢紳士帽的路人說。「要怎麼去國際市場呢？」我把英洙放下來；他必須倚著一根細細的電線桿才不致摔倒。

男人搖搖頭，他看著我們的樣子彷彿是見到兩隻蟲子被開腸破肚串在叉子上似的。我把露出粉肉色擦傷的那隻手藏在身後，就連英洙也想用毯子把褲腳的血漬遮住。「我猜，你們才剛抵達釜山車站吧。」男人終於開口說道。

我點點頭。

他把手伸進羊毛大衣的其中一個口袋。「來吧，接好，」他說，將一堆銅板交給我。「你們走回去車站，從車站搭公車去國際市場，車程只要三十分鐘左右。」

「真是太感謝了！」我說著鞠躬道謝。真不敢相信再不到一個小時，我們就能到舅舅家了。原本藏在心底深處的渺茫希望又再度復燃。爸爸、媽媽、智秀。乾淨的衣服、溫暖的床鋪、美味的食物。最重要的是，我們不必再逃跑了，我們已經走到旅途的最南端了。

我們走回車站，找到了開往國際市場的公車。公車上，坐在我們前面的老婦人見到我們，對我們的樣子嘖嘖了幾聲，嘀咕著：「哎呀……」

我在敞開的窗戶邊坐下，英洙靠著我。這比貨櫃火車舒服太多了。公車開始移動，涼爽的風吹了進來——和家鄉那冰冷的冬風截然不同。我們望著窗外，眼神跟著景色飄移：光禿的山坡、吉普車和卡車、蓋滿商店的斜坡。

「姊姊！快看！」英洙指著一排房子的後方。

那些房子之間有個藍藍的東西在閃爍——像天空，不過顏色更為深沉。我把頭伸出窗外，定睛一看。房屋從窗邊飛逝而過，越來越稀疏。終於，我清楚見到了。

那是大海。

大海充滿生機，翻騰的浪濤拍擊著岩石。廣袤的一片藍向外延伸，直至我目光所及的最遠處。海洋之大，像是什麼也盛裝不下它。我們離海不到一百英尺，近得彷彿我能嘗到海洋的味道。

英洙和我四目相接，同時不可置信地搖搖頭——那就是我們夢想的汪洋大海。我的心怦怦跳著。

我們經過港口，數艘好幾層樓高的灰色戰艦像是金屬山脈般浮在水面上。它們是怎麼漂浮起來的？我拉長脖子，任由海風吹亂頭髮。在碼頭停泊的一艘大船正於船尾升起美國國旗，紅白藍三色隨風飄揚。美國軍人沿著碼頭行走，他們昂首闊步的姿態給我一股熟悉感。我將手伸到窗外大力揮舞，朝他們喊著我僅知的英文字詞：「托西糖！」有些人也向我揮著手。

公車往內陸開去，我把身體縮回車裡。公車駛過有著木頭門面的屋舍、招牌因曝曬而褪色的餐廳、一間水泥蓋的警局，還有一間有著金屬時鐘和藍玻璃窗的中學。身穿制服的學生抱著一疊疊的書，聚集在路邊。其中一名女孩有著黝黑皮膚和捲捲的頭髮，就和我一樣。「英洙，你看到了嗎？」

他邊咳嗽邊點頭，雙眼泛紅，鼻水直流。我替他拉緊外套衣領，隨後關上窗戶。「別擔心，我們現在在釜山了，你一定馬上就會好起來的。」我向他保證。

公車減速，停了下來。

「國際市場站！」司機大喊。

「我們到了！」我說著牽起英洙的手。「我們終於辦到了！」

第三十五章……

國際市場，這是我完全想像不出來的地方。

繽紛多彩的招牌爭奇鬥豔，攤販的叫賣聲與顧客的殺價聲此起彼落。在這裡，沒有人會害怕被罵「你這個資本主義的中產階級豬」。市場喧鬧得就像有上千隻小鳥吱喳鼓譟著。

我和英洙在狹窄的泥土路上放慢腳步。一旁小小的木頭店面，以及擺在木箱和布料上的各種服飾、碗盤和食物，讓我們看得嘖嘖稱奇，有成堆的白色山藥、胖胖的紅蘿蔔、滿架子的飯碗、幾匹純白亞麻布，還有摺疊整齊的西式長褲。

「嘿！」一名穿著破爛外套的少年大喊。他除了看起來比我們乾淨一點之外，其他部分沒比我們好多少。「你們要鞋子嗎？」他指著他的布攤上僅有的一雙女用涼鞋。「還是要一些廚房用品？」堆成一疊的鍋子和瓷碗都不成套，也都破損缺角。我沒有回答，他馬上又拿出一張裱了框的黑白報紙，上頭是一位有著一頭秀亮捲髮的白人女子。「妳喜歡葛麗絲．凱莉吧？她是有名的美國電影明星喔，跟妳一樣漂亮。我可以給妳開個好價錢！」

我搖搖頭，不敢相信他有美國人的裱框照片，好像那個明星跟金日成一樣重要似的。「不了，謝謝。你可以告訴我姜弘喆的魚攤在哪裡嗎？」

「姜弘喆？」他問。「這裡不是什麼大家都彼此認識的小村莊。妳知道這座城市裡有多少人嗎？還加上那些新來的北方人？」他笑了起來。「抱歉啊，這裡大概有一百個同名同姓的人！」

「謝謝。」我有禮地回答，接著和英洙繼續往前走。

身處在一座繁忙的市場裡感覺可真奇怪！這裡的氛圍很不同，跟公車站附近不一樣。我也有一種奇怪的感覺，好像有事情不太對勁。

我看著一名男子在小小的店面掛上寫著「蔬果店」的木頭招牌，並用釘子固定。他的妻子從他身後環抱他，腳邊有個小女孩高聲喊著：「把拔！把拔！」

在這時我才明白過來——這裡沒有人在逃亡，而是在張羅開店；沒有人恐懼尖叫，而是在討價還價。這裡沒有從遠處傳來的轟隆爆炸，也沒有在身後響起的槍擊。美國大軍在攤販間蹓躂，一邊盯著漂亮女孩流口水，然後像青澀的中學生般捶著彼此的手臂。我大口吸進這番喧騰，接著放鬆地呼出一口氣。

一群男孩在街上玩你追我跑的遊戲，英洙緊緊抓著我的手臂，像是希望我能叫他們停一會，讓他也加入他們似的——但我們都明白他現在已經無法這麼做了。但當我定睛一看，才發現那些男孩在人群間穿梭時，偷偷把婦女的提袋割開來偷錢。還有一群年紀大了一點、灰頭土臉還光著雙腳的男孩，他們將一名婦人的蘋果攤推倒，接著抓了一大把水果便逃之夭夭，上衣因裝了搶來的水果而鼓鼓的。另一群人則是各自抓了一把魷魚乾，接著便往四面八方分散，就像在熱鍋上蹦跳的熱油般。英洙坐在空木箱上，被他們奇怪的舉動逗笑了。

一名偷魷魚乾的男孩看著英洙。「你在看什麼？」

「沒有。」英洙說，他安靜下來。

「這是我們的市場，」那男孩說。他靠了過來，握緊拳頭。「你跟你姊姊給我滾出去！」

他以為他是誰？這個孩子根本沒比我大多少，身上還穿著尺寸過小的衣褲。他的市場？我爆出一陣笑聲。

那個男孩怒視著我。「妳覺得很好笑是嗎？」他問。他的眼神還緊盯著我，手卻朝英洙的肚子揍了一拳。

「嘿！」我大喊。拳頭打在人身上的聲音讓我的胃翻攪起來，聽起來就像母親的菜刀刀背打在剛宰好的乳豬肉上。

淚水湧上英洙的雙眼。他彎下腰，大口喘氣。

我馬上衝向前，身體像是只剩肩膀和拳頭一樣，我不停地捶打、拉扯著，將握緊的拳頭撞上他硬邦邦的顴骨。一旁的群眾呼喊起來：**那是個女孩啊！一個什麼？快把那女孩從他身上拉走！**幾個人七手八腳地，在我的拳頭再度揮下去前把我拉住。

我環顧四周。

好多個男生。他們各個滿臉通紅喘著氣，圍成一圈盯著我。「她瘋了。」其中一人說。「是啊，根本就是被附身的妖婆。」另一個人幫腔。被我打的那個男孩什麼也沒說，只是眨著眼睛，用一隻手遮住淌血的鼻子。我還沒回過神來，他就馬上跟朋友跑了。

「英洙，你還好嗎？」我在他身邊跪下來關切著。

他點點頭，我扶著他站起來。我的雙手傷痕累累，正隱隱作痛。我深吸一口氣，靠在某個店家的招牌上，等著腎上腺素慢慢退去。我已經厭倦爭鬥了。

「軍用糧食！」一名黝黑的老太太喊著。她蹲坐在地上，嘴裡叼著一根牙籤。「美國軍糧！好吃啊！」

「請問一下，」我怯懦地問她。「您能告訴我怎麼去姜弘喆家嗎？」

「啊?姜弘喆?」那根牙籤隨著她講話上下晃動。「妳也是從北邊來要找他幫忙的人嗎?像你們這樣的人,我們城裡來了好幾千個,現在水都要沒啦!妳說該怎麼辦?」

「那您認識他囉?」我問,興奮得臉頰漲紅。

「妳告訴他,他還欠我一局圍棋。他八成又怕會輸給我吧。」她笑了起來,露出缺了牙的牙齦。「他的魚攤就在這排攤子的盡頭,不過他家在那一條街上。好啦,孩子,除非妳要買軍糧,不然就別擋路,我還想賺錢呢。」

❄ ❄ ❄

我以為自己會飛奔過去,相反地,我卻不疾不徐、穩穩地走著,心想著日落時分,夕陽也是這樣不慌不忙。現在是傍晚,光線已在漸漸轉變。天色逐漸黯淡,此刻彷彿置身在夢裡一般。市場的喧嘩全被拋諸腦後,在一片寂靜之中,我只聽得見英洙粗重的喘息聲。

「到我背上來。」我走到他面前。

出乎意料地,他拖著腳步逕自往前走。「不要,我不要他們把我當成小嬰兒。」

「別傻了，我背你，你會比較輕鬆。」我說著，要去牽他的手。

他躲了開來。「不要！我要自己走！」他的聲音聽起來很焦慮，像是瀕臨破碎邊緣的脆弱玻璃，他蒼白的皮膚下透出藍色的血管。平常，我會因為他忽然對我翻臉而吼他，不過他喘氣時發出的刺耳聲響卻讓我沉默下來——那聲音聽起來，彷彿他是個提早來到世上的嬰兒，粉嫩的肺還正在成形。

我隨他去，在他身後保持著一步之遙。我們經過好幾間鋪有瓦片屋頂和矮石牆的房屋，門牌上的數字也逐漸遞增：八八一〇、八八一二、八八一四。只要找到八八一八，這段漫長的旅程就結束了，我所期盼的一切終於要成真了。

英洙三不五時就必須彎下腰來喘氣，但我從未看過他咳嗽時像這樣緊皺著臉，一手還捂著胸口。

他用手背一把擦掉淚水，然後沮喪地放下臂膀。又一波劇烈咳嗽後，他變得安靜、無力。「姊姊，妳可以背我嗎？」他小聲地問道。

「當然可以。」我跪下來讓他爬到我的背上，他的身軀輕如空氣。

第三十六章・・・・・・

八八一八號。我踮起腳尖，望向石牆內。院子裡有名男子坐在小小的火堆旁，烤著金屬魚簍裡的魷魚。我看不見他的眼睛，只看得到他被陽光曬成焦糖色的後頸。

英洙和我伸長了脖子盯著他瞧，眼睛眨也不眨。我們看起來一定就像孤魂野鬼，不僅瘦成了皮包骨，全身髒兮兮的，頭髮也亂得像鳥窩——只是當時我們都沒意識到自己是這副模樣，直到院子裡的智秀發現我們，叫得像是隻被宰的小豬，我們才意會過來。

「妳對他做了什麼？」母親說著，抱著哭鬧的智秀上下搖晃。

我不知道自己為什麼那麼做。有時候大人會因為小孩子很可愛而忍不住去捏他們，有時候小孩則因為對方很煩而捏對方。對我來說，我想兩者都是。

父親對我露出一個奇怪的表情，接著揉亂我的頭髮。他轉向智秀，親了他的額頭一下。「兒子，一歲生日快樂，你抓週[20]會抓到什麼啊？」

母親已經把抓週道具放在地上了，有一捲繡線、一枝筆、一本書、一些錢幣和白米。我一歲時選了書本，這代表我有顆讀書的腦袋。英洙抓週時則抓了白米，這代表他永遠不會挨餓。今天我們就會知道智秀的命運了。

「智秀，生日快樂！真不敢相信你今天滿週歲了！」金太太說著，一面幫母親在桌上擺好年糕、水果和大棗乾作為裝飾。

智秀扯著身上粉紅條紋外套的袖子，又拉了拉繡有金色花紋的藍背心。父親把智秀放到地上，各式物品擺在他面前。

我們全神貫注，屏息以待。

智秀坐了下來，接著他對父親高舉雙手。大家都笑了。

「不對，兒子啊，」母親說。「你要選個東西才行。」她站在那一排東西後頭揮舞雙手，引誘智秀靠近。

智秀開始爬行。他看了所有物品，接著望向母親，彷彿在詢問自己是不是真能碰那些東西。母親點點頭，智秀笑著抓起錢幣。

大家都歡呼起來。

智秀嚇得大哭，雙眼圓睜。小小的淚珠滴到淺藍色的背心上，讓背心胸口處的顏色看起來深了一階。

「哇！一個兒子會賺錢，一個兒子不挨餓，雙喜臨門呢！這下妳永遠不必擔心會流落街頭了！」金太太對母親說。

聽到這裡，母親捂著嘴呵呵笑了，眼角也泛著淚。

整間屋子都洋溢著歡樂氣息。智秀抬起手想要抱抱，但沒有人抱他，我便把他抱起來，也為自己的行為向他道歉。他柔軟、亂蓬蓬的頭靠著我的臉頰，暖烘烘的。

❄ ❄ ❄

智秀。他還是有一樣的亂髮，一樣的招風耳，以及同樣令人毛骨悚然的尖叫聲。他變高、變瘦了，但他還是他。他能不能別再哭了？烤魚的男子轉過身，抬頭看見我們，瞬間變了臉色。

我失去平衡，倒地時撞向石頭和地面。英洙從我背上滑落。幾天後我著地的那

⑳抓週（돌잔치，돌：doljabi，dol）：慶祝小孩第一個生日的傳統慶祝儀式。滿週歲的孩子會穿戴上傳統韓服與古帽，面前會擺放許多具象徵意義的物品，以此預知孩子的未來志業。

側肯定會瘀血發青，但此刻我絲毫感覺不到疼痛。我們躺在地上，被這重重跌的一跤和方才眼前所見嚇傻了：智秀，我們的小弟死而復生了。

大門猛地打開，那名男子朝跌成一團的我和英洙衝來。他目不轉睛地盯著我們，撇頭大喊：「我想是他們來了！」

他一手拉一個，把我們扶起來。我仔細瞧著眼前的這張面孔，看見神似母親的一雙眼睛回望著我。「舅舅？」我小聲說。

他哈哈大笑，這就不像母親了。「沒錯，我是舅舅啊！我們還以為……」

他的臉頓時像張牛皮紙般緊緊皺起，斗大的淚水流下臉龐。

英洙和我靠在他身上望著他。舅舅與我們素未謀面已不重要，在這個瞬間，他已成為我的家人，在我心頭上他永遠有個重要位置。舅舅把眼淚擦乾，帶領我們一跛一跛走進大門。

圍牆內一側是花園，另一側是倉庫和廁所，好幾個大陶甕則佇立在牆邊。智秀躲在其中一個陶甕後頭，仍舊抽抽噎噎的啼哭著。

舅舅抱起智秀，拍著他的背，直到他安靜下來。智秀盯著我們，我們也看著他，他的眼神像隻雞一樣空洞。

他忘記我們了。我一隻手捂著自己的臉頰，彷彿被摑了一巴掌。

智秀雙手環抱著舅舅的脖子，把頭枕在他的肩窩，彷彿他已經認識舅舅一輩子了。英洙伸出手想牽我，我緊緊握住他的手。

屋內傳來如雷的腳步聲。正門滑開，門口出現一名健壯得像個莊稼人的女子，而在她身後，一名身材較為嬌小的人急忙衝出來。

媽媽。

那一瞬間，我們的眼神交會，波濤的情緒席捲了我們之間的空間。見到媽媽就像親眼見到家一樣——冒著煙的熱湯和白飯、暖暖的溫突地板，甚至還有廚房裡的陣陣責罵聲。

怎麼我女兒皮膚這麼黑呢？沒有一件事能放心交給妳。妳反應太誇張了——妳得學著怎麼持家才行。

不，那重要嗎？我們一家人又在一起了，瞬間湧上的喜悅流竄全身。

「我的孩子啊！你們還活著！」母親大喊。她衝過來，長長的白袖子像是翅膀，顫抖的雙手不停撫著我們的臉龐。英洙張開雙臂擁抱媽媽，媽媽的臉頰貼著他的頭。「我的兒子啊，我的寶貝兒子。」她痛哭起來，英洙也緊緊抱著她不放手。

我看著他們，笑得合不攏嘴，卻為自己心裡突如其來的一陣酸楚感到羞愧。

「素拉呀，」她說，眼神閃閃發光。「你們來了，妳把弟弟平安帶來了。」當她抱著我的時候，我腦中所能想的，是自己終究做對了一件事，把她最想要的人帶來給她。

大個子女人毫無預警地一把將我拉近，我的臉擠到她胸膛上。「感謝主！你們兩個孩子還活著！」我聽見她低聲說道，接著是久久不止的喘息和抽噎。她終於放開我時，我看見她在流淚。「素拉呀，我記得妳還是小寶寶的樣子。」

接著我才明白，她就是舅媽，我也擁抱她。

「你們的父親出去找工作了，他應該馬上就會回來了。噢！你們兩個孩子會給他帶來這輩子最棒的驚喜！」舅舅說著，智秀躲在他的腿後面，用一隻眼睛偷瞄。

我的心變得輕快。父親還不知道我們的事情，我們要給他一個驚喜。英洙和我互看一眼，露出微笑。雖然在咳嗽，英洙仍興奮得跳上跳下。

天色已經暗了，父親馬上就要回來了。屋裡的光芒照亮了庭院，我也像在夢裡一般穿梭飄浮著。

第三十七章 ・・・・・・

「進來吧。」舅舅說，領著我們進門。

他家房子是長形的，房間全連在一起，中間僅隔著米紙拉門。這間房子甚至比明基和柔美的老家還要漂亮。我們走進位於房中央的客廳，兩側各是廚房和臥室；牆邊有個色彩繽紛的櫥櫃，上頭以彩繪牛角片裝飾。我們在木頭地板上圍著矮桌席地而坐。

「你們爸媽跟智秀大約是三個禮拜前到的。」舅媽說著，從廚房端來滿滿一托盤的白飯、蒸玉米、魷魚乾，還有熱騰騰的大醬湯[21]。她把幾個碗噹的一聲放在桌上，隨後急忙盛滿食物，好像擔心如果不趕緊開動的話，我們便會化成一團煙霧消失似的。

「大姑，跟他們說發生了什麼事吧。」舅媽對著母親說。

[21] 大醬湯（된장찌개；daenjang jjigae）：用發酵大豆製成的醬料做基底燉煮的湯。大醬又稱為韓式味噌或韓式黃豆醬，常用於各種鍋類的湯底或醃醬。

此時母親才說他們是如何到達釜山：我們搭美軍的卡車，車子開上浮橋渡過大同江。那個時候你們在哪？我們三個人蓋兩條羊毛毯。我們帶的米夠吃，也殺野鴿烤來吃。那時候你們吃什麼？我們繼續搭原本那輛卡車穿過邊境，路程很顛簸，腦袋瓜也是晃來盪去的。你們怎麼越過邊境的？這一路上智秀有托西糖可以吃，爸爸有香菸可以抽，我也有英文課可以上。那時你們也往南走嗎？

我仔細聆聽著。坐卡車橫渡大同江？烤野鴿？羊毛毯？父親什麼時候會抽菸了？我感到頭昏腦脹。

英洙朝我微笑。

「孩子們，快點吃飯吧。」舅媽說。

醬油、大蒜、麻油和大醬的香氣瀰漫整間房子。我的肚子咕嚕嚕大叫，像是在跟大家講話似的，眾人哄堂大笑。

「等爸爸到家，你們得告訴我們發生了什麼事。」母親說，直盯著我看。

我嚥了一口口水。

我夾起一片魷魚乾，大口咬下。魷魚乾溫熱又鹹香，這是我在釜山的第一口食物，之後再也不會有其他食物比這更美味了。我開始大口大口地吃著飯，其他人則像是在觀看現場演出的表演般圍坐在我們身旁。我甚至看到舅媽調整了背後的小枕頭，才能舒舒服服地看我吃飯。

英洙只吃了一點點。

母親正要餵他，院子便傳來鐵門喀噠喀噠拉開的聲響。所有人都轉頭往外看。

「是你們的爸爸！一定是他回來了！」舅舅說，連忙起身去開門。

我放下湯匙，雙手放在桌上，心裡雀躍不已。但在那一瞬間，驚慌也伴隨著興奮之情襲來，我不知道該奔向門口還是躲起來。

我聽見他的聲音從院子傳來：「有孩子們的消息嗎？」

然後他進了門，看見我們。接下來我只聽見他大喊我們的名字，他的嗓音都沙啞了，還顫抖不已。

直到此刻見到父親站在門口，我才明白自己原來壓抑了這麼久。每一口硬吞下的悲慟，每一股強壓下的擔憂，都在那一刻傾洩而出。不過，讓我最揪心的是看見父親的皮帶鬆垮垮地掛在他瘦成皮包骨的腰間。眼前的畫面讓我措手不及。

他伸出長滿厚繭、指甲縫裡卡著泥巴的雙手緊緊抱住我。

「爸爸！」我大喊，心裡充滿恐懼與喜悅。

他聞起來仍舊有著淡淡的大麥香，但也參雜著魚和香菸的味道。「素拉呀，我真對不起妳。」他摸著我的臉龐，開了口只能說出這句話。我把臉埋進他的衣服裡，他則是緊緊抱著我，手臂還不斷顫抖。

終於，他抹掉鼻涕，在矮桌旁坐了下來，讓英洙和我坐在他腿上。他一直盯著我們看，彷彿擔心我們只是幻象。「英洙呀，我猜你一定很勇敢，」他說著輕輕捏了捏弟弟，然後看著我的餐盤說：「哇，素拉吃得真乾淨！」彷彿我吃剩的玉米芯是件藝術品一樣，這讓我更想哭了。

智秀咚咚地跺著腳走向父親，想把我和英洙從父親的大腿上推下來。眾人破涕大笑。

「我一直祈求上天讓你們兩個找到來這裡的路。」父親說。他把我們放下來，讓我們坐在他的身旁。

「告訴我們發生了什麼事，」母親說，向我俯身。「你們怎麼來的？空襲後你們在哪裡？你們怎麼找東西吃？」

英洙和我四目相接，兩人猶豫不決。我要告訴他們多少？說我從小販那裡偷食物，也從燒焦的鍋底刮下焦黑的飯，還向陌生人乞討嗎？還是說有時候我們一連走了好幾天卻什麼食物都找不到？我低下頭。

整間屋子都沉默了。

父親大力揉著後頸。他一手抓住桌腳，轉身面對我。「素拉，全都告訴我們吧。」

母親靜靜地坐著，只有嘴唇顫抖不已。

我清了清喉嚨。要從哪裡開始呢？有太多要說的了。

「山丘遭到空襲後，」英洙說話了，把我們全嚇了一跳。「我們以為你們都死了，但還是繼續找你們……接著又有槍響，我們就一直跑，跑到沒有人的地方。」大家都豎耳傾聽。「我們踩在大塊的冰上過河，我們穿過積雪的森林，在廢棄的屋子裡過夜，然後搭船到首爾，又剛好趕在紅軍之前搭上火車。姊姊救了我，她救了我好多次。」他想要多說些什麼，但身體卻突然蜷縮起來，猛力咳嗽。

「你從什麼時候開始咳嗽的？」母親擔心地問。

「空襲之後。」英洙回答後啜飲了一點水。

「那麼久了？」

「對，」他弓著背，抱住雙膝。「但我沒事。」

母親把手放在他額頭上。「嗯，好好吃飯跟休息應該就沒什麼大礙。」她微微一笑，用力拍著英洙的背。她的力道之大，我覺得英洙的頭都要從脖子上彈掉了。

然後母親坐直身子，看著我和英洙。

「那一切都過去了，」她像是在發表政府聲明般說道。「現在趕緊吃飯吧！大家都開動吧！」

停滯的一切頓時恢復運作。食物端來端去，大家又聊起天來。英洙靠在母親身邊，她伸出一隻手攬著他。

「姊姊，」舅舅對母親說。

我的頭瞬間抬起來。聽見別人叫母親「姊姊」的感覺真奇怪。我只把母親當作是我的母親，從沒想過她也是別人的姊姊。我試圖想像長大後，某一天去拜訪英洙和弟媳的樣子，但腦中卻毫無畫面。

舅舅把手放在英洙的頭上說：「失去兒子的母親，就像一隻無殼烏龜。姊姊啊，妳很幸運能跟妳的兒子重逢！」

妳的兒子。

舅舅笑著拍拍我的背，但他的手忽然之間彷彿成了我身上的千斤重擔。

第三十八章……

吃完晚餐後，父親和舅舅去院子把要拿去賣的魷魚烤完，母親則裝了一盆溫水讓我們梳洗。雖然我很想要好好泡個澡，但我明白得等到我們能去公共澡堂的那天才能實現心願了。

母親把肥皂、毛巾和我們之前裝在父親背架裡的衣服遞給我們——我的白上衣和褐色長裙，還有英洙的灰襯衣和褲子。這些衣物披在我們身上，彷彿是從前世蛻下來的皮囊。我輕輕撫摸上衣，把臉湊上去，衣服聞起來就像大雨洗禮過後的柳樹。

英洙和我先洗臉。我們彎腰靠近水盆的同時，還得擋住智秀不讓他玩水。他越來越熟悉我們了，敢跑來碰一下我的手，再趕緊跑開繼續吸自己的大拇指。母親用一條毛巾大力擦著英洙的脖子，髒汙一層層剝落，水都變混濁了。

「把衣服脫下來。」母親說。

「你先吧。」我對英洙說，希望他洗完後我就能有點隱私。

母親替他把髒兮兮的衣服拉起來。

這時候我才看到——我們才看到。

英洙的肋骨凸出，明顯的就像在砂質河床上的水流波紋。他的背上都是搔抓蝨子叮咬的地方所留下的傷痕，有紅腫，還有破了皮的瘡。英洙一呼吸，胸膛便凹陷下去；他的皮膚也蒼白到幾乎毫無血色。他的狀況看起來比在推車那天更糟了。

母親停下手邊的動作；舅媽端著茶回來，拿著托盤的手卻停在空中；父親和舅舅也忽然站在敞開的門邊。大家都不發一語。

我的體內彷彿有什麼忽地凝結，這比我原先以為的還要糟好幾倍。一種無以名狀的憂慮——深深的恐懼——盤據在我心裡。如果他好不了該怎麼辦？我驚慌失措地轉身面向母親和父親說：「英洙需要的不只是休息和食物，他需要馬上看醫生！」

「對，我們明天早上就打給醫生。」父親嚴肅地說。他走進來檢查英洙身上的傷痕，有幾處傷口還化了膿。

母親把英洙的手牢牢握在自己手中，看著我。「妳知道弟弟病得這麼重嗎？」

她的語氣中有一股怒意。我盯著地板，無話可說。

我知道他生病了嗎？當然知道。那凸出的肋骨和紅腫的結痂我見過幾次，但我們穿那麼多層衣服，也不停地趕路。這一路上他雖然咳嗽不止，但我已經慢慢習慣那聲音。再說，我自己也有一樣發癢的結痂、一樣凹陷的肚子、一樣乾癢又咳不停的喉嚨——這些狀況，我們怎麼避免的了呢？我咬著下唇。

英洙縮起下巴，抬頭看我。

「她一個小女孩，就算知道又能怎樣呢？」舅媽堅定地說，替我解圍。她把托盤放在矮桌上。「我明天一早就打給閔醫師，他是城裡最好的醫生。有很多人在等著看診，但我們上同一間教會，我知道他絕對會特別關照我們的。」

舅舅挽著母親和父親的手走向矮桌。「先別太操心，」他說。「孩子這麼瘦是因為吃不夠，他會再長肉的。傷口顯然是蝨子造成的，我們可以把蝨子洗掉。還有咳嗽八成只是重感冒，閔醫師有藥能夠治好的。」

父親盤腿坐下，手不斷搓著大腿。「你說的應該沒錯。」他說，但臉上卻沒有笑容。

「我很確定自己不會錯。」舅舅說。

英洙和我安靜地梳洗完畢。舅媽替大家倒茶。「英洙，把這個喝了。喝杯熱茶會好一點。」

他啜飲了一小口。我想到那次阿姨給他藥草茶的事，說不定這杯茶也能讓他的臉色再度紅潤起來。我呼出一口氣，低頭致謝後，也從舅媽手中接過一杯茶。

熱呼呼的茶流下喉嚨。我坐在地上，把這杯舒緩身心的茶捧在胸前，環視著客廳——木頭地板很溫暖，牆邊擺著摺疊整齊的黃色毯子，米紙拉門也閃著一絲珍珠光澤，這裡安全又舒適。智秀蜷縮在角落睡著了，腦袋瓜裡八成正做著玩耍和吃東西的美夢。

我知道英洙病了，但在這裡，他會好起來的。他會的。我不能忘記我們已經到釜山了。

「啊，素拉，看來熱茶讓妳想睡了。」舅舅溫柔地說。

我想要點頭，但眼皮卻被這漫長一天的疲憊壓得睜不開來。不出幾分鐘，我的意識便矇矓起來……

那時我九歲，剛洗好澡，肚皮裡也裝滿了餃子湯和白飯。穿在身上的新襯衣和褲子很柔軟，都沒有破洞。我舒服地躺在加熱的溫突地板上，把手腳埋進溫暖的白色棉被裡。晚餐時的白米飯蒸氣在窗戶內側凝結。

冷風在外頭的黑暗中呼嘯。

而我們將每一張墊子排在一起，緊緊依偎著彼此。這天晚上，我選到了我最喜歡的位置——在父親和英洙中間。有一盞煤油燈仍亮著，母親才剛用蘋果皮按摩完她手部粗糙的肌膚。在柔和的光線下，她看起來閃閃發光。

我的新課本就放在矮桌旁的地上，父親親手做的大五斗櫃則靠著泥牆，好看極了。我盯著頭上的稻草屋頂，頓時好想伸出手來緊緊擁抱這一切——這間屋子、我們的東西，還有我的家人。

母親吹熄煤油燈。

沒多久我便睡著了。

我迷失在溫暖的床鋪、乾淨的衣裳和全新課本的夢境裡，根本沒注意到英洙昏睡了過去，還倒在桌上。迷迷糊糊之中，舅媽的聲音依稀從遠處傳來：「看看這兩個孩子！帶他們去床鋪吧！」

第三十九章　・・・・・・

一九五一年一月二日

那晚，我又做了那個夢。

我是第一名畢業。

掌聲從四方傳來，我感覺到自己彷彿飄了起來。當然柔美也在這，既羨慕又嫉妒地看著。

但這次，校長給我的不是獎狀，而是一張對摺的破舊紙張。我把它打開。

那是我從英洙的歷史課本上撕下來的世界地圖。

我的眼睛啪地睜開。

柔和的光線從窗戶流瀉進來。我們一家人睡在書房裡。房裡乾淨又明亮，一個高窄的書櫃佇立在角落，旁邊還有張矮書桌。木製五斗櫃上放著疊好的墊子和毯子，一只竹編枕頭掛在旁邊的牆上。早晨的空氣中散發著大醬湯、泡菜和魷魚的香味。一條如絲緞般光滑的黃色毯子蓋在身上——現在的我是這兩個月以來最乾淨的時刻，光滑的布料在肌膚上格外滑溜。

一天前，我們還睡在擁擠的火車裡，一個瀰漫尿騷味和死亡氣息的地方。那一切只是場惡夢嗎？英洙呢？

我的頭立刻朝他的方向轉去。他和母親睡在房間的另一頭，距離剛好讓我不至於被他的咳嗽吵醒。他在夜裡哮喘時是母親拍著他的背嗎？那喝水呢？他半夜時會需要一杯水的。

窸窣的說話聲從米紙拉門飄了進來：他們還活著？是啊，他們昨天晚上來的。噢！真是奇蹟！

我起身揉揉眼睛。母親和父親已經出房間了，他們的墊子摺得整整齊齊，收在角落。我躡手躡腳地往英洙走去，他睡得很沉，於是我拉開門。

「素拉！」

廚房裡站著一對母女，她們像鬼魂一般佇立在那。

「金太太？柔美？」我眨著眼睛問道。

金太太剪短了頭髮，眼角周圍也開始長起皺紋。她跑來擁抱我，她的身上不再有金銀花和肥皂的香氣，只剩下髒兮兮、未清洗的頭皮油臭味。

「謝天謝地妳跟英洙都平安無事！我們都好擔心啊！」她說。我也抱著她，心想著在釜山見到她的感覺真奇怪，我一直以為金家全死了。

柔美站在一旁看著我們。她變高、變瘦了。除了一頭招牌的亮麗秀髮外，她身上其他地方全黯淡無光。我從金太太的懷抱裡掙脫出一隻手，伸向柔美，希望她能從這小小的舉動明白我所見過的一切——辮子下焦黑的屍體、卡在冰上的青紫色手指、別人贈送的手推車和小魚乾——也讓她明白那一切改變了我。那些事情揮之不去，沉甸甸地壓在我的喉頭上，讓我思念起我認識的每一個人，就連她也是。讓我驚訝的是，她的手指也緊緊握住我的手，久久不放。

因此我明白了，她應該也見過相同的事情，說不定還更糟。

「你們來釜山多久了？」我問。

「大概五個月。」柔美盯著自己的雙腳，接著看向天花板，一點也沒有教會野餐那天被女孩們喚作被寵壞的孩子的模樣。一顆淚珠流了下來，她趕緊擦掉。

金太太說：「要不是有妳舅舅跟舅媽，我們也找不到地方住。他們還幫明基找了一份工作。」

「明基？工作？」

「對啊，他幫忙打水送到別人家裡。」舅媽的聲音忽然傳來，我根本沒注意到她坐在角落切蘋果。「他也送了一桶來這裡。城裡有太多難民了，用水需求高，他的生意不錯。」

我無法想像明基去打水的畫面。那他的那些書怎麼辦？他還有在上學嗎？見到我，他會開心嗎？

舅媽倒了一杯熱茶。「素拉，把這端去給英洙，他需要喝點茶。妳爸爸跟舅舅去國際市場了，妳媽媽也出門去買給英洙煮粥的食材。妳來幫我吧。」

「是啊，妳去照顧弟弟吧，」金太太說，一邊穿上大衣。「我們很快就會再來拜訪的。明基忙著工作，可惜今天妳見不到他了。但素拉，我知道他會很開心能再見到妳。你們的出現給了我們很大的希望。」

我微微一笑，把那杯熱茶捧在胸前，溫熱的陶瓷溫暖了我的心頭。

離開前，柔美轉向我。「我很高興妳到釜山了。」

「是嗎？」我睜大眼睛問。

「我們都很高興。」她盯著自己的腳。「說不定我們哪天可以再約。我媽媽在教我編織，我也可以教妳。」

「好啊，」我說。「我很樂意。」

柔美扣上大衣鈕扣，這是我這輩子頭一次捨不得她離開。

我回到房間。英洙躺在墊子上，身旁有一堆大衣，他的呼吸聲聽起來像吵雜的笛聲。我在他身邊跪下。

「起來喝口茶吧。」我把手放在他脖子下，輕輕抬起他的身體。

他睜開眼睛，乾燥龜裂的嘴唇碰著茶杯杯口。

「你猜猜看剛剛是誰來了，」我說。他沒有回答，我便開始說起金太太的新髮型、明基的打水工作，還有柔美一樣剪齊的瀏海。接著也叨叨絮絮地說著跟她約定的感覺可真奇怪，好像我們從以前就是朋友。說不定我們真的一直以來都是朋友，只是我以前沒有意識到而已。

「英洙，我想給你看個東西。」我從那堆衣物裡找出我的外套，將手伸進大衣口袋裡。那張地圖的邊角已經磨平，紙張的摺痕處都快破掉了。我拿著地圖給英洙看。「這裡，」我指著釜山。「我們辦到了，你相信嗎？我們在海邊了……就在這世界的邊緣。」

在沉重的喘氣聲之間，英洙的臉亮了起來，對我露出一個真誠開懷的笑容。

「你知道這代表什麼嗎？」我咬著嘴唇，幾乎不敢相信自己就要講出這句話……就要講出那句他老是大聲直說，而我卻只敢默默期待的事。「我們離夏威夷不遠了，說不定有一天我們還能一起開船橫越大海。」我說著，就要喘不過氣來。

「你還可以在大海裡捕魚呢。你能想像深海裡都住著什麼樣子的魚嗎？」

他望向窗外。樹梢在風中搖曳，唯有樹葉晃動的沙沙聲迴盪在我們之間。

第四十章・・・・・・

「英洙的咳嗽聲聽起來很奇怪，」母親說，她才剛從市場回來。「感謝主，醫生就要來家裡了。」

我看著她為了要幫英洙煮白米粥，將一堆胡蘿蔔、洋蔥和櫛瓜切得細碎。

「喂，素拉呀，來洗米。」

我在盆中倒了幾杯米和水，攪一攪，將米粒洗淨。我想要和英洙待在一起，但他又睡著了，而且我也不能不理會母親。我看看四周的爐灶、鉤子和鍋勺；流理臺上放著杵臼，角落裡擺著木製的米桶。舅媽的廚房看起來跟母親的很像，讓我覺得自己彷彿從沒離過家似的。

舅媽在木頭砧板上切香瓜。

「素拉呀，」母親說。「妳知道這附近有一間臨時學校嗎？走路大概三十分鐘。弟妹，妳說是吧？」

舅媽點點頭，咀嚼著口中的水果。

我洗米洗到一半停了下來。

我沒聽錯吧？她是要讓我去上學嗎？我心跳加速，除了自己的呼吸聲外，幾乎聽不見其他聲響。我緊緊盯著有著珍珠光澤的溼潤米粒，提醒自己別呼吸。一個錯誤的舉動，一切就會像花季尾聲的花朵般凋零。

母親把切好的蔬菜放進大鍋中，完全沒有看我。「英洙已經超過半年沒上學了，就因為這場可惡的戰爭。一旦康復，他就能繼續他的學業，但在那之前，我希望妳能代替他去上學。」

她的要求很奇怪，我不確定自己有沒有聽懂。「代替他上學？」

「是啊，妳懂的，代替他上三年級、幫他把作業帶回家，然後教他白天老師上課的內容。可能要繳一小筆學費，舅舅說他會付。」

母親嗤嗤嗤地切著蒜頭，我的太陽穴跟著刀落下的節奏傳來一陣抽痛。代替他上學，我在腦中重複著母親的話。母親不是為了我而讓我去上學，全是為了英洙。一股寒意鑽進我的胃裡。

不過，這是我最後一個能上學的機會了吧？儘管只是旁聽三年級的課程。在北朝鮮時，偷聽全老師的課、讀著英洙的課本，我不是就很心滿意足了嗎？

我的雙頰漲紅。這就像我繞了一大圈，卻繞回了原點，要過著在河邊洗衣服、被囚禁在母親廚房裡的生活。

「媽媽，」我深吸一口氣後說：「我不想去上學。」我的心一陣刺痛，不敢相信自己說的話。我好想要去上學，但不是以這種方式——母親的要求我無法承受。

「什麼？妳不願意替弟弟去上學？」母親說，一面翻動鍋裡沸騰的蔬菜。她停下手邊的工作看著我。

「素拉不是不想幫英洙，」舅媽說，把切好的香瓜排在盤子上。「對吧，親愛的？她是想要待在妳身邊，在廚房幫妳。真是個負責任的女兒。」

我盯著混濁的洗米水。等母親把白米和水加進大鍋裡後，她就得一直站在那裡，攪拌好幾個小時，這樣才不會把粥煮焦。她有為我煮過粥嗎？大概只有在我九歲時，當我因為發著高燒，全身衣物都被汗水浸溼的時候，為我煮過不用多久就能煮好的蘿蔔湯吧。但這樣充滿母愛、勞心費神的粥卻是未曾有過。

「那樣是最好不過了，」母親說。她從我手中接過白米，倒入鍋中，接著把注意力轉到砧板上那條大口喘氣的魚。「再過幾年我們就要開始找媒人了，但在那之前妳還有好多事情要學。」

「大姑，妳可是最棒的老師啊，」舅媽說。「如果她每天都跟妳學一點，就能替未來做好充足準備了。」

我感到天旋地轉，無所適從，母親則接續著她之前沒做完的任務。我們彷彿回到了以前的生活，回歸傳統，回到了上一輩子。我怎麼能每天這樣待在她身邊呢？煮飯、打掃、弄這個弄那個。我的胸口有如被什麼重物死死地壓著，皮膚又熱又緊，像是這個身體再也裝不下我自己似的。

刺耳的斷裂聲傳來。

接著刀鋒撞上木頭。

我嚇得跳了起來。

母親切下魚頭後，砧板上的魚身仍拍打扭動著。我看著那條無頭的魚，摀住嘴巴，跑出門去。

第四十一章‧‧‧‧‧‧

那天傍晚，閔醫師來家裡了。他身穿黑色大衣，頭戴軟呢帽，右手提著一只皮箱快步走過前院。

我站在客廳看著，手指不停點著大腿。醫生絕對會把弟弟醫好的。但等到英洙康復後，他會落後至少一年的學業，或許我不去幫他上課真的很自私。在經歷了那一切之後，還有什麼事情是我不會為他做的嗎？我揉揉額頭。

父親向醫生打招呼，鞠躬感謝他的來訪。他們經過時，我禮貌地低頭致意，閔醫師也點頭微笑回禮，他僵硬的笑容讓他嘴唇上方稀疏的鬍鬚成了一條直線。

父親和母親帶醫生走進英洙睡覺的房間，舅舅和舅媽也跟了過去，但當我要溜進去時，父親卻舉起一隻手。「妳最好在這裡等著，替我們看好智秀。」接著他便把門拉上。

智秀站在我旁邊，抬起頭好奇地望著我。

「噓，」我警告他。「醫生是來看英洙的。」意外的是，智秀動也不動地乖乖坐好。

我豎起耳仔細聆聽。隔著薄薄的紙門，我聽得一清二楚：肺炎……肺……積水，還有醫療器具的鏗鏘碰撞聲、母親抬高的音調、父親嚴肅的問題，而閔醫師終於回覆：「很遺憾，他病得太重了。他沒剩多少時間了。」

很遺憾，他病得太重了。

他沒剩多少時間了。

我癱軟在地，震驚不已，醫生的話在我耳裡嗡嗡作響。他在說什麼啊？英洙沒剩多少時間了？這怎麼可能？他才九歲，他還有一輩子的時間啊。

接著我聽到一聲長號，那聲音像人，又像隻野獸，是母親發出來的。

門拉開了。閔醫師遞給父親幾罐藥。

「我會替他上學！他不會落後的！我保證！」我脫口而出。

父親表現得像是沒聽見我說話，轉身不讓我看見他的臉。我想都沒想就跳到他面前。我需要看見他那彎成新月般笑盈盈的雙眼，需要知道一切會沒事的，但父親的臉卻扭曲得像一張醜陋可怖的面具。

我無法呼吸。

舅舅送醫生出門，穿過院子走到街上。我看著他們，有種被困在夢境裡的感覺。到了釜山，英洙應該要變好才對，但現在他卻快死了。快死了。從英洙的房裡，哀戚的哭號聲如洪水般猛烈襲來。我緊掩著耳朵，身上每一寸肌肉都繃緊了。

我胸口的心跳聲越來越大，力道也越來越強，除了衝出大門外我什麼都做不了。

❄ ❄ ❄

拖著磨出水泡的雙腳，我跑進繁忙的國際市場，周遭有各種聲音席捲而來——你來我往的討價還價聲、商人們對決般的叫囂聲。我走過一個擺滿瓷碗的攤販，竟有股想要把它們往地上砸碎的衝動。我的臉頰發燙，手用力拉緊衣服領口。

這都是戰爭的錯，都是因為紅軍。紅色是謀殺的顏色。如果我們不必橫越整個國家，如果北朝鮮能繼續住下去，英洙也不會生病。我要去哪裡才能加入南朝鮮軍隊？我現在就要去。給我一把槍，我會殺進戰場。

接著我腦中出現了一個可怕的想法——這全是我的錯。

如果當時我跟母親站在同一邊，那麼我們就會待在家裡，英洙就永遠不會染上肺炎。或者，如果我們直接往南走，而不是繞回北方，我們就能早一點找到父親和母親。或者，如果我這一路上能把他照顧得更好，讓他多吃點、多穿點，如果我再背著他多走一點，他就不會病得那麼重了。

我盯著路旁亮晶晶的鐵鍋。我面無血色，如同夜空的月亮般晦暗而慘白。「上好的鍋子！上好的鐵鍋！」賣鍋子的小販吆喝著。他像在敲鐘一樣，用木湯匙敲打著鍋具。

但這些聲音我幾乎聽不進去。地平線上的太陽垂得更低了，拉長的影子陪伴在我身側，醫生的話仍迴盪在我腦海裡——他沒剩多少時間了。我得回去舅舅家，回到英洙身邊。

我開始在市場裡橫衝直撞，撞上了路人，還撞倒一個木箱。堆成一座小山的橘子因此倒塌，上了釉的碗也碎了一地。

「喂！瘋婆子！」有人在我身後大喊。「全都被妳搞砸了！」

第四十二章······

我抵達正門時，整間屋子靜悄悄的。我拉起金屬門閂，穿過院子。說不定那都不是真的，只是誤會一場。說不定英洙沒事。

我脫下鞋子，走進客廳。沒有人在，於是我拉開臥房的門。母親坐在英洙身邊，用力拍打著他的背，催促他「咳出來」，但英洙只是哀號著抗議。我畏縮了一下。

「爸爸呢？」我問。

「妳父親跟舅舅出去買藥草了。」母親說。她不願看我，只是繼續拍打著英洙的背。

「媽媽，我不覺得那樣有用。」我說。

英洙抬頭看我，滿臉感激之情。

「不必告訴我該怎麼做，」母親說。「他是我兒子。我做的還不夠。」

「但妳已經為他做了所有事情了。」

「我還沒！」母親猛地站起，抓住我的肩膀。「素拉啊，妳仔細聽著。妳跟英洙來的路上，妳確定他穿得夠暖嗎？他吃了多少食物？咳嗽是什麼時候惡化的？」我僵住了。我確定他穿得夠暖嗎？我給了他多少食物？我大可做更好的，我早該做更多的。

「夠了！大姑，求求妳，」舅媽走進房間說。「聽聽妳女兒說的話，一直拍英洙的背沒有幫助，妳只是讓他更難受而已。」

母親的手垂在身體兩側，看起來很迷惘。「那我能做什麼？」

「跟我來，我幫妳倒杯茶。素拉可以陪英洙坐一會兒。」

「不行，」母親說。「我不要離開他身邊。」

「大姑，」舅媽說，她的語氣緩和下來。「素拉想要陪陪英洙，給孩子們一點時間相處吧。」

母親整張臉垮了下來。舅媽攬著母親的手走出房間，彷彿她是個孩子似的，接著關上拉門。

一瓶瓶的奇怪藥水，和裝著深色液體，裡頭還有細長樹根漂浮著的罐子全都排在地上。在房間角落，我的地圖摺得整整齊齊，被我拿來墊在托盤的一角。我拿地圖給英洙看，還指著美國海岸，一邊做著偉大的計畫，不過就是今早的事而已。我還真蠢，以為經歷這一切之後，英洙就能好起來，我們也就能幸福快樂。難道這個要求很過分嗎？

我伸手去拿地圖，將地圖打開，接著揉成球，狠狠丟到地上。地圖皺成了一團，靜靜躺在地上；我則癱倒在英洙身邊，抱著雙膝。

他躺在墊子上，盯著那團皺掉的紙。「姊姊，妳會去這裡的學校上學嗎？」他在喘息間勉強說了一句話。

「我不知道。現在那一點也不重要。」

「妳應該去的，妳是這世界上最聰明的人。」

我擠出一個微笑。

他知道嗎？醫生說的話他聽見了嗎？那為什麼他不害怕？我看著他，心想他的耳朵也變得太大了。但實際上，是因為他的臉變得太消瘦了。

太陽就快下山了，忽然之間，我很想跟他玩場遊戲，想跟他聊聊捕魚和他最喜歡的食物，想和他一起玩泥巴、做泥丸子。想讓他知道我有多愛他。我翻遍整個房間，想找任何一個東西——什麼都行——接著我在五斗櫃上方找到一個扁扁的盒子，那是我們在老家時會玩的遊戲。

「英洙，想玩柶戲嗎？」

他點點頭。

我把玩具放在地上，打開盒子。那些配件就和我們小時候玩的一模一樣。

❄ ❄ ❄

「姊姊！把遊戲放在這裡！」英洙說著，胖嘟嘟的手拍著草地上的野餐墊。

「好啦，但我先。」我打開盒子，擺好棋盤，接著拋出那些木棍。我丟得太高，棍子像天女散花般往四處散落，甚至還掉到樹叢裡。五歲的英洙笑得東倒西歪，身軀在草地上打滾。

現在的英洙靜靜躺著，動也不動，只有眼神在棋盤間移動。

我拿起短木棍，丟到空中，木棍喀噠幾聲掉在木頭地板上，我接著將扁平的圓形棋子移動兩格。如果我們一直醒著的話，也許這一天就能一直持續下去。

「英洙，換你了。」

木棍落地，交疊在一塊。

「你丟到幸運五！」

「哇……」英洙的嘴裡發出微弱氣息，臉龐也略微發亮，眼睛閃爍著小小的光芒。他怎麼會因為如此微不足道的事情而笑了呢？而且還是在現在這種情況下？

「幸運五！我丟到幸運五！」當時英洙跳上跳下地叫道。「姊姊，妳知道全世界——不，全宇宙——我最愛的遊戲就是柶戲嗎？」

英洙深深地吸幾口氣。我向空中擲出木棍，接著傳來喀噠一聲。走兩步。

「英洙，你還是領先我喔。」

逐漸西沉的太陽在房間灑下溫暖的光芒，把一切都染成了金黃。英洙沐浴在一片金光閃閃之下，看著我微笑。我得記住他睫毛翹起的模樣，還有他頭頂中央髮旋的方向。

「我不要玩了啦，我知道你會贏我。」那時我說著，雙手交叉抱胸。

「沒關係啦，姊姊，我也有可能會輸啊。」

他丟出木棍，這一次木棍幾乎沒有離開地面。棍子正面朝下。

「又是幸運五耶！」我說，但我的聲音聽起來空洞又遙遠，絕望之情正緩緩侵蝕著我吐出的每一個字句。「你就快贏了，英洙。你還是領先喔。」

第四十三章・・・・・

一九五一年一月三日

隔天是個晴朗的週日早晨。我醒了過來，發現自己躺在墊子上。被子上有個線頭鬆了，我把那一截線纏繞在手指上，直到指頭都發紫了才鬆開。此時的太陽早已高掛天際，將書房照得明亮刺眼。房裡只有我一個人，我想不起來自己是怎麼到這裡的，我只記得昨晚熬夜陪在英洙身邊。

一想到這裡，我急忙爬出被子，跑進客廳。

大家都在那裡。

母親坐在地上，把英洙抱在懷裡，身子前後搖擺著。她把英洙的頭髮撥到一側，撫平他皺巴巴的上衣，接著把英洙的手放到自己的手心上細細凝視，彷彿頭一次發現他的手竟然還這麼小。

父親站在母親身邊，用手帕按著眼角，一張臉又紅又腫。舅舅站在一旁，吸著鼻子、清了清喉嚨；舅媽則坐在地上，大腿上抱著智秀。

一股刺麻的感覺爬上背脊。「怎麼了？」我站在門口大喊。

母親嚇了一跳，鬆開英洙的手。大家驚訝地抬起頭，彷彿忘記我也在屋裡似的。我馬上就知道了。從他的手垂落的樣子，我便明白了。

他走了。

我的胃一緊。客廳裡的空氣彷彿被抽乾。舅舅和舅媽說了些話，但在我耳裡聽起來卻只是模糊不清的聲響。他們朝我走來，用手臂環抱住我的肩膀，我將他們的手甩開。別碰我，有人朝客廳裡說了這句話。是我說的嗎？我的嘴張得大大的。周遭傳來陣陣請求聲。素拉，拜託妳冷靜下來。

想哭的感覺哽住我的喉頭。這件事不應該發生的。還不可以，絕對不可以。我還有好多話要說。他知道我一點也不介意照顧他嗎？他明白我不能去上學不是他的錯嗎？他知道除了他以外，我不希望陪在我身邊的是其他人嗎？我努力回想自己是否曾經告訴過他這些事情。

「也讓我死了吧！」母親痛哭著。她用力搥著心口，不願住手。

舅媽嚇了一跳，智秀從她的腿上跌下來。舅媽還抱著母親的肩，試圖安撫她、抱住她，也制止她做傻事。智秀呆住，躺在地上看著我，怕得不敢移動身體。站起來，我很想這樣對小弟大吼。你是個小孩子，做點可愛的事情，逗大家笑啊。但他只是靜靜躺著，而我的心則越沉越快。

父親走了過來，把我的臉埋進他胸口。他的衣服聞起來有藥味，那是絕望和瀕死的氣味。就這麼一次，我把頭撇開，不想要聞到父親身上的味道。「素拉呀，會沒事的。」他輕聲道，但說話的聲音卻破碎又哽咽。

我知道不可能會沒事的。我失去了弟弟，我最好的朋友。

從眼角餘光，我能看到英洙躺在墊子上。說不定母親和父親搞錯了。他們不是醫生。他們有檢查他的呼吸嗎？

但當我靠過去看他的臉——如此鬆垮、如此空洞——我便明白他的一點一滴都已消逝無蹤。我的腦袋彷彿與身體分離，像顆氣球般向上飄起，從上方俯瞰這小小的房間。這看起來只是一棟娃娃屋裡的房間，而我們也只不過是一具具小玩偶。

我們再也不能交談了，也永遠見不到彼此長大的模樣。不會再有人捕魚，也不會有人豪邁地喊著海裡的任何一種魚都能抓來給我。

我渾身顫抖地吸了一口氣。

雖然我早知道這一刻就要來臨，卻怎麼樣都無法做足準備，去迎接這股全然的失落與寂寞。

第四十四章 ••••••

一九五一年一月

日子在恍惚中逝去。

大家在屋裡忙進忙出、籌備葬禮，而我什麼忙也沒幫。從早到晚，我就只是坐在客廳角落那個五彩繽紛的櫥櫃旁邊，浮腫的雙眼睜得大大的。父親只派給我一項任務：不要往擺著英洙遺體的書房看。

「外面天都黑了，妳怎麼不休息一下呢？」我無意中聽見父親對著廚房裡的母親說。

母親正狂亂地切著菜，我看不清她的手，只見蒜末不斷掉到地板上。「葬禮後大家都會來家裡，我得準備打糕和辣牛肉湯。」母親說，並未抬頭看向父親。湯鍋和炒菜鍋占滿廚房裡的每個爐子；從一塊生肉滲出的血也從砧板邊緣滴了下來。我覺得自己就像砧板上的那塊肉，所有力氣都從體內流失。

「為什麼弟妹不來幫忙？話說，她跑去哪了？我去找她。」父親說著往門口走去。

「不用了，她一直都在幫忙。」

「那就讓她把剩下的做完。」

「不行，我得替他做飯，不行由別人來做。我要自己來。」

父親抓住母親的雙臂、盯著她的雙眼，打量著她的表情。「求求妳別再操心食物的事了。別這樣。」

這時，母親晃動肩膀掙脫了父親的手，動作像匹朝空中狂蹬的野馬一樣猛烈。父親踉蹌退後了幾步。

「我要做。」她說，聲音低沉而堅定。

父親看著母親，點了點頭。他久未刮鬍的臉龐垮了下來，顯得憔悴。「好，我不管妳了。我也要去為葬禮做準備了。」他要走出去時，餘光瞥見坐在角落的我，但他只是垂下目光、走出正門。

母親放下菜刀。我聽見廚房傳來啜泣聲。

我蜷縮成一團，手貼住耳朵，緊閉著雙眼。我不想要想像母親靜靜站著，用手背摀著嘴巴，肩膀不住顫抖的模樣。我緊咬牙根。

❄ ❄ ❄

隔天早上我醒來時，身體仍維持同一個姿勢，身上也多了一條被子。其他人都已經起床了，彷彿他們不再需要睡覺似的。

我已經連續好幾天都沒有開口說話了。我張嘴想伸展臉部肌肉，結果嘴唇卻裂了開來、滲著血。我起身去倒水時，看見母親還在煮飯。她的眼眶紅腫，眼睛也布滿血絲。我假裝沒注意到她，急忙走回自己的角落。在那個角落我很安全，可以一直睡覺，沒人會注意到我。就算我的腳像破布娃娃那樣隨意張開，他們也會逕自從我面前經過。

那天稍晚，我吃了四口白飯。舅媽堅持看我嚼完每一顆米粒，才肯離開廚房。「太瘦了，」她這麼說。「多吃點，妳瘦到要被風吹走了。」但米飯像團卡在喉嚨的棉花，我根本無法嚥下。我一心只想回到那個角落，所以我讓下巴像活塞一樣上下移動，好取得重返孤獨的許可。

經過舅媽的同意後，我回到老位置，但房間裡似乎有什麼東西不一樣了。我像狗一樣機警地豎起耳朵，我感覺得到。我的後頸一僵，耳畔嗡嗡作響，手心也變得溼滑。

英洙房間的拉門被打開了。

我立刻把臉別開，彷彿裡頭有什麼東西突然撲上來咬我似的。我不想看到那間房，因為裡頭就只有他的遺體孤零零地躺在那裡，像是英洙的仿冒品。我盯著木頭地板上的樹瘤紋路，還把手指放到樹瘤上。但當拖鞋窸窸窣窣的聲音傳來，往那間房而去，我便讓目光循著聲音。

母親坐在地上，替英洙裹上像繭一樣的白色麻布。她慢條斯理地包了又拆，拆了又包，直到包得緊密、完美。我目不轉睛地盯著裹住弟弟身體的白布，暗自祈盼他能像蝴蝶一樣破蛹現身。有股甜得發膩的香味從他的方向傳來，就連站在客廳走廊的我，鼻子也被刺激得想憋住呼吸。

母親在麻布上打上最後一個結。那塊布從頭到腳包住了英洙全身，像是多了一層皮膚阻隔我們一樣，我感覺他離我更遙遠了。母親一定也感覺到了，因為她緊緊抓著英洙僅存的遺物——他的大衣——拿起來貼著自己的臉頰。幾秒鐘後，她將外套平放在地上，撫平一隻袖子，接著是另一隻，然後把大衣正面拉直。我知道她想要把外套摺成完美的正方形永遠留存。她的手掠過外套口袋，接著停了半晌。

我的身體往門靠近。

母親的手伸進口袋，抽出一堆雜亂的物品：一顆陀螺、一把鵝卵石、漁網的線，和幾根小樹枝。我們兩個都直盯著這些意想不到的寶物。父親叫我們只打包必需品的時候，他選的就是這些東西嗎？這一路上，在我們跋涉了一整天之後，膝蓋不停顫抖的時候，他的口袋裡都還裝著這一把石頭嗎？

我的手掌緊緊摀住嘴巴，不知道該哭還該笑。英洙好像又再次在我眼前現身了，正用他髒兮兮的小手觸摸著這些東西。

我眨了眨眼，眼前的模糊景象頓時散去。他口袋裡的小物一路跟著我們來到這裡，現在彷彿抬頭看著我，對我說：我餵他餵得夠飽了，我讓他穿得夠暖了，我背他走得夠遠了；還有，那個時候的他很快樂。我笑了，鼻子發出小豬般的噴氣聲，絲毫不在乎鼻涕都流出來了，因為這是我壓抑自己這麼多天以來，發出的第一個聲音。

母親雙手捧起那些東西，臉靠了過去，深深地吸一口氣。我也想要走進房內做相同的事情；但我沒有，一部分的我仍舊膽怯。不過，碰不碰那些東西並不重要。重要的是，我們得妥善保存英洙的寶貝，找個特別的盒子好好收藏起來。在這件事情上，我知道母親會同意我的想法。我們只需要找個盒子。母親彷彿讀到了我的心思，站起身四處翻找。但她找不到適合的容器，於是她把英洙的物品放回口袋，然後摺起大衣。

「媽媽，我們可以去國際市場買個漂亮的盒子。」我站在拉門這一側說。

但她只是繼續摺著大衣。

第四十五章・・・・・・

一九五一年一月六日

葬禮就在隔天。

父親和舅舅用木轎抬著棺材。他們在大門停了下來，放低棺木三次——代表這是英洙最後一次從這間屋子離開——之後便向龍頭山前進。他們一路上都盯著地面，像兩名苦行的僧侶，但我還是能看見父親緊抿成一條線的嘴唇在顫抖。

我抬頭看著清澈的藍天。此時的天氣就像是嚴冬裡的春天——就像那個在臨津江的午後，在江染上血之前。

這一切好不真實。我感覺像是失了重，拖著身子走在父親和舅舅身後，手臂貼著身體兩側。那天早上，我想從父親的眼裡尋求安慰，但他雙眼直直望穿我，彷彿我也死了。

我們終於走到城外，抵達走上山坡的路。晨曦從松林間灑落，點點陽光照在眾人身上。母親瞇起眼睛，臉上出現好多道小細紋，像是肌膚剛用扁梳梳過似的。我注意到她的手無力地垂著，像在等著人——英洙吧，或是智秀——來握住，我不敢伸手牽她。

智秀靠在舅媽的背上，雙手攬著她的脖子。他面無表情地看著我，接著轉過頭瞪著頭頂的常青樹。我納悶著他是否明白發生了什麼事，接著記起他才剛滿三歲。這是我第一次意識到我們彼此之間有十年的差距，少了英洙介在我們之間，我覺得更孤單了。

當我們爬上山腰，松林也逐漸變得茂密，陽光幾乎照不到我們。母親在零星幾道陽光下忽隱忽現，消失在陰影中的時間也越來越長。空氣變得異常寒冷。

「英洙呀！我們的英洙啊！」母親朝著天大聲哭喊。舅媽伸手抱著她。

我看著她們，感到一陣暈眩。

我想再聽見他的聲音，想要再見到他在河裡抓魚的樣子。我回想著他的臉龐——他在生病之前、在戰爭之前的臉龐——回想著一切的起頭。

「素拉呀，過來吧。妳現在是大姊囉，來認識一下妳的弟弟。」父親說。

我在崔氏夫婦家待了好幾天，就等著你來。我胖呼呼的腿奮力跑著，用最快的速度衝進我們鋪著稻草屋頂的家。

在父親的懷裡，在白色毛巾層層包裹中，是張我見過最小巧的臉龐。直到你睜開眼睛，我才發覺自己屏住了呼吸。一見到那對美麗、烏溜溜的汪汪大眼，我驚嘆出聲。你看著我，彷彿早已認識我。

「他好可愛！」我大聲說，笨拙雙手往你那對如寶石般的雙眼伸去。

「啊，小心點，素拉呀，」父親說著，把你高高舉起來。「不能摸小寶寶喔，他還太小。」

「我不會摸，我保證。再讓我看一次嘛。」我說。

父親把你放下來，我又看了你一次。你是這世界上最漂亮的小寶寶。櫻桃小嘴、凌亂的頭髮、豆子般小巧的鼻尖。我忍不住用嘴唇輕輕吻上你軟軟的頭。

我立刻就愛上你了。

這段回憶沉沉地壓在我破碎的心上。

夾道的茶花樹青翠蓊鬱，枝頭上的新芽飽滿豐碩，像是已經準備好要綻放，那景象讓我不忍直視——花朵們像是急著要迎接春天，那個英洙再也見不到的季節，他再也不能欣賞它們美麗的顏色了。

家鄉的柳樹八成仍埋在一層白雪之下。我忽然有股強烈渴望，想見見我們的老家，想看看那條波光粼粼的河流，還有山丘上的校舍。

走了很長一段路後，我們來到一塊空地。樹木在空地周圍圍成一圈，就像父母呵護孩子般提供遮蔭。我見到金太太和柔美穿著一身白衣，那是服喪的顏色。其他人是舅舅和舅媽的朋友，都是陌生人。我納悶著他們為什麼會來，他們根本不認識英洙。他幾歲？怎麼過世的？他是他們家唯一的兒子嗎？一見到我們靠近，他們便馬上停下閒聊和啜泣。接著人群就像舞臺上的布幕般朝兩側分散，露出地上那個深深的黑洞，彷彿這是他們的最後一場演出。

我心裡退縮了一下，但雙腳仍不斷前進。那個洞比我下沉的心還要深，比我閉上眼時的黑暗還暗，但是父親和舅舅還是把英洙的遺體放了進去。隨著棺材一寸一寸地從眼前消失不見，我呼吸也漸漸加速。我無法讓他離開我的視線，一秒也不行。

我跑去墳邊。往下看時，棺木又回到視線內。

牧師直挺挺地站在墳墓前，用只有專業喪葬人員才會有的平穩嗓音說著話。我感謝上帝是這位冷靜理性的人來引導我們度過這場葬禮。牧師領著人群唱詩歌，而舅舅為了要填補父親和母親虛弱的聲調，唱得格外賣力。但唱到副歌「萬有光明極美麗」時，就連他的聲音也微微顫抖；接下來的講道內容我記不得了。母親想要開口禱告，但才講了幾個字，她的聲音就支離破碎，金太太趕緊到她身邊去。我的喉嚨緊縮，彷彿結成一塊水泥。

父親走向前，鞠躬後便向棺材拋下第一把土。接著男人們開始將英洙埋葬。我緊盯著松木棺材，直到每一寸木頭都消失在泥土之下。我不敢相信我年幼的弟弟從此就要躺在地底了。

眾人漸漸散去。

金太太用手帕擦拭眼角。「素拉呀，親愛的，妳還好嗎？」

從沒有人問過我這個問題，我不知道該怎麼回答。我愣了一下，直到明基走向前跟母親和父親致意，我才回過神來。他長高了好幾英寸，變得更瘦，更強壯了；在那副金屬框眼鏡下的臉孔也變得堅毅。若不是那個熟悉的眼神盯著我良久，我不會認出他來。他眼裡滿溢著關切，讓我不得不遮住自己哭到扭曲的臉。

第四十六章……

眾人成對走下山，只有我獨自一人走著。狂風直直朝我吹來，沒有人陪在我身邊，我就像一棵快被折斷的樹。

我們一回到舅舅家，舅媽便急忙走進廚房。母親和金太太要跟過去幫忙時，舅媽把她們都趕了出來，母親沒有抗議。舅舅拍拍父親的背，兩人在矮桌旁坐了下來，其他人也跟著圍著桌子坐下。我們在這折磨人的靜默中坐著，沒人敢第一個開口說話。

終於，父親開口對金太太說她的短髮很好看，接著突然哭了起來。

我聽著父親像匹孤狼般的哭號，心想著要是我繼續待在客廳的話，我就會碎成千萬碎片，所以我起身走出正門。

院子裡，明基和柔美坐在木頭臺階上，身旁是一排客人的鞋子。柔美把智秀抱在腿上，像是在抱隻小狗般地摟著他。

「我很遺憾。」她看著我說。

我坐在她身邊，猜想智秀是不是以為柔美是他姊姊。我朝他伸出手，但他不肯讓我抱。也許他給任何一個人抱都可以——說不定金先生也可以——就是不給我抱。

等等，金先生呢？

「柔美……妳爸爸在哪裡？」我問，忽然發現在我們抵達釜山後，我都還沒見過他，我也不記得他有沒有來參加葬禮。

「他被帶走了，」明基看著地板說，雙手夾在膝蓋間。「我們逃跑的前一晚，他就和我們說過自己有可能會被帶走。他叫我們無論如何都要離開，所以我們就走了。這就是我在工作，而不是去上學的原因。我現在是一家之主了。」他吞了一口口水，他那瘦巴巴、有著大腳丫、根本還稱不上男人的身體頹然向後一倒。

「我們會再見到他的，」柔美坐直身子說。「就算把他送去勞改營，我也相信他已經逃出來了。我父親是世界上最聰明的人。他會來這裡的，就跟你們一樣。」語畢，她咬了咬指甲。

我想像著他們的父親被步槍抵著背的畫面，就像那名「不是我表舅的男人」一樣，一股暈眩噁心感朝我襲來。金先生發生了什麼事？他現在在哪裡？他還活著嗎？

「我也很遺憾，」我說。但對我來說，失蹤總比死亡好，我甚至羨慕起柔美還有點什麼可以期待。我知道英洙永遠不會回家了。

一群小麻雀在院子周遭輕快地跳躍，我想著如此脆弱渺小的牠們都還活著，我弟弟卻躺在冰冷泥土裡。麻雀在地上跳來跳去，互相追逐，我的視線緊跟著牠們，專注地看著這場追逐遊戲。

「英洙是個好孩子，」明基說。

柔美用手背抹著自己的眼睛，智秀則拉著她那頭秀麗直髮。

麻雀的蹦跳來去牽動著我的情緒，此刻這幾隻小鳥也成為這離別之日的一部分了。然而，牠們接著卻毫無預警地振翅飛起，飛到好高好遠的地方，我的視線無法再跟上牠們的身影。這下牠們也走了。傍晚的貓頭鷹開始嗚嗚啼叫，真不知道午後的時光怎麼就這麼過了？

參加葬禮的賓客三三兩兩地回來，準備進門吃晚餐。我、明基和柔美也急忙起身，帶領他們進屋。舅媽準備了滿桌的烤魚、醃漬小菜、辣牛肉湯和年糕。大家擠在小小的空間裡，低聲互道節哀，談論著祭壇上那張英洙的照片有多好看。我們離開家時沒有帶上照片，幸好舅舅在他家裡找到一張英洙還是小寶寶時的照片。老家有張更好的——是他在河邊抓魚時拍下的。不知道我們能不能再見到那張照片？

有人替父親倒了一杯燒酒，他一飲而盡後，又要了一杯。客廳持續湧進前來弔唁的人，沒過多久，我就找不到能站的地方了。

「來吧，那裡還有空間，」明基指著祭壇後方。我和柔美穿過人群跟過去。先前隔著這麼多人，我其實還沒看過祭壇，但現在湊近一看，我才發現英洙的祭壇簡直閃閃發光。晶亮的銀色相框裡裝著那張舅舅找到的照片，是嬰兒時期的英洙。旁邊放著一個亮面黑漆的木盒，上頭嵌著珍珠母貝雕成的、正在飛翔的鷺。盒子裡有一層黑色絨布，布上擺著英洙的寶物。

「我記得那顆陀螺，」柔美看著開著的盒子說。「他好喜歡那個玩具。每次去你們家，他都會拿出來給我們看。」

我微微一笑。我根本不知道他在外套口袋裡裝了這麼多東西。這麼多石頭、樹枝還有魚線，而在這些東西下方，還有一張對摺的紙。「那是什麼？」我問。

明基和柔美靠了過來。

我把那張紙抽出來時，手還不停顫抖。

但我在海洋、陸塊與河流的圖在我們眼前展開之前，就已經知道那是什麼了。

「是我的地圖，」我說，盯著平坦的紙張看。我明明把它揉成一團丟掉了。「它怎麼會在這裡？」

「素拉，妳不該碰那些東西的。那些東西是祭壇的一部分。」舅媽說著，一把將地圖拿走。

「但這張紙怎麼會在盒子裡？英洙沒有把它放在口袋裡啊，」我說。

「妳在說什麼？這是英洙的啊。他過世前一晚還拿著地圖，把它放在胸前撫平上面的摺痕。大概是有人不小心摺到的吧。可憐的小東西。他已經很累了，但就是得弄到完美才肯停手。」

我的臉瞬間失去血色。英洙浪費自己的力氣，想要把我毀掉的東西弄好。他大可省下這番力氣，來多玩一場柶戲或多看一眼星空的啊，做什麼事都比弄這張破地圖好。

舅媽把地圖放回盒子裡，接著便繼續招呼賓客。

「那張地圖是妳的吧？以前我們還會一起去上學時，妳老是看著那一頁。」柔美睜大眼睛說。

「是我把地圖揉爛丟掉的，」我低聲說。「我丟在他房間裡。」

「然後英洙找出地圖，還把它撫平了？」

大偵探，恭喜妳答對了！我很想這麼說。有那麼一刻，我怒視著柔美。我真希望她管好自己的事情就好。我應該把地圖丟進火裡的，這樣英洙就找不到了，他也就不會把人生的最後一晚浪費在那張毫無價值、愚蠢至極的地圖上。

此時，柔美把手放到我的肩上。我盯著她看，一臉驚訝。

「素拉，他這麼做是為了妳，」她說。「這樣妳才會繼續放眼世界。他不希望妳放棄夢想。」

第四十七章・・・・・・

一九五一年二月

之後的幾週，母親成日躺在墊子上，盯著窗外。

舅媽在魚攤工作了一整天，回到家後仍忙著張羅全家人的晚餐。沒人叫母親幫忙家務，母親也頭一次完全沒主動說要幫忙。我不知道該跟她說什麼，而且，我也相信她把這一切都怪在我頭上，所以我乾脆什麼都不說。

父親在碼頭找到一份新工作了，即使他幾乎快沒力氣離開床鋪。我知道他整晚都在抽菸、喝燒酒，一面望著星空。雖然他回家後總是捶著痠痛的背，但他對那份將沉重軍械從運輸帶搬上卡車的工作，卻從來沒有抱怨過。根據工頭所說，有很多人願意接手他這份差事。

白天我幫忙照顧智秀，也照顧老是在頭痛的母親。做家事讓我得以度過漫長的一天。我會幫舅媽煮早餐的湯和白飯、洗碗，並去附近的水井挑水。接著我會去幫智秀洗澡，也替母親更換她額頭上敷著的溼毛巾。中午，我會煮個簡單的午餐、打掃家裡，沒多久後便開始準備煮晚餐的白飯。雖然有時候會被舅媽罵，說我把白米飯煮得太稠，但做家事讓我不致跌落如今已吞噬母親的深淵。

我再也沒提過英洙，我知道母親和父親聽到他的名字便會崩潰，但我好希望我能跟別人說說英洙的事。說他有一次逗我笑時，我笑到鼻水都從鼻子噴出來；說他是怎麼蓋出一座跟我一樣高的石頭塔；說有一次他的數學考得比同學都還高分，並不是拿錯了考卷，是他努力有成；還有一次，若不是有幾個小孩嘩喇喇走進水裡，他大可抓到一條兩英尺長的大鱒魚。我好想說，他真的很擅長捕魚，因為耐心和毅力才是最重要的，不是嗎？還有他其實比我們以為的都還要聰明，有時候他的言論還會嚇我們一跳，像是他曾說「動物不會怨恨，只會恐懼」。

但我過著沉默無語的日子。到了晚上，我的嘴唇還會被乾掉的唾液緊緊黏住。

❄ ❄ ❄

某天晚餐，我想說的話與他們永遠不能聽到的話終於相撞。

「素拉！幫我擺碗筷好嗎？」舅媽在廚房裡對我喊道。鍋碗瓢盆噹噹作響，她的拖鞋擦過地面發出刷刷聲。

「好的，舅媽，」我從櫃子裡拿出筷子，擺在客廳的矮桌上。

「去叫妳爸爸和舅舅，可以吃晚餐了。」

我走到院子。晚風涼爽宜人。舅舅在爐上烤著魷魚，父親則把烤好的魷魚壓平。那股香氣我已經習以為常，很難再引起我的注意了。

他們在談論這場戰爭，還有三十八度線附近正進行中的戰事。那些走在市場裡的美軍就跟我們一樣毫無防備，我都快忘了我們還在打仗。再說，在英洙走了之後，那也都不重要了。我清了清喉嚨。「爸爸，舅舅，請進來吃飯吧。」

「好的，素拉呀，我們馬上進去，」父親拍掉手上和衣服上的乾魷魚碎屑。

我回到客廳，看見母親已坐在矮桌邊。她看著她對面的筷子，眼裡噙著淚。

舅媽端著幾碗湯麵走進來，看向母親。「唉呀……素拉，妳怎麼這麼粗心呢？」她問。

母親啜泣起來。

她在說什麼？我順著舅媽的眼神，數了數桌上的筷子——七雙。我擺了七雙筷子。心跳聲在我耳裡怦怦作響。

「湯麵是英洙的最愛，」我不假思索地說。

母親哭得更傷心了。

「那是他最後一個生日時想吃的東西。」我繼續接著說。

舅媽對我眨著眼，嘴唇抿成一條細線。

「這是怎麼了？」舅舅和父親走進門時問道。

「素拉擺了七雙筷子，讓大姑難過了，」舅媽說，表情像是咬了一口酸李子。

「那不是素拉的錯，你們應該明白那是無心之過，」舅舅說。

「我有說她故意的嗎？我只是說她對自己的母親不該那麼粗心！尤其是在這個時候！」

「她不是不用心！」父親大吼，口沫橫飛。

「姊夫，別這樣，」舅舅說。他摩娑著後頸。「為什麼所有人都要吼來吼去的？我們受的苦還不夠多嗎？」

智秀放聲大哭，母親一把抱起他，奪門而出，舅媽緊跟在後。父親拍拍上衣口袋，走回院子，笨手笨腳地抽出一根香菸。舅舅則搖搖頭，走進自己的房間。

只剩我孤零零的。

朴氏和金氏兩家人穿上最好的衣服，齊聚一堂。

屋裡擺滿散發著光澤的水果，我們也穿著色彩繽紛的服飾在屋裡跑來跑去，玩著捉迷藏。明基的頭頂從櫃子露出來，柔美瘦小的身影在屏風後若隱若現。哈！我找到他們了！

「大家秋夕快樂！」金太太說。她把一盤盤甜甜的打糕傳下去。

「謝謝妳邀請我們，晚餐很美味，」母親說。她穿著深黃色的裙子，腿上坐著三歲的英洙。

父親坐在矮桌旁。「噢，我吃得好飽。」他拍拍肚子。

我們從躲藏的地方跑出來。向晚餘暉在我們的臉龐灑上柔光。我閉上眼睛，暗自希望這是自己的家。

笑聲、飲酒聲和交談聲此起彼落。他們聊著今年的梨子特別熟、說起我們的朝鮮名字多好聽，也談論著親朋好友的身體健康。我靜靜地聽著，感覺心愉快地飛翔。

不久後，我也開始喋喋不休：你知道朝鮮語有十個母音跟十四個子音嗎？我最喜歡的顏色是橘色。鬼抓人比捉迷藏好玩多了。我長大後想當作家。我爺爺以前住過美國；他現在已經過世了。我們班有一個女生覺得自己會飛。我喜歡炸餃子，但我弟弟最喜歡湯麵。

一股想尖叫的衝動在我的喉嚨聚積。我坐在第七個位子，將英洙的筷子深深刺進掌心。

第四十八章‧‧‧‧‧‧

一九五一年四月

時間不知怎的飛快而逝。

我坐在房子後頭的石牆上。遠山鋪上了一層如絲絨般柔滑的綠，新生的青草讓稜角分明的峰巒交界變得柔和，成排綻放的櫻花樹也猶如粉色風雪。我的眼睛因為久望而疲憊，索性閉上眼睛。

「素拉呀，妳在哪裡？快來幫我！」母親從廚房出來，走進院子。她的手被切碎的辣椒染紅，還沾上了泡菜醬汁。她又開始幫忙煮飯了，因為她不想再給舅媽增添負擔。

我在她身後看著她，但假裝沒聽見她的呼喊。

母親看了看廁所，又看了倉庫。她又喊了一次我的名字，接著轉身往房子側邊找，她長長的裙襬拖著地。這時她才看到我。

她雙手叉腰走了過來。「喂，我在叫妳，妳怎麼不回答？」

我聳聳肩。

她的臉繃緊。有一瞬間，我害怕她會打我一巴掌，好宣洩她壓抑已久的怒氣。

「馬上從牆上下來，」她咬牙切齒地說。

我爬下石牆時，回想起匆忙爬下火車車頂的往事。英洙驚慌的神情在我腦海中一閃而過，我緊緊拉住長裙——此刻我的長裙早已過短，不及腳踝。我已經長高了，現在的我和那天的我不一樣了，可是英洙永遠都會是九歲……

「快點！」母親用她沾了辣椒的手抓住我，將我從牆上拉下，我的手肘因此擦過粗糙的石頭。我跌到地上時對上母親的眼神，在那一刻，她像是認出了什麼，彷彿她從我的臉上看見自己，彷彿她怪罪我也怪罪她自己。我的雙眼一陣刺痛。

「去舅舅的魚攤拿幾條魷魚回來。我要教妳煮一道魷魚料理，要跟生日晚餐一起吃的，」她說，語氣平淡。她的臉垮了下來，就像她是蠟做成一樣，而且正在融化。她走進家門。

*生日晚餐？是誰的生日？*我得想想。

噢，是我的十三歲生日。為什麼母親不直接這麼說就好了？但在我問著自己的當下，我馬上就明白了——從她根本無法直視我，也無法和我同室共處太久的樣子看來。

應該是我才對，不該是英洙。

他是個好孩子，比我好太多了。他總是想讓大家開心，是媽媽的寶貝兒子。難怪母親更愛他。

然而，在這裡的人卻是我。我不知道該拿這件事怎麼辦。

❄ ❄ ❄

國際市場裡擠滿週六下午的人潮。攤販的桌面擺滿了亮晶晶的陶器、鮮豔的布料，和熟成的蔬果——有白菜、細香蔥、柑橘。空氣中飄散著的泥土味有春天的氣息。舅舅的魚攤在一條走道的盡頭，我往那頭走去。

「今天有現抓的草魚和魷魚喔！」舅舅朝來來往往的人群叫賣，但沒有大吼或喊價。在他的攤位上，銀身小魚從小水桶裡探出頭來，張大著嘴；圓滾滾的魷魚排列整齊，垂掛在桌沿的觸角像是潮溼的髮辮。

「舅舅，」我說著走向他。「媽媽叫我帶點魷魚回家做晚餐。」不知道為什麼，我說不出是為了做生日晚餐。我的生日。

「當然好，妳今天滿十三歲了。來吧，我拿最大、最新鮮的給妳。」舅舅對我眨眨眼，把滑不溜丟的蜷曲生物丟進我帶來的麻布袋。

他跟母親怎麼這麼不同呢？我低頭致謝。「謝謝舅舅。」

他微微笑。「妳知道嗎？小時候啊，我和妳媽媽會跟外公一起出海捕魚。每次回家我們都弄得全身溼答答！有時候，外公會給我們一人一顆柿子當獎賞，那是妳母親的最愛！我們緊握著柿子，大口大口地吃，湯汁會流得我們滿手滿臉都是，但真的好好吃啊！外公會笑我們把臉弄得髒兮兮的。那是我最快樂的回憶之一呢。」他拍拍我的背。

我無法想像母親玩耍或是把臉弄得髒兮兮的樣子。我改變身體重心，打算離開。

「妳知道嗎？柿子在轉為橙色、變甜之前，是青綠色的，而且酸澀得讓人口乾舌燥。有點像妳母親。」舅舅笑著說。「但如果有點耐心，再給它一個機會的話，它就會變成完全不一樣的水果，非常值得等待。妳等一下，我去看看我朋友的水果攤今天有沒有賣柿子。我馬上回來。」

如果我早點離開，就不會聽到接下來這段對話了——那些話讓我反胃不已，在回家的路上我越想越惱怒。

「死了一個孩子當然很不幸啊，」舅媽對隔壁賣白菜的女人說。「最好就把這一切放下，別去想也別去說。」

「是啊，妳說的沒錯，最好就是忘掉。謝天謝地，至少她還有一個兒子。」女子搭腔，同情地嘖嘖幾聲。「妳能想像要是她失去唯一一個兒子，就什麼都沒有了嗎？」

我全神貫注地聽著，身體宛如被敲響的銅鑼般顫抖不已。至少還有一個兒子？最好是忘掉？什麼都沒有了？大嘴巴的舅媽和她的笨蛋朋友！

我的舌頭嚐到一股奇怪的金屬味。我在舅舅回來之前——在他能多說些關於母親、關於那握在手裡的柿子，和在船上玩耍的故事以前——就離開了。我不敢相信那些事情是真的，母親也永遠不會讓我過得那麼自由。

這是另一條街道，周圍是沒見過的房子，道路也較為寬敞。我不知道自己要去哪裡，只知道自己已經厭倦逃跑了。我孤注一擲——連自己弟弟的性命都作為賭注——只為了來到這裡。我全心認為一種自由必然能帶來其他自由，以為我能夠去上學，以為我能夠寫作，以為我們全都能幸福快樂。但我錯了。沒有什麼是能保證的。

無論去哪裡，有一部分的我永遠都會被困住。下雨了，我瞇起眼看著傾瀉而下的大雨，答案彷彿在雨霧中對我現身。

到達釜山只不過是戰役的前半場；後半場在舅舅家。是在廚房裡做事，手臂流下鮮紅泡菜汁的媽媽。

第四十九章・・・・・・

「妳拿到魷魚了嗎？」母親問。她面無表情地看著我手裡鼓鼓的袋子。

我伸手把袋子遞給她。

母親接過袋子，走回屋裡。「來吧，我得教妳怎麼做菜，」她轉過頭對我說。

我走進廚房，金太太和柔美早就在備料了，她們正埋頭忙碌著。母親捲起袖子。「素拉呀，妳仔細看好。我教妳怎麼清理魷魚。」

母親一手抓住魷魚鰭那一側的身體，一手扭轉頭部，接著內臟和黑色的墨囊就被拉了出來。母親撕下魷魚外層帶有斑紋的薄膜，露出平滑乳白色的表面。

第二條魷魚放在我面前的流理臺。

「來吧，換妳試試看，」母親說。

我鉗住魷魚、抓住牠的頭，但鰭那一側卻滑掉了。我再試一次，這次用指甲牢牢扣住，手指都沾滿了黏答答的汁液，然後我用力一拉。魷魚分開了，內臟跑了出來，黑色液體滴得到處都是。

「唉呀，妳把墨囊弄破了。」母親拿了一盆水來，氣惱地皺著臉。

我退到一旁，讓她接手備料。母親把魷魚放進水盆裡清洗，水瞬間就轉黑。我瞄了一眼柔美處理的魷魚——當然，那就跟母親處理的魷魚一樣潔白無瑕。柔美看著我，一臉同情。

母親在廚房忙來忙去，幾縷長髮散落在盤起的髮髻之外。「素拉呀，快來幫忙，今天還有好多道菜要煮。我會來不及的。」

我笨拙的小手握著菜刀，將小黃瓜切成片。

「不能切成這樣，要切得像紙張一樣薄。刀子要這樣拿，」她說著，把食指放在刀背上。喀咚咚咚——在她手裡的刀子像是在和砧板唱和著。

「媽媽，只有奶奶要來而已。為什麼要煮這麼多菜？」我想要去外面玩。

「哈！」母親哼了一聲。「妳認識奶奶嗎？她可是對什麼事情都不滿意。上一次她來的時候，她說我煮的飯太硬了，還說妳爸爸看起來太瘦，大概就是因為我煮的飯不合他的胃口，可能我不適合他。」媽媽用鑄鐵鍋煎著蔥餅。

「不能不管她說什麼嗎？」我看向窗外。藍天和綠地正在呼喚我，我還要在家裡待多久？

「說得倒輕鬆。素拉，有一天妳就會明白的。不過，我會讓妳在廚房的表現無可挑剔，這樣妳婆婆就不能挑妳毛病了。我保證這樣妳就能過上好日子。」

母親忽然僵住。我順著她的眼神望向砧板——我切的黃瓜片不夠薄，而且每片都厚度不一。黃瓜片像被砍下的木柴般散落在砧板上。她漲紅了臉。「唉呀！這是怎麼回事？金太太說柔美自己就能做出涼拌醃黃瓜呢！」

我呆站在廚房中央，就像棵枝葉長得過於茂密的樹木一樣，擋住大家的路。

母親一手抓住我的肩膀，一手去拿調味料。她把蒜頭、醬油、紅辣椒片和糖混在一個小碗裡，用手指攪拌。光是靠手指的感覺，她就能知道需要再添入多少鹽和胡椒。接著媽媽在著手準備湯麵之前，遞一個空碗給我。

「現在換妳來試，」她說。

我剛剛根本沒仔細看。流理臺上擺滿各種材料，於是我把所有東西都倒進碗裡。

母親用小指沾了一點我做的醬汁，嘗嘗味道。「唉呀，太甜了，這是糖果吧。」她又倒入一點醬油，想平衡甜味。又嘗了一口後，她還是搖著頭。「味道還是不對。這樣我要怎麼把妳嫁掉呢？重來。」

我盯著那滿滿一碗過甜的醬汁。

周遭的一切像是置身水底一樣，速度都慢了下來。這個碗是從老家一路帶過來的，我將它拿在手裡上百次了。但現在，當我看著自己的手將碗捧起，我才發現其實鬆開手、讓它落地十分簡單。就像枝幹上成熟飽滿的水果被剪下般，我看著碗從我的手中掉落。

那聲巨響讓大家都屏住了呼吸。滿地都是白瓷碎片，深色、油膩的液體也濺到了牆上，但我完全沒退縮。

「喂，素拉！」母親的臉因憤怒而扭曲。「妳真的是笨手笨腳！唉呀，願神憐憫妳這個無藥可救的女兒！」她彎下腰，撿起碎片。

「媽媽，」我的話像卡在喉嚨裡，勉強才擠出來。「妳沒資格這樣說我。」無藥可救的女兒──這句話像箭般刺中我的心，一股疼痛從我胸口蔓延。

「妳說什麼？」母親問。她站直身子，把瓷碗的碎片丟回地上。一小塊碎片彈起，打到我的側臉，但我沒去理會。整個廚房陷入一片沉默。強烈的情緒在我心裡翻騰，我能感覺到它正匯聚、攀升，讓我的臉漲紅。

我看著母親。「妳那時不在我們身邊，照顧英洙的人是我，是我讓他活了下來，是我在保護他。他相信我。」

「我的天，妳的意思是我不在那裡，所以全是我的錯？」

「我沒那麼說。」

「妳瘋了嗎?怎麼可以這樣跟妳媽說話?」

舅媽帶金太太和柔美離開廚房;母親則拿起一根木杓,打了我的膝蓋後方。我倒吸了一口氣。雙腿傳來陣陣抽痛。一行淚緩緩從我臉頰流下,刻下淚痕。

「妳老是忤逆我!說什麼都不聽!」母親哭得歇斯底里,彷彿她也被嚇壞了。「什麼意思?我一直都聽妳的啊。我不是待在家裡照顧弟弟,不去上學了嗎?」

又是一記抽打。

我咬著牙,盯著她的白裙。剛才有一滴醬油濺到她潔白的裙子上。

「妳這自私的女孩!還跟我頂嘴!」她再度舉起木杓。

「舅舅說你們以前會在外公的船上玩,妳的臉也會弄得髒兮兮,」我脫口而出。

她放下拿著杓子的手,打量著我的臉。「妳在說什麼?」

「我們來釜山後什麼都沒有改變,」我的聲音顫抖著。「妳還是在逼著我成為那個一點也不像我的人。」

母親的表情立刻轉回原本的暴怒。「噢,是嗎?那妳應該是怎麼樣的人?妳以為當一個連綠豆煎餅都不會弄的作家,能讓妳過上安穩日子嗎?還有妳未來的婆婆,妳覺得她會好心接納一個像妳一樣無能的女孩嗎?素拉,醒醒吧,我是在幫妳做好準備，妳才能面對這個社會的規矩和期待！」

「我才不無能，」我說，此刻淚水已流到了下巴。「只是我想要的東西不一樣而已。難道妳從來都沒想過要做點不一樣的事情嗎？」

她笑了起來，像是不敢相信我會說出這一番蠢話。「我能做什麼？妳別傻了。」

「我不知道。妳可以去學畫畫，或是去從沒想過的地方旅行啊，」我抹掉眼淚，急忙掃視著廚房，好像我能從牆後找到答案。「像是去埃及。」

「埃及？」她又笑了一聲。「我為什麼要去歐洲？希特勒幾乎把整個歐洲都給毀了。」

「不，媽媽，埃及在非洲。」

母親的臉頰漲紅。「這就是妳從那些厲害的書上學到的嗎？妳一直把心思放在那些書上，所以才不知道怎麼做其他事情！如果我不教妳一點生活中實際需要會的事情，妳會活不下去的！」

「我想回去上學，」我說。

「不行。」這句話從她嘴裡迸出來，速度快得像鞭子。

我對上她的眼神。「但有很多事情是妳沒辦法教我的。」

她大笑起來。那笑聲就像木頭碎裂的聲音，我摀住耳朵。「所以是我不夠好囉？妳太聰明了，不需要跟隨我的腳步，不用跟我學東西啦？」

「別再曲解我的話了，我不是那個意思，」我提高音量。

母親把木杓丟在地上，眼裡閃著怒意。「妳為什麼這麼恨我？」

我的臉瞬間刷白。我不敢相信自己會聽到她這麼說。一直以來，是我在腦海裡反覆詢問她這個問題。

「妳為了要和我不一樣，根本無所不用其極。妳就是想當一個和我完全相反的人！老是說要去學校、要去上大學，還要去美國，」她說得口沫橫飛。「我讓妳覺得很丟臉，對吧？沒受過教育的母親，連自己的兒子都救不了，讓妳丟臉了對吧？」她停了半晌，接著她喉嚨深處發出一聲怒吼。「這就是為什麼妳是我最不喜歡的孩子！」

我感覺廚房瞬間開始天旋地轉。這份痛楚彷彿一大塊沉重的水泥般，直直朝我撞來。我無法呼吸。

「噢，天哪，天哪，素拉，對不起！我不是那個意思，」母親大喊。

我的聲音沙啞。「我知道妳覺得不應該是英洙，應該是我才對。這樣妳就不會這麼難過了。」我滿臉都是淚。「這樣妳就還有兩個兒子。」

「不是的，妳怎麼能說這種話？」母親像是八爪章魚般急忙伸出手來，想要牢牢抱住我。

我躲開她。我的胸口上下起伏，耳裡也嗡嗡作響。我知道接下來這句話很難說出口——說不定困難程度就跟來釜山這趟路程相當——但我做好了心理準備。

「妳根本不願意看我，妳什麼都怪我，但我還是有點價值的。」

母親的眼裡有乞求之情。她緊抓住我的手腕，我試圖抽開，但她不放手。「素拉，英洙的死不是妳的錯。要怪的話，就得怪我。我是他媽媽啊。」

「媽媽，妳錯了。錯也不在妳，誰都沒有錯。」

母親的身體頓時一縮。她身上彷彿有層蝸牛般的薄膜，已經流了夠多淚水，而我還不斷朝她撒著鹽巴。她哭泣著。

我心裡的結被解了開來，憤怒也隨之消散，不過母親的話也留下一道深深的傷痕，讓我痛苦不已。我的眼裡盡是淚水，母親的身影變得模糊不清。我知道自己會原諒她的；時間久了，或許也能遺忘——但我心底永遠都會忍不住懷疑，母親那句傷人的話會不會是真的。

「素拉，我得這麼逼妳，是因為有些事情是女孩子必須學會的。我不教妳的話，妳要怎麼過活呢？」

「媽媽，別擔心，我會活下來的。」

「但妳要怎麼做？」

「就像妳一直以來教我的啊，我會堅強，也會努力。」

「我只有妳這個女兒，」她輕聲說。「我不能也失去妳。」

我伸手輕碰她的手臂。「媽媽，妳不會失去我的，永遠都不會。就算我回去上學了，妳也不會失去我。」

第五十章・・・・・・

一九五一年五月到八月

隔週，母親給了我一本筆記本和一枝筆，讓我帶去學校。雖然學期三月就開始了，但不要緊。母親說要往南，朝海邊的方向走去，半路上我就會看到一個大棚子，不可能會錯過的。

我奔跑著。我的肌肉已經不再結實，但身體的記憶仍舊鮮明，踩在泥土路上的感覺也依舊熟悉。我感覺自己彷彿回到了寒冷的谷地、無人的村莊。只是此刻，我不是在逃跑，我是在跑向學校。

釜山臨時學校是用軍用帳篷搭建起的，有著綠色的帆布屋頂和紗網窗，看起來一點也不像教室，但我並不在意。微風中飄著粉筆的味道，我走進陌生的人群中，納悶著自己能不能交到朋友。

「素拉，這裡！」柔美大喊。她在入口處揮舞雙臂，明基站在她身邊。

我心裡湧起一股安心感。我揮手回應，朝他們走了過去。「明基哥，你也要回來上學了嗎？」我問。

「沒有，我只是來這裡找翻譯工作的。」他拿下眼鏡，用衣服擦拭鏡片。「如果接下來幾個月，我能存下送水和這份工作賺來的錢，應該就夠柔美和我媽生活一段日子了。」

沒了眼鏡，明基看起來就像那些在國際市場裡擺攤的男孩。「幾個月後你要去哪裡？你打算去別的地方嗎？」

他戴上眼鏡；鏡片放大了他深邃的雙眼。「我打算一滿十六歲，就去加入南朝鮮軍隊。我要去找父親，把他帶回來。」

「我覺得這點子不好，」柔美悲傷地說。「哥哥，你不該去的。」

「我必須去，我是這個家唯一的兒子。為了父親，有什麼是我不會替他做的？」

那是父親說過的話。

我的胸口彷彿頓時收緊。「但你是個讀書人啊，不是士兵。你的學業要怎麼辦？我以為你和家人安頓下來後，你就會回來上學了。」

「學業可以等，但我得找到父親才行。」他看著那些肩上背著書包，走進帳篷內的學生，但他的眼裡沒有一絲留戀。

那一刻，我突然明白自己喜歡的並不是他光滑的古銅色肌膚和俊俏的外表。是他那個總是提著一袋書的習慣，讓我不管去哪都在追尋他的身影。

我想和他說他還太年輕，他這個想法很不切實際又很危險。我想跟他說，他需要讀書，而且他對我來說不只是朋友的哥哥而已，他也是我的朋友。

但我也明白他別無選擇。如果是我，我也會做一樣的事情。所以我什麼也沒說。

帳篷裡有超過一百個學生，各個年齡層都有。眾人全坐在地上，四人或更多人一組，一起共用一本課本。我和柔美跟另外三個女孩坐在一起，她們臉上掛著大大的笑容歡迎我們。我們五個人剛好有足夠的紙筆和課本能夠上課。

接下來的幾週我都在趕著課業進度，努力補齊過去一年我所錯過的課程。我求知若渴，無法停止學習。好奇心帶著我探索一個又一個的領域，等到我回過神來，才發現自己已經伴著院子裡的煤油燈讀到深夜，而大家早已在屋裡沉睡。

我們班上的美籍老師福斯特小姐，講課時總是手舞足蹈。她總在髮上插著一枝鉛筆，需要時，她就像從槍袋中取出手槍那樣迅速拔出。無論她走到哪，都有一小群跟屁蟲緊黏著她，年紀比較小的孩子們總是圍在她身旁。福斯特小姐笑的時候會把頭往後仰，嘴巴張得跟海鱸魚一樣大。她走路的時候，一頭捲髮也會不斷上下彈跳。我看著她，一臉著迷。

有一天，福斯特小姐找我面談。她看著我的成績，將手上的粉筆灰抹在卡其褲上。接著她對我抿嘴微笑，彷彿正極力忍住驕傲之情。「妳這聰明的女孩，」她用不太流利的韓文說著。「我，為了妳，會找點書來。」我被她奇怪的句子逗得呵呵笑。

她信守承諾。每個星期，我都會帶滿滿一袋的書和雜誌回家，而其中沒有任何一本寫到共產主義、革命鬥爭或是偉大的領導。我知道如果我要求要讀那類的書，福斯特小姐一定也會找來給我。然而，我所閱讀的是第一位飛越大西洋的女飛行員愛蜜莉亞·艾爾哈特的故事，還有關於電視機以及地球板塊的知識；我在《獅子·女巫·魔衣櫥》、《小王子》和《野性的呼喚》裡，拜訪了各種不同的世界；我從《哈潑時尚》認識了英格麗·褒曼和凱瑟琳·赫本，還見到閃亮的紅色龐帝克跑車在陽光下熠熠生輝；我還讀到有些人住在一排排漂亮的白色屋子裡，煮著一種十分鐘就能完成，叫做速食飯的東西。就這樣，整個夏天我都在閱讀，不論是在樹下、在水泥牆上，還是在國際市場裡。

某個星期五，福斯特小姐為了上地理課而在帆布牆上釘了一張世界地圖。她為我們講解各大洲與其疆界、潮流和海洋，以及日本漁船上的垃圾最後如何漂到加州海岸。

「從日本漁船漂到加州海岸？」我搖著頭。這怎麼可能？

福斯特小姐看著我點點頭。「沒錯，全世界都緊密相連著。海洋會匯聚在一塊，將各大洲連結起來。」

從匯聚成一的廣袤大海抓來自世界各地的魚——我好奇英洙如果聽到這番話，他會說些什麼。

第五十一章・・・・・・

一九五一年九月

釜山之秋。以前我對秋天沒什麼想法——就像對其他許多事情，我都把它們當作理所當然——但此刻秋天到了，我卻看得目不轉睛。我躺在舅舅家的石牆上，仰望著上方扶疏的紅黃秋葉。當陽光從樹葉間的縫隙灑落，葉子像寶石般閃耀時，我會想像自己身在一座宮廷裡。

我閉上眼睛。空氣聞起來像大雨過後般涼爽清新。我聽得見母親在廚房刷洗鍋子的聲音，智秀則是在屋裡跟一件過小的褲子搏鬥。但讓我的心跳忽然加速的，不是鍋碗的鏗鏘聲，也不是小孩子挫折的哭鬧，而是一個簡單的詞彙。

「姊姊。」

我的眼睛馬上睜開，隨即坐直身子。

上一次有人叫我姊姊是什麼時候的事情了？我知道，就是在那天。最後一天。那是他最後一次叫我姊姊。我的思緒紛亂，將目光轉向聲音來源，此時我才看見他。

智秀。

他坐在我身邊。

高高舉著那件過小的褲子給我看。

「姊姊，」他又喊了一次。「我的褲子太小了。」

他是怎麼爬上來的？然後我就看到靠在牆邊的陶甕。母親把陶甕像階梯般由小到大排列。

他衣服下的肚臍微凸。他什麼時候長這麼大了？他什麼時候學會說那些新詞的？每次我走過他身邊，他總是一個人坐著——不過就是個傻裡傻氣的小寶寶，全神貫注地想把腳塞進襪子裡，或是把衣服拉到頭頂。此刻我才驚覺，原來那些日子裡，他一直在努力，一直想要長大，我卻從來沒注意過。但，有人注意過嗎？

「妳怎麼會把他搞丟呢？」母親皺著眉頭，提著一籃柿子走進屋裡。柿子太早摘了，果皮還是青色。「我跟爸爸都很忙，所以才叫妳看好他啊！」

「他剛才還在這裡的，就在那個角落玩襪子！就跟平常一樣啊。」我把手放到嘴唇上。我不可能把他弄丟的。他不可能跑遠的。

但院子裡的水井呢？兩歲的孩子會不會掉進井裡？我的胃像是被重重一擊。我跑到外頭。

他就在英洙身旁。他們兩人蹲在草地上，兩顆頭湊在一起，前方有座用樹枝和石頭蓋成的小村莊。我鬆了一大口氣。

「智秀，把這個放在塔樓上，」英洙說著，遞給他一根短短的樹枝。

「他還太小聽不懂啦，他會弄壞的，」我警告他。

但智秀用兩隻小小的手指捏著樹枝，輕輕放在塔樓上。

「做得好，」英洙說。

智秀燦爛一笑。

我回到屋裡，繼續縫補父親襯衫上的破洞，心思全放在地圖和書本上，壓根兒沒去想小弟的事。

智秀拉著我的手臂。他抬頭看我，眼睛睜得大大的，小小的手還抱著那條褲子。忽然間，我腦海裡浮現一個可怕的想法：萬一他長大後不記得英洙怎麼辦？或許他已經大得穿不下小時候的衣服，但他的年紀還小，太小了。我不能讓他遺忘。

「沒錯，我也是你的姊姊，」我說。

我爬下牆，接著把智秀也抱下來。智秀凝視我的眼神裡有一絲景仰、一絲喜愛，或者兩者都有一點，那是看著自己的姊姊時才會出現的神情。接著我做了這輩子我從沒做過的事——我在他快跌倒時扶著他站穩，將他拉起，並鼓勵他再試一次。然後我幫小弟穿上褲子，慢慢地，一次一隻腳。

第五十二章・・・・・・

一九五二年二月一日

一週換過一週，節日來了又走。慶生後，我們又老了一歲。智秀現在四歲，而再過兩個月，我就十四歲了。如果英洙還在世的話，他就十歲了。除了功課、朋友和考試之外，我根本無暇思考別的事情。就在我來得及反應之前，天氣便從涼爽的秋日轉為刺骨的酷寒。凜冬又至。

我撫摸著漆木盒裡的每一項物品。有個東西能握在手裡的感覺很好，總好過僅擁有腦海裡的回憶——因為，儘管我盡了最大的努力要記得，回憶卻已經開始褪色。他說要去美國的那番話，是怎麼說的？他是要當我的船長呢？還是水手？他跌倒摔進河裡之前，差點就能抓到的魚是哪一種？我們離家那晚他穿哪件衣服？我把鵝卵石貼在臉上，感覺到石頭是如此冰冷，如此平滑，又如此真實，就像飲下了一口冰水。怎麼一年多的時間就這麼過了呢？往事宛如昨日，卻也恍如隔世。我把東西放回木盒，闔上鑲著珍珠母貝的蓋子，並將盒子放回架上——那是父親在我們新家做的一個嵌入牆面的小架子。我們首次宣布打算搬出去的時候，舅媽還很難過地幫我們打包，告別的那天她也默不作聲。舅舅還得提醒她，我們的新家離這裡只有三十分鐘的路程而已。

上個月我們一起去幫英洙掃墓，那天是他的一週年忌日。上個星期，我們開始能分享有關他的往事而不再哭泣。而今天，我們大家會聚在一起慶祝，因為今天是畢業典禮。

屋裡靜悄悄的。父親已經出門工作了，母親忙著做家事，智秀則在舅舅家陪伴舅媽，因為舅媽太想念他了。我拉開門，走進跟智秀共用的房間。

有一件藍色洋裝掛在衣櫃把手上。

我拿起洋裝、貼近身體。這件洋裝對舅媽來說太小，對母親來說款式則太年輕。趁著四下無人，我套上洋裝，把頭鑽過方領。洋裝正好及膝，這是我穿過最短的裙子。我扣上胸前的扣子，拉整上身；腰際剛好合身。我一轉圈，裙襬便飛舞起來，形狀就像鈴鐺一樣。

拉門忽然開了。

我的頭倏地抬起。

母親把一桶水放在地上。「啊，看來妳找到我做的洋裝了。那衣料是厚的棉布，我在國際市場買的。很漂亮吧？真適合妳。」

我緩緩點頭，嘴唇微微張開，腦裡細細咀嚼著母親替我縫製洋裝的美妙含義。

「但我們怎麼負擔得起呢？」我說。

「負擔不起啊，但船到橋頭自然直，」母親引用諺語。「那是要給妳穿去參加畢業典禮的。別擔心，我們會有辦法的。」

她的髮鬢上多了一抹花白。

「來吧，我幫妳把打結的頭髮梳開。」母親拿起那把珍珠白色的梳子——那是舅媽送她的梳子——開始梳起我的頭髮。我不記得上次她幫我梳頭是什麼時候了。梳整完畢後，她把擺在小梳妝臺上的鏡子放到我面前。「來吧，照個鏡子。」

我看著鏡子，驚訝地說不出話來。鏡中有個陌生的女孩盯著我看，那對漆黑的雙眼流露出些許熟悉感。我輕觸著自己的臉，我的臉頰和嘴唇上帶著一絲淺淺的玫瑰紅色。

我回頭看母親時，她正彎著腰提起水桶。那一瞬間，我彷彿捕捉到我母親的本質——她是如此勤奮不懈、為孩子付出奉獻，隨時都準備好要再跑一趟水井。即使在許多年後，我和眾多親友齊聚教堂，我胸前捧著她珍珠白色的梳子時，這幕畫面仍存於我心中。

在母親的長裙裙襬晃出門口之前，我大喊：「媽媽，謝謝妳。」

她沒有停下腳步，但她如歌唱般的聲音就像終於乘風而起的風箏，在房裡迴盪著。「快點準備參加畢業典禮了！素拉呀，我的女兒！」

第五十三章 ・・・・・・

抵達畢業典禮會場時，帳篷早就熱鬧得不得了。母親、父親和智秀走向後方的長椅，我則坐在前方的學生專區。

柔美在我旁邊坐了下來。她穿著從老家帶來的紅色百褶洋裝，雖然領口處有點破舊，她也得捲起已經過短的袖子，但我以前還是很羨慕她有這種時髦的洋裝。我告訴柔美這件事後，她也說她以前總是嫉妒我的好成績；後來我們坦言以前有多討厭對方，兩個人忍不住笑個不停。

典禮以學生合唱團演唱〈阿里郎〉和〈希望與光榮之地〉開場。我聽著那些關於親子間的故事、關於犧牲與夢想的演說；在話語之間，我憶起那些死於戰爭的亡者姓名。要說出口太痛苦了，但那些名字仍像鬼魂般在我面前浮現。

福斯特小姐開始唱名時，全場安靜了下來，被叫到的學生則依序上前領取畢業證書。我把背挺得更直。我們這群不同年紀的男孩女孩中，有些人從城市來，有些人來自鄉村。有些人綁著整齊的長辮子，有些人則蓬頭垢面。有些人穿著父親過大的鞋子，拖著腳走路；有些人則輕巧地踏著從店裡買來的跟鞋。我們帶著大大的笑容，用小小的步伐走向講臺，下巴還微微發著抖。但我們全都聚集於此，期待著更美好的未來。我不停用力拍手，直到聽見自己的名字。

「朴素拉。」

我起身走向前時，柔美跳起來歡呼。我這才想起多年來，自己總是幻想著這一刻，但現實跟我想像的完全不同。從我站立的地方，我可以見到所有人都對我微笑。他們都替我高興，甚至感到驕傲。

這讓我很驚訝，我還得提醒自己別忘了上臺該做的事。

母親、父親、舅舅和舅媽都從長椅上站了起來，他們眼裡閃著光芒。智秀讓母親抱著，他也激動地揮舞雙手。金太太坐在他們後面，她手裡握著丈夫的手帕，明基則穿著一襲俐落的藍西裝站在她身邊。我讓目光在他身上停留片刻。他現在高大多了，我回想我們分別是十歲和十二歲時，一起在樹下看書的回憶和我們那單純的友誼。真不敢相信再過幾天他就要入伍了。我咬緊雙唇，眨眨眼睛。

他們用掌聲鼓勵著我，給我滿滿的力量和支持。

我一走下講臺，母親和父親便從人群中匆忙走來，急著來擁抱我。我們三人站著，手臂環抱彼此，就像含苞待放的山茶花花瓣一樣緊緊相繫，但也準備好了要綻放。

好幾個家庭齊聚在帳篷裡，談笑聲不絕於耳。父親們抱著穿藍洋裝的女兒，母親們攬著滿臉通紅的兒子。一群小男孩和小女孩高聲嘻笑，圍著父母相互追逐。民謠從收音機流洩而出，歌頌著青春、愛情和成長。在餐飲區排隊的少女們隨著音樂擺動身子。我享受著色彩、舞蹈和燈光拼湊出的一切。

到了傍晚，人群中僅剩低沉的話語聲，家家戶戶正準備離去，但他們仍拖延著道別的時刻，再多說最後一句話、再多幾聲談笑、再多鞠一次躬。我拿著一盤甜甜的年糕走向圍成一圈站著的家人。

「你們什麼時候要來我們家？」舅媽問母親和父親。

「噢，現在妳想念他們啦。之前還等不及他們趕快搬出去呢！」舅舅開著玩笑，他明明知道那不是真話。

舅媽用力打了他的手臂，大家都笑了。

智秀吸著大拇指，黏在母親腳邊。我把他抱了起來轉呀轉，直到他呵呵笑個不停，高興地叫著「姊姊！姊姊！」我放下智秀，他對我笑著，但臉上也有了睡意。

「媽媽，我想去海邊一下再回家，」我說。

「好，六點前回家就好。金家人要來吃晚飯。」她說。

「別擔心，我會在他們來之前回家幫忙。」

她看著我，微微一笑。

學校離海邊不遠。在某些日子，海上的霧氣還會飄進校園，把樹木弄得潮溼，裸露的枝幹會變得像黑黑的筆刷。我走在靜謐的街道上，經過兩側成排的小屋子，聽著孩童玩耍的嘻笑聲和偶爾傳來的狗吠聲。沁寒的空氣讓我想起和英洙抵達釜山的那天。

一陣涼爽、帶有鹹味的風隨即吹亂我的頭髮，我深深地吸進這自由的氣息。滔滔浪花拍打著岩石，地平線那端則翻騰著被染成粉橘色的波浪。我看見橫亙天際的純白雲朵，彷彿張開的雙臂，答應我海裡任何一種魚都能抓來給我。他就在這裡——既在我身邊，也在天上。我的弟弟，我所認識最厲害的漁夫。

我脫掉鞋子，走向空無一人的沙灘。海浪呼嘯著朝我捲來，攫住岸上破碎的貝殼後又捲回海裡。我踏過白色浪花，想像腳邊的海水已經遊歷過世界一遭，抵達美國海岸後才返回這裡。

冷冽的海水讓我屏息，但我邁開一步又一步，越走越深。海水先是高過腳踝，接著高過膝蓋，水流也用力拉著我向前。我回想著我們一起跋涉過的每一條河流——那冰冷刺骨的河水，還有我牽著他的手的樣子；我們彼此扶持、度過了那一切。就連那條在老家的夕陽下閃耀、緩緩流動的小溪，也會從某處流入眼前的這片海洋吧。

我感覺得到水流的拉扯、沙地的挪移，回憶也如海潮般起起伏伏。明年我就要升上九年級了，再過四年便是大學。而大學之後呢，我現在只能想像。

我閉上眼睛，準備好迎接下一陣浪潮，準備好迎接拉扯雙腳的水流，準備好面對海水的來去別離。

作者的話

《離家之路：逃離北韓的那年》的核心就是一部家族故事，說不定跟你的也相差不遠。素拉得面對手足間的競爭、一個要求完美的嚴格母親，以及生活中可能有的種種誤解。只不過，這故事是設定在生靈塗炭的戰爭期間，在政權越加專制的北韓。如同許多韓戰難民，素拉靠著無比的勇氣和憐憫之心，替自己和家人爭取自由，未曾放棄尋求更美好的未來。

雖然這是一本小說，但素拉的旅程中有不少細節和事件確實為史實，像是城市遭空襲、難民攀爬斷橋、翻覆的小船、以結冰的河面作為橋梁、臨津江畔的血腥攻擊、紙板搭建的屋子、擠滿陌生人的廢棄屋舍，還有京釜線上那班惡名昭彰的列車——在開往釜山的路上，有不少人從車頂掉下來摔死。

寫這本書時，我所做的研究多數來自訪談、回憶錄、報導文章以及約翰．瑞奇著作《彩色韓戰：一名記者對遺忘之戰的回憶》㉒裡頭珍貴的彩色照片。本書有部

㉒約翰．瑞奇（John Rich），《彩色韓戰：一名記者對遺忘之戰的回憶》（*Korean War in Color: A Correspondent's Retrospective on a Forgotten War*），Seoul Selection 出版社，二〇一〇年。

分亦是根據我母親的親身經歷寫成。戰爭開打時，她是個住在北韓的十五歲少女。

如同素拉，我母親有一個親戚因為反對政府而遭處決；她想上大學，卻因為身為女孩而受阻；她在寒冷的十一月夜裡逃離北韓、經歷了那場山丘上的空襲，也在與父母走散之後，悉心照顧著其中一名弟弟；他們行經開城、穿過首爾，隨著上百位難民搭火車到釜山，接著像個失根的人一樣在釜山待了好幾年才移民到美國。

不同於素拉的是，我母親是六個孩子中的老三，上有兩個哥哥，下有兩個弟弟與一個妹妹；她的弟弟沒有死；而且她渡過的是黃海，不是內陸的河流；她是平壤一名高中校長的女兒，不是鄉村裡的農夫之女。

母親受過許多苦，不論是在前往釜山的路途中，還是隨後成為難民的生活。透過講述素拉及其親友的經歷，我創造了一個集結不同倖存者經驗的故事。但絕大多數，仍是根據我母親的真實經歷寫成。

雖然我盡可能忠於史實，但我以文學之名更改了朝鮮少年團的最低年齡限制，將十歲改為八歲，這樣英洙才能參加。本書雖然以英洙趕不上少年團週日的集會開場，但實際上這些週日課程通常是為國高中學生所設，目的是要打擊基督徒上教堂。還有，雖然一九五〇年六月二十五日的週日是個雨天，我在故事中卻沒有提到。最後，素拉搭上的那班火車其實並不是離開首爾的末班車。

韓戰造成三到四百萬人失去生命。直至今日，理論上南北韓仍處於對戰狀態，因為雙方都沒有簽署和平協議。隨著停戰協定宣告停火，戰事在一九五三年七月二十七日結束，無人取得勝利，此後南北韓便維持著長達六十餘年的緊張局勢。像金氏一家人那樣因戰爭而被拆散、再也不得相見的情形相當常見，因為不論是當時還是現今，在北韓，各種形式的聯繫都受到嚴格控管。

如今，韓戰在美國歷史中被冠上「被遺忘的戰爭」之名。因為發生的時間夾在二戰和越戰之間，又遠在海洋另一端的小小半島上，這場戰爭鮮為人知，並未得到太多注意。很快的，人們甚至會忘了這場戰爭是為何而起。

戰後將近五十年，美國境內才開始出現紀念韓戰士兵的紀念碑。對那些為自由而戰，並為此犧牲性命的眾多士兵，我由衷感謝。沒有他們的勇氣，我母親就要在共產獨裁政權下度過一生。

毋忘韓戰的運動雖然持續推行著，但那些難民與倖存者的故事仍不為人知。他們的故事都充滿了勇氣、愛與希望。正如人性將我們緊緊相繫，海水也仍流遍世界、觸碰每一處的海岸，且讓我們聆聽他們的故事，永不遺忘。

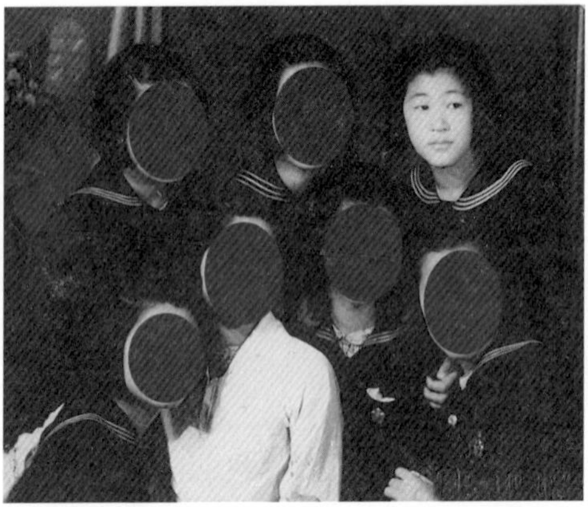

攝於一九四七年左右的北韓平壤。我的母親穿著中學制服，和朋友合照。至今她仍哀歎那些朋友從未離開北韓。

攝於一九五三年左右的釜山。就讀高中的母親（前）。

攝於一九五四年左右的釜山。母親的其中一個弟弟，身穿著中學制服。從平壤到釜山的途中，當母親與這名弟弟短暫和其他家人走散，是母親一路照顧著他。他現居美國，至今仍與母親相當親近。

攝於一九五九年左右。我母親的父母。

我的母親，時為大一新生。

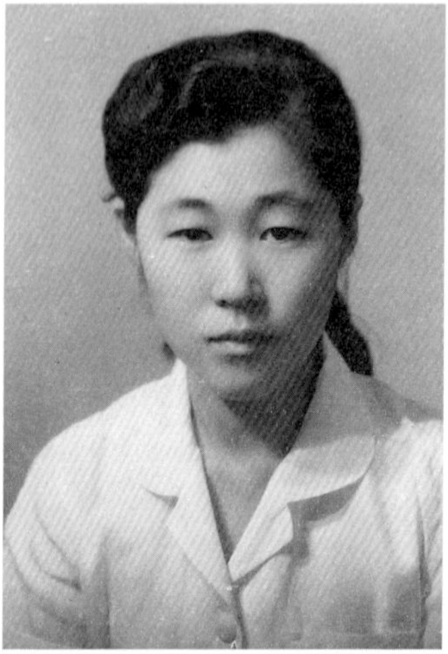

一九六〇年二月，母親從延世大學音樂系畢業，她接著當了好幾年的鋼琴老師；於一九七〇年九月六日移民到美國。

韓戰年代表

日本統治時期

一九一〇年至一九四五年

日本殖民朝鮮半島，禁止人民在學校和公共場合使用朝鮮語，試圖消滅朝鮮文化。新法律也要求朝鮮人民使用日本名，取代本名。

波茨坦會議中，朝鮮半島一分為二

一九四五年七月至八月

蘇聯和美國在同盟國即將取得二戰勝利前，於德國波茨坦商討日本統治領土的接管事宜。雙方同意以北緯三十八度線暫時將朝鮮半島一分為二，蘇聯占領北部，美國占領南部。

第二次世界大戰對日戰爭勝利日

一九四五年八月十五日

日本向同盟國聯軍投降（同盟國主要有美國、蘇聯、英國、法國和中華民國），第二次世界大戰結束，日本殖民韓國的三十五年也走到終點。

蘇聯於戰後占領北朝鮮

一九四五年八月二十六日

日本撤離朝鮮半島不久，蘇聯便正式占領朝鮮北部，著手扶植共產政府。

美國於戰後占領南朝鮮

一九四五年九月八日

美國進入朝鮮南部，協助建立民主政府，並在北緯三十八度線以南開始為期三年的戰後占領時期。

李承晚當選第一屆南韓總統

一九四八年

大韓民國成立，李承晚為第一屆總統。

金日成成為北韓領導人

一九四八年

朝鮮民主主義人民共和國成立，金日成成為北韓共產政權的領導人。

韓戰開始

一九五〇年六月二十五日

北韓軍隊跨越三十八度線，入侵南韓，企圖以共產主義統一朝鮮半島。

美國參戰

一九五〇年六月二十七日

美國與幾個聯合國成員參戰，協助南韓阻止共產主義和蘇聯勢力的擴散。

北韓攻下首爾

一九五〇年六月二十八日

開戰後三日，北韓軍隊拿下南韓首都首爾。

釜山橋頭堡戰役

一九五〇年八月四日至九月十八日

此時北韓軍隊已占領超過九成的朝鮮半島，美國與聯合國軍隊退守至港口城市——釜山，並形成一百四十英里長的環狀防禦線。

麥克阿瑟將軍抵達仁川

一九五〇年九月十五日

美軍將軍道格拉斯·麥克阿瑟發動大膽的兩棲登陸行動，從南韓仁川西部的港口切斷北韓補給線。這個出乎意料的反擊迫使北韓軍隊從釜山環狀防禦線撤退。

聯合國軍隊奪回首爾

一九五〇年九月十六日至二十九日

趁著仁川之役的勝利，美國陸軍、海軍及第十軍（X Corps）策略性地從多點推進——自釜山防禦線往北推進、自漢江往東北推進、自仁川往東推進，最後與南韓軍力聯合奪回首爾。

美軍攻下平壤

一九五〇年十月十九日

趁著北韓節節撤退，麥克阿瑟將軍繼續向北推進，拿下平壤。

中華人民共和國介入韓戰

一九五〇年十月

中華人民共和國畏懼美軍逼近疆界，遂聯合北韓重挫美軍的推進。

「回家過聖誕節」

一九五〇年十一月二十四日

麥克阿瑟將軍派軍前往鴨綠江，也就是北韓與中國的交界。他有信心能夠以勝利方終結韓戰，並告訴那些士兵他們能夠「回家過聖誕節」。

共軍重奪首爾

一九五一年一月四日

在聯合國軍隊和南韓軍隊撤退之時，戰事多集中在三十八度線以南。在中華人民共和國的幫助下，共軍再度攻下首爾。從這天起，北韓難民再也不得進入南韓，違者將被遣送回北韓。

聯合國軍隊奪回首爾

一九五一年三月十四日

美軍馬修・李奇威將軍和南韓李宏順指揮官帶領聯軍出動第四次首爾戰役，又稱為「撕裂者行動」。聯軍從首爾東邊進入城市，迫使共軍北移。此次行動是首爾在韓戰中第四次也是最後一次易主。

戰情陷入膠著

一九五一年六月至一九五三年七月

中華人民共和國龐大的軍力與聯軍抵抗，使得戰情陷入膠著。此時已為韓戰後期，雙方都無法再像戰爭初期時大規模推進，因此密集戰事皆集中在三十八度線附近。

儘管這場僵局是停戰協定會談的開始，但此階段的戰事也造成相當慘烈的死傷，以及幾場最血腥的壕溝戰。

簽署停戰協定

一九五三年七月二十七日

經歷一年的血腥戰役和兩年的膠著戰，中華人民共和國、蘇聯、美國和聯合國一致認為，若要取得完全勝利，可能會帶來全球性的衝突，甚至再度引發世界大戰，因此簽署朝鮮停戰協定，宣布停戰，無人勝利。非軍事區大致沿著三十八度線劃設，將兩個國家永久分開。作為停戰協定的一部分，原屬南韓的開城交給了北韓，該城是唯一一座移交給北韓的南韓大城。兩國從未簽署和平公約。

致謝

謝謝幫助我完成這本書的人們，感謝神讓你們出現在我的生命中。致我善良又聰明的經紀人——Dystel, Goderich & Bourret 經紀公司的米歇爾．布瑞特：感謝你對這個故事的信心，並願意給一名新秀作家機會。有你當我的經紀人，我倍感榮幸。若沒有你的指引，我一定會迷失方向。我也要向我的天才編輯莫菈．庫奇致上最深的謝意，妳把這本書提升到一個我獨自無法企及的水準，妳精闢的編輯建議在我的創作過程中不斷挑戰和激勵著我。大大感謝 Holiday House 出版社的支持和辛勞。謝謝亞特蘭大寫作坊和兒童圖書作家與插畫家學會給我許多寶貴的機會，謝謝你們在孤獨的創作之路上，給我群體的歸屬感。

特別感謝我的母親與我分享了她的人生經歷。謝謝妳忍受我隨機提出的問題，對我展現堅定不移的信心。妳的堅強替妳的女兒和子孫們開闢了人生大道，而我要用這本書向妳、妳的家人和妳那一代的人們致敬。致父親：謝謝你和我分享你對寫作的喜愛。父親沒有一天不坐在書桌前提筆寫作，因為有你立下的典範，我學到寫作不僅僅是奉獻時間與心力而已，還需要對創作世界有滿滿的熱愛與尊重。衷心感謝我的姊姊海倫、葛洛莉雅和喬依絲，妳們是我的評審團，也是我的心靈導師。妳們的鼓勵和建議在我打造這故事時至關重要。

最後，如果沒有我的三個女兒，也不會有這本書。致我的祕密武器蘿拉：這本書妳讀了好多次，遠多於這世界上任何人，而妳超乎年紀的睿智洞見總讓我驚豔。致狂熱奇幻迷艾比：謝謝妳把這本歷史小說一次讀完，這對我來說意義格外非凡。妳天真可愛的熱情為我帶來的鼓勵，遠遠超過妳所知。致親愛的小女兒愛蜜莉：謝謝妳在媽媽忙著寫作時展現極大的耐心。在我投身於寫作的日子裡，妳受了最多的苦，但妳卻總是鼓勵我繼續下去。沒有妳，我無法完成這件事。

致我親愛的丈夫克里斯，感謝你在讀過慘不忍睹的初稿後，仍相信我能成為一名作家。你在我最脆弱的時候建立起我的信心；在我說這條路或許不適合自己時，你也不准我放棄。沒有你的愛和支持，我永遠不會完成這本書。你是我創作的基石。

國家圖書館出版品預行編目資料

離家之路：逃離北韓的那年／李珠麗(Julie Lee)著,傅雅楨譯.——初版一刷.——臺北市：三民，2021
面；　公分.——（青青）
譯自：Brother's Keeper
ISBN 978-957-14-7228-7（平裝）

874.57　　110010048

青青

離家之路：逃離北韓的那年

作　　者｜李珠麗（Julie Lee）
譯　　者｜傅雅楨
封面繪圖｜張梓鈞
責任編輯｜林芷安　林雅淯
美術編輯｜黃霖珍

發 行 人｜劉振強
出 版 者｜三民書局股份有限公司
地　　址｜臺北市復興北路 386 號 (復北門市)
臺北市重慶南路一段 61 號 (重南門市)
電　　話｜(02)25006600
網　　址｜三民網路書店 https://www.sanmin.com.tw

出版日期｜初版一刷 2021 年 7 月
書籍編號｜S871500
I S B N｜978-957-14-7228-7

三民書局